鹽之街

有川浩

Hiro Arikawa

CONTENTS

導讀

有川浩旋風席捲出版界！二〇〇四年二月，在輕小說海平面上形成的這個颱風，挾著一股強大力量漸漸增強，在一般文學書單行本的平台上登陸。接著更輕而易舉超越原有的分類及媒體架構的高牆，以壓倒性的姿態睥睨日本文藝娛樂界。

談到撰寫逼真的懸疑冒險小說，當然還有其他名家。至於擅長寫扣人心弦的青春小說、或是喜感十足的逗趣愛情，日本小說界也不乏優秀作家。不過，能將這三項要素以如此高水準呈現在長篇小說的，就屬她一人！尤其是她筆下描寫那些在團體中努力不懈的專業男性們，個個英姿煥發。這類獨特的文風至今無人能仿效。

她從將現代寫實的「怪獸小說」具體化的《鹽之街》、《空之中》、《海之底》（通稱「自衛隊三部曲」）出發，在接下來的《圖書館戰爭》系列作品裡，一舉將創作領域拓展到「軍事愛情鬧劇」的新天地。對於一般讀者，有川浩也以嚴肅的愛情小說或文學小說來證明自身實力。在此，先以各個系列來簡單回顧有川浩的創作歷程。

《鹽之街》

榮獲二〇〇三年第十屆電擊小說大賞，相當值得紀念的初試啼聲代表作。二〇〇四年由電擊文庫以《鹽之街wish on my precious》的書名出版，更在二〇〇七年加入四篇番外短篇後重新修訂，以《鹽之街》為名出版精裝單行本小說。

故事背景架構在近未來（或可稱為平行世界）的日本。某天，直徑五百公尺的白色隕石狀物體以迅雷不及掩耳之勢墜落在地球上。同一時間，發生了人類變化成鹽柱的詭異現象（一般稱之為「鹽害」），光是日本地區的死亡人數便估計多達八千萬人。文明社會在一瞬間崩潰，劫後餘生的人們逃到農村，過著自給自足的貧乏生活……

小說的前半段淡淡地描寫因鹽害失去家人的女孩和同住的男子生活的情景，然而，故事到了後半段，男子真實身分揭曉後節奏一變，一口氣帶動起有川風格。

重新拜讀後，才了解到本書幾乎已包含所有有川浩作品特色——科幻背景的設定；比起解開危機的科學之謎更著重在因應面；大團體旗下一群專業男子大顯身手的英雄式小說；不擅言詞、個性笨拙的腳踏實地型主角，搭配圓滿周到、伶牙俐齒的配角；讓人看了心焦的超緩慢戀情發展……唯一稍嫌薄弱的逗趣愛情要素，也由收錄於精裝本的幾篇番外短篇精彩補足；堪稱有川浩的原點。

《空之中》

基本上可說是「沒有超人力霸王（註：ウルトラマン）的超人力霸王」，或是將金子修介導演在電影「卡美拉 大怪獸空中決戰（註：電影「ガメラ 大怪獣空中決戦」，一九九五年）」中所呈現出的意象（摒棄過去怪獸電影制式化的描寫，改以具體懸疑情節敘述的手法）在小說世界裡重現的科幻冒險鉅作。

故事發生在四國海域高度兩萬公尺的高空中。民營超音速噴射機開發小組的測試機和自衛隊軍機相繼在同一片領空發生了神秘的意外，似乎有相當巨大的不明飛行物飄浮在上空。民營事故調查委員會委員——春名高巳造訪自衛隊基地，與失事當時駕駛同一小隊另一架軍機的女飛行員武田光稀一同前往事故領空展開調查。

另一條故事線的主角是住在高知市近郊的高中生——齊木瞬。瞬在海邊撿到了類似水母的不明生物，將其取名為「FAKE」。FAKE擁有任意操縱電波訊號的能力，透過瞬過世的父親留下的手機，以生澀的語言和他交談……這部分就成了「E．T」風格的青少年科幻路線。以使用方言的筆法鮮活重現高知當地的氣氛，充滿青春小說的寫實風格。

兩線故事夾雜敘述，在後半段合而為一時展現出一幅雄偉浩大的景象。這部傑作在現代小說中，重新鮮活地感受到兒時首次看到「超人力霸王」瞬間的感動與激情。

《海之底》

主角為海上自衛隊，敵人則是神秘的巨大螯蝦群，人稱「海蠍（Regalis）」。在有川作品中少見地以密室發生的緊湊故事為主軸。

主要的故事舞台為停泊於美軍橫須賀基地的海上自衛隊親潮級潛艦「霧潮」。在接獲命令準備啟航時，卻因不明緣故陷入無法航行的狀態。於是艦長做出決定，要艦上所有人員撤退；然而當艦組人員步出霧潮艦時，目睹的竟然是一群體型大如人類的甲殼類生物捕食基地人員的淒慘畫面……

小說主角是海上自衛隊的一組年輕自衛官，夏木大和與冬原春臣。兩人雖然帶領十三名參加基地教學觀摩活動的兒童逃進了霧潮艦，卻也因此而行動受限。另一方面，地面上則由神奈川縣警官和警政廳參事組成特勤小組，為擬定因應海蠍來犯對策而奔走……是一部描寫現場一群男子拚盡全力奮鬥的災難科幻小說，情節緊湊，一氣呵成。有如以「大搜查線」加「卡美拉2 雷基歐來襲（註：電影「ガメラ2 レギオン襲來」，一九九六年）」為主軸，探索理想的英雄形象。

《クジラの彼》、《ラブコメ今昔》

兩部都是聚焦在自衛隊隊員的戀愛小說集。《クジラの彼》收錄的六篇故事中，「ファイター・パイロットの君」是《空之中》的支線短篇。描寫的是春名高巳和武田光稀的「後續發展」。此外，書中同名短篇以及「有能な彼女」中也出現了《海之底》的人物（冬原春臣與中峰聰子、夏木大和與森生望兩對情侶）。

《ラブコメ今昔》同名短篇，講的是習志野第一空艇團的大隊長，被一名新任公關部軍官無理要求：「讓我採訪你結婚的經過啦！」兩人展開一逃一追的輕鬆喜劇。至於另一篇「青い衝擊」，敘述一名妻子對於隸屬Blue Impulse小組一員的丈夫感到不安，是有川浩對於心理懸疑風格的全新挑戰。

圖書館戰爭系列

《圖書館戰爭》、《圖書館內亂》、

《圖書館危機》、《圖書館革命》、

《別冊圖書館戰爭1》＋《レインツリーの國》

系列作品總計熱賣一百一十萬冊，成為超級暢銷大作，並已改編成動畫躍上電視螢幕，堪稱有川浩的代表作。

構想起源於日本圖書館協會於一九五四年通過的「圖書館的自由宣言」（一九七九年部分修

訂）。一、圖書館有收集資料的自由。二、圖書館有提供資料的自由。三、圖書館必須保守使用者的秘密。四、圖書館得以拒絕所有不當的檢閱。圖書館的自由被侵犯之時，吾輩必團結力守自由。

《圖書館戰爭》系列作品以平行虛構的日本社會為背景。在此，五項「宣言」不單單只是理念，而是賦予武力行使正當性的基本法，架構出一部圖書館動作推理（也包含愛情喜劇）鉅作。

故事從正化三十一年的日本揭開序幕。昭和最後一年，為取締擾亂公共秩序、善良風俗而制定了「媒體優質化法」。反對人士對此期待將前述的「宣言」提升為圖書館法，以作為對抗支持審查圖書館一派的核心勢力。三十年過去——總部設在法務省的優質化委員會，在各都道府縣都配置了合法審查的執行部隊，也就是優質化特務機關。另一方面，圖書館方面也增強防禦力，編制警備隊。

「時至今日，兩組織的抗爭本身已具有超越法規的特性。只要抗爭不侵害公共物品以及個人的生命與財產，司法也不會介入。」在這樣的狀況下，「圖書館也擁有了設置在全國十個區域裡用來訓練圖書防衛員的根據地——圖書基地」。

……在這些說明下，看來像是嚴肅的社會寫實類情節。然而，故事一開始就是新進圖書館員女主角（衝動魯莽型）被魔鬼教官嚴格操練的趣味新兵訓練喜劇。整個系列的基本架構就是兩人讀來令人難為情的戀情發展，以及周遭極具吸引力的人物們所交織出的青春喜劇（同時可見圖書隊與優質化特務機關的對峙）。

本篇在《圖書館戰爭》、《圖書館內亂》、《圖書館危機》及《圖書館革命》四冊告一段落。之後由番外短篇系列接棒發展，目前描寫笠原與堂上甜蜜關係的《別冊圖書館戰爭1》已經出版。二〇〇八年春天播放的動畫「圖書館戰爭」則是以《圖書館戰爭》為原作。至於漫畫版，已有弓黃色的《圖書館戰爭ＬＯＶＥ＆ＷＡＲ》以及《圖書館戰爭ＳＰＩＴＦＩＲＥ！》兩冊單行本出版（註：以上為日本出書時間）。

此外，《レインツリーの國》則是將《圖書館內亂》裡出現的虛構小說實際出版的支線長篇故事之單行本，是有川浩作品中唯一一本系列作品純戀愛長篇小說。

《阪急電車》

以關西大型民營鐵道公司阪急電鐵所擁有的路線中規模最小，全長僅有九．三公里的阪急今津線為舞台，描寫在電車中上演的種種人生風貌。

從寶塚到西宮北口，單程不過十五分鐘，「載著每個人的故事，電車駛在不往任何地方的軌道上」（摘自本文）——就這樣，由偶然搭乘同一列電車的人們交織出的一個個小故事填滿往返旅程。

與在圖書館遇見過的心儀女孩，於列車上再度重逢的二十多歲上班族。在籌備婚禮時遭前男友劈腿，於是穿著白紗闖入男友婚禮的豪氣粉領族。還有帶著伶俐孫女、個性堅強的時江。空有帥氣臉孔卻腦袋空空的暴力男，和遲遲無法分手的女人……

由於搭乘時間短暫，無法鋪陳出太長的情節，每一個場景鮮活切割出人生的一小格，展現有愛、有笑、有淚的人生百態。沒有華麗的打鬥、超帥氣的男主角，也沒有甜蜜的逗趣愛情，這本小說可說將有川浩向來擅長的技巧完全封印，卻更能藉此清楚體認到有川浩的實力所在，同時也獲得輕小說及科幻類作品之外的讀者群廣大支持，更進一步拓展個人創作領域。

以上簡略介紹有川浩至今已出版的著作。進入文壇僅僅四年就躍升為娛樂小說界一線作家的有川浩，其日後的精彩表現將值得矚目！

大森 望

Ohmori Nozomi

一九六一年生。
譯者、評論家。
主要著作有《現代SF1500冊》、《特盛！SF翻譯講座》、《ライトノベル☆めった斬り！》（三村美衣 合著）、《文学賞メッタ斬り！》（豊崎由美 合著）等。

鹽之街

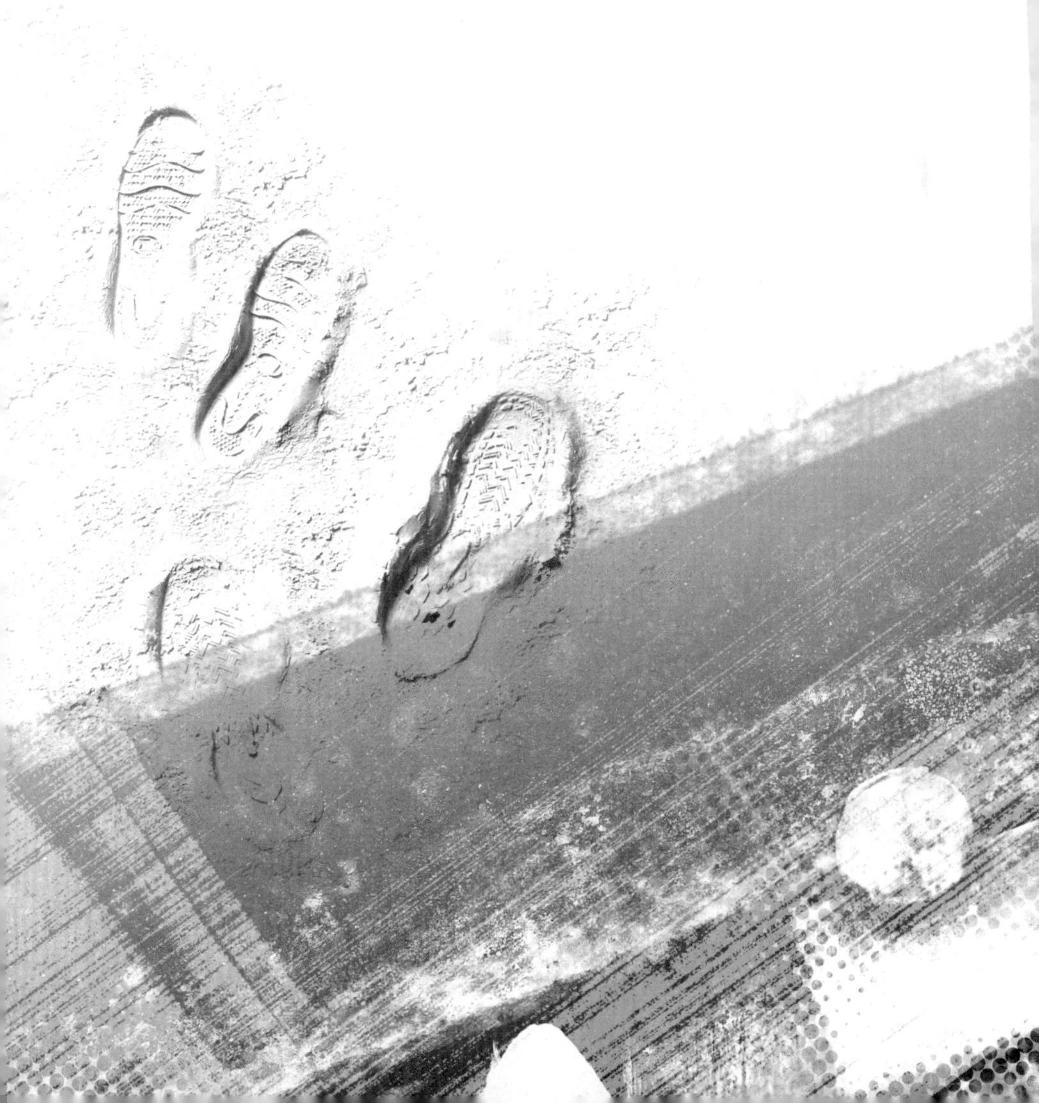

Scene-1

風化中的鹽柱滿城林立，
早已是司空見慣的日常景象。

*

登山包的揹帶緊咬進雙肩裡，沉重已然等同痛楚。

「痛哦……」下意識的呻吟聲，也在背肌和雙腳的痠痛感中變得含糊。

時值初夏，卻是烈日如灼，只能任由它燒殆體力，一刻一刻。

加上肚子已經餓到了極限。撐到最後關頭才狠心吃掉的那一根代餐棒，就是這整整三日步行所消耗熱量的唯一來源。

東京怎麼會這麼遠啊……

以前很少去東京玩，只能粗略的估算距離，若是平時——大眾運輸系統仍健在的話，到高崎搭上越新幹線到東京只要一小時；就算搭電車一路轉乘，一共也花不到三小時。

現在是非常時期，不行也得行。車程三小時的距離，靠兩條腿走了三天都走不到，文明果然了不起。就像父母的養育之恩，失去了才明白它的偉大。

雖想過開車也比走路強，但家裡就那麼一輛車，不可能為了自己的任性就把它開出來；況且依現在這情況，只怕想加油都不容易。一路上看到的每間加油站都跟廢墟沒兩樣，商家排排站齊唱空城計；市面上的燃油恐怕早就停止供應了。

三天前從位於群馬的自家出發，一路沿著國道走，直到今天早上才終於進入東京市區。看看路標，這兒應該是新橋一帶，馬路上卻連一輛行駛中的汽車也看不見——這三天之中也完全沒見到過。空蕩蕩的車道闃寂無聲，唯獨太陽炙燙著柏油路面。不過是少了車子，街上竟會變得如此安靜啊——

奇怪的是，即使在這種情況下，路上的行人似乎也不想走到車道上。車子走馬路，行人就走人行道——社會規範之深植人心，也許就是這麼根深蒂固。話說回來，行人倒也沒有多到要佔用車道的地步就是了。

儘管路標上寫著新橋，附近卻有如偏僻鄉下的小商場，只見小貓兩三隻。曾經豪華氣派的商業大樓和精品店面，如今沒有一間仍在營業；骯髒的櫥窗裡只剩下蒙著灰塵的展示品，其中的商品早就被人砸破玻璃拿走了，只留下陳列架和裝飾品之類——然而，滿街林立的半風化白柱，則令這番荒蕪景象更顯寂寥。

謠傳東京地區因疏散政策而逐漸空洞化，現在看來搞不好是真的。但聽說日本各地都有類似的災變，沒有人知道要疏散到哪裡才有救。目前報章雜誌和電視新聞都已歇業，人們根本無從得知正確的消息。

背上的行囊好像更重了，體力差不多也消耗到極限了吧？

「唉——」

好痛。好累。好餓。還在思索要呻吟哪一個，遼一已經倒在地上。

不知昏迷了多久，隱約聽見一個有點大舌頭的呼喚：

「呃——你沒事吧？喂，醒醒呀？」

微微睜開眼睛，只見一位身著牛仔褲的女孩正彎腰俯瞰自己，而女孩手裡還拎著一只超市的塑膠袋。

哇，好年輕——他想著，第一眼就先注意到那張粉嫩光滑的臉蛋。跟遼一年紀差不多的女人上街大概都會化妝，所以他鮮少近距離看見沒上妝的皮膚——那張臉看來早已過了青春痘旺盛的時期，算年輕但起碼也有高中生年紀。五官還算可愛，就是有些稚氣未脫；頭髮要是再長一點就更合我胃口了，只可惜小孩子不是我的菜……

遼一慢慢撐起身子，下意識地以男人的眼光打量起眼前的女孩。

「啊，你起得來嗎？」

女孩蹲低身子想扶他一把，見那只登山包礙事，伸手想去拉它，結果——

「哇!?」

登山包的重量出乎意料，女孩沒有抓穩，忽地手一滑，向後踉蹌好幾步，反倒是遼一及時拉住那女孩的手臂。

「小心啊。抱歉，這太重了，妳不用幫我。」

標準尺寸的登山專用背包裡裝得又滿又密實，如此弱不禁風的女孩當然不可能單手提起。

遼一慢慢用手撐起上半身，然後盤起腿就地坐著，女孩也在他身旁蹲下。

「……你還好吧？」

「嗯，謝謝……只是有點累，肚子又餓，身上很多地方都在痛而已。」

「……呃，我想這樣不能算是『而已』了。」

「噢，也是喔？」

遼一訕訕笑道，便見女孩在手上的塑膠袋裡翻找起來。

「不好意思，只有這個是可以直接吃的，不嫌棄的話請用吧。」

她一邊說著，一邊遞出一顆蘋果。

「啊，感謝感謝。」

遼一不客氣地接過蘋果，在衣服上擦了幾下，大口咬下去。香甜的汁液鎮潤乾涸的喉嚨，沁涼得令人心痛。

三口併兩口地，一顆蘋果被他啃得清潔溜溜。

「……冒昧請問一下……您是多久沒吃東西了？」

「這個──三天前吃的代餐棒是我最後的存糧，而且只有一根。撐得真久。」

遼一意猶未盡地看了看手裡的蘋果芯，將它扔到半枯的行道樹邊──對一棵因鹽害而幾近凋零的樹木而言，恐怕也算不上多大的養分就是了。

「謝謝妳，我得救了。託妳的福……」

精神好多了──遼一嘴裡如是說著，站起來時腳步卻還有些不穩。女孩不放心地看著他。

遼一慢條斯理地環顧四周，問道：

「海──在哪一邊？」

「啊？」

被他唐突一問，女孩歪著頭想了想，伸手指著某個方向。

「我不知道要走哪條路，不過東京灣的話……喏。」

順著女孩指的方向望去，便見街道遠處的建築群後方有一座高聳突出的白色塔狀物，模樣就像個傾斜的巨大淚滴，看來非常奇怪。

「看見了嗎？結晶──就是那個，就在東京灣裡。只要往那個方向一直走去，應該就會到東京港了……」

「哦……真的很大耶，比我家附近的還要大幾十倍哪！果然是很好認的地標──」

遼一遲疑了一下回過頭又問：

「東京灣乾淨嗎？」

「這……不太乾淨。」

「這可不行啊……我要去海水乾淨的地方。妳知道哪裡有乾淨又溫暖的海邊嗎？」

「真抱歉，要是電車還有行駛，我是知道幾處不錯的地方。可是現在……走路能到的，我就不清楚了。」

「這樣啊……謝謝妳了。再見。」

遼一輕輕揮手，正想轉身離開時，襯衫一角卻被女孩拉住。

「對了……」

女孩叫住他，卻欲言又止，思索了好一會兒才抬起頭來：

「那個……你要不要先來我房東的家裡？」

「——啥？」

「你肚子很餓吧？這樣怎麼會有力氣走到海邊呢？要是你肯來，我可以弄點東西給你吃。要不要？」

這女孩為什麼對一個陌生人這麼好？不過，既然她那兒有得吃——這樣的提議可不好拒絕。

還沒開口，遼一的轆轆饑腸已經先替他回答了。

「呃……那就恭敬不如從命了。」

見遼一抓頭笑得靦靦，女孩也噗嗤一笑。

遼一原想幫那女孩提東西，但想想自己的行李太重，也沒有餘力逞強。她的東西看起來也不太重，這個人情就欠下吧——朝那塑膠袋裡瞄去，主要是蔬菜或肉類等食料。

「這一帶除了配給以外還買得到東西啊？」

「對。附近有一家外國商店，但那裡只能用美金交易。秋庭先生說……啊，就是我的房東，他說那些來自大陸的商人是不會放棄做生意的，況且非法居留之類的人得不到配給，那家店就是專門開給那些人的。」

「是喔……」

大環境淪落到這個地步，人類還是能找出一條生路，真是堅強。遼一正這麼想著，腳下突然一滑。

「哇啊！」

「啊，請小心點呀。這一帶以前很熱鬧，所以鹽分也多。」

的確——和之前走來的路相比，這兒的柏油路面被鹽侵佔的白色比例更高，路旁的鹽柱好像也多些。

這幅景象雖已司空見慣，還是非常超現實。

不知怎地，他覺得雙肩上的揹帶嵌得更緊了，於是將大姆指伸進帶子下墊著。

＊

兩人邊走邊自我介紹，遼一這才知道那女孩的姓名──小笠原真奈，遼一也自然而然地直呼她「真奈」。

真奈帶著遼一走進一棟陳舊的公寓。上了二樓，真奈走向其中一戶，只見門扉上貼著一張紙門牌，上面潦草地寫著「秋庭」兩字。

真奈按響電鈴，便聽見門後傳來開門的卡嚓聲。原來房東在家。

大門發出咿軋的聲音開了，一位高個兒的男子從裡面探出頭來。和快滿二十六歲的遼一相比，好像還要大個幾歲。

「我回來……了。」

真奈說道，彷彿打量著那人的臉色。

看見真奈身後的遼一，男子當下臉色一沉，加上他的長相本就兇狠，這會兒看來更嚇人。

「──拿出去丟掉！」

男子說完就要關上大門，真奈慌忙大叫：

「秋庭先生秋庭先生秋庭先生！等一下等一下等一下！」

真奈一面喊著一面把腳伸進門內卡著不讓他關，動作頗快，那位「秋庭先生」只好作罷，站在門口發起脾氣來。

「妳每次去買東西都亂撿東西，沒有一次例外！這回居然撿了個大男人回家！也不想想自己還未成年，像什麼話？這跟撿小貓小狗可不一樣，趁他還沒咬住妳不放趕快給我扔了！」

「不用擔心，他不會咬人！你看，他是普通人，不是狗啦！他也不會咬你的，別怕！」

「白癡，要是咬到我還得了！」

見這兩人扯開嗓門爭論，遼一忍不住往兩旁探看。吵得這麼大聲，鄰居應該早就出來「關心」了才是，然而兩鄰的大門卻一點動靜也沒有。或許這兒就只有一戶人家吧。

只不過，就算不會吵到別人，也不好任他倆繼續鬧下去，於是遼一開口了：

「呃……」

剛插個嘴，兩人便一齊回過頭望向遼一。

「幹嘛？」

被秋庭厲色一瞪，遼一趕緊陪笑臉。

「請放心，我不會像您說的那樣『咬住不放』啦。我對太年輕的女孩沒興趣的，而且真奈的年紀應該比我小很多吧？」

見秋庭雙肩頹然一垂，真奈乘勝追擊：

「你看，他自己也說不會亂咬人啦！你就讓他進門——」

「夠了，妳給我閉嘴！連人話都聽不懂的笨蛋，少在這裡跟我吵！」

秋庭在真奈的頭上輕敲一記後轉身進屋，任門開在那兒。

遼一在真奈的催促下走進屋內。二房一廳的格局，擺設不多，一如大男人的獨居空間那般單調，倒也不算太亂。

「妳說的房東……就是這個人？」

真奈點點頭：

「對，就是秋庭先生。啊，他突然發火，一定嚇到你了吧？不過你放心，他雖然容易生氣、講話口氣又兇，但是為人滿親切的。像我跟他非親非故，他還是很照顧我……」

這麼說來，她是個借住在獨居男子家中的高中（推測）女生。若是平常，這種情況免不了要遭受社會大眾的異樣眼光；但在社會體制早已瀕臨瓦解之際，也算不上什麼大問題了。

「我去弄些東西給你吃，你先休息一下吧。房間裡有沙發。」

說完，真奈轉身直接進了門口邊的廚房。

被留在門口的遼一依言穿過走廊，走進她所說的那個房間，見秋庭已經坐在其中一張沙發上。秋庭瞪了他一眼，又將目光轉回開著的電視上。

遼一坐也不是，站也不是，決定先來個自我介紹試試。

「這個……您好，打擾了。我叫做谷田部遼一，剛才承蒙真奈的照顧……」

秋庭依舊盯著電視，揮手打斷遼一的話。

「不用客套了，東西放下，坐吧。人都進屋來了就好好休息。」

態度是愛理不理，但也算是准許他留下了。於是遼一將登山包卸下並靠在沙發椅旁，自己則在秋庭的對面坐下。

電視機的畫面播映著影像。雖然有雜訊，仍看得出就是真奈剛才所指的東京灣那座結晶。

「現在還有電視節目可看？」

「幾乎都沒了，只剩國營頻道還勉強有。」

「我家那邊連ＮＨＫ也看不到了。聽說發射台全都完蛋了。」

「搞不好只剩東京還有電視可看吧……不過，這陣子最多也只有一些關於鹽害和結晶的重播報導，別說外電了，國內消息也傳不進來。雖然電視台號稱每天更新鹽害消息，結果只是以機器讀稿播報一成不變的消息，看不出今天的新聞跟昨天的有啥不同，所以也有謠傳說他們根本是拿預錄的檔案帶餵機器。廣播電台好像還在硬撐，但也沒什麼新消息可播，每家媒體都一樣。」

「東京也變成這樣啊……」

「還有人懷疑結晶是不是會發射什麼怪電波咧。網路是老早就斷了，電話之類的民營通訊業也一間接一間關門大吉；現存的工程人員好像都被抓去維持軍方的網路通訊系統了。」

聊完景氣的低迷後取而代之的是一陣沉默。廚房適時地飄來一陣香味，嗅覺的刺激引來一陣如雷的腹鳴。秋庭聽了發出一聲悶笑。

遼一覺得好糗，尷尬地笑著搔搔頭：

「不好意思，這個……承蒙真奈好心，我就厚臉皮地跟來了。」

「是她不該亂撿東西，你不必道歉。餓得半死時有人肯給飯吃，要是我也會乖乖跟著走。」

「您真厲害，我確實是為了食物而來的。」

遼一笑道，又抓了抓頭，卻見秋庭沒好氣地答話：

「沒什麼厲害不厲害。她會撿回來的十之八九都是餓暈的——我只是沒想到她不只愛撿貓撿狗，連人都可以撿回來。」

「那孩子心腸真好。」

「是愛東張西望又雞婆吧！」

秋庭的嘀咕中夾著一絲嘆息。他站起身，正好遇上真奈拿著抹布走進客廳。

「我來擦，妳去準備吧。也該吃午飯了。」

他邊說邊拿過真奈手裡的抹布，而真奈也聽話地回到廚房。

從這若無其事的舉動可看出兩人應該已經在這間房子裡同住了好一陣子，彼此之間大概也有些默契了。

——原來如此，這也難怪。

遼一暗暗想道。在這樣的兩人世界裡，自己確實是個多餘的外人。

「哇喔，看起來好好吃！」

真奈端上來的飯菜，引得遼一歡呼起來。

炒青菜、白飯，配上用菜皮菜根煮成的家常味噌湯，極其普通，卻是遼一這幾個月以來連奢望都不敢的菜色。他所住的地方因為交通不便，配給總是不準時；除非有認識的農家，否則絕大多數的家庭裡食物都很有限。

大城市就是大城市，在這種非常時期還是有物資流通的管道。

「哇——我可以開動了嗎!?」

「啊，嗯，不過你別太期待味道比較好。請用吧。」

一聽得「請用」兩字，遼一立刻狼吞虎嚥地猛扒飯，活像餓極了的狗。

「……這麼餓啊？」

秋庭愣了半响轉向真奈：

「真奈，妳把電鍋搬來吧，讓他自己添。要是都讓妳添，我看妳連吃飯的時間都沒有。」

「也對……」

從廚房搬來的飯鍋還是溫的，裡頭的飯卻一轉眼就被遼一盛光了。

「……你的吃相真是驚人啊。」

秋庭仍顯得有些意外，遼一便摸著肚皮苦笑道：

「唉，總算有像個人的感覺了。我有整整一天沒吃東西了，又揹著很重的行李。」

「你打算去哪裡？」

秋庭是故意這麼問的，他可沒想讓這個人待太久。

他已經照顧了一個真奈，沒有餘力再收留另一個食客了。況且一個小姑娘和一個二十多歲的大男人，食量上也不能相提並論。

假使這個人無處可去，秋庭能做的就是幫他在這棟公寓裡找一間空屋安頓下來，告訴他去哪裡領配給品。若是光靠配給不夠吃，頂多就是再介紹個什麼差事給他；不過在這種狀況下要找工作，也得看他有沒有什麼專長才行。

遼一正要回答秋庭的問題，真奈卻突然插嘴：

「遼一先生說要去海邊呢。」

「海邊？」

秋庭沒出聲，以眼神這麼問道。遼一點點頭。

若說到這附近的海——

「最近的當然就是東京灣了。從這裡步行到築地那邊，大概不用半小時。」

「哦，可是……最好是海水乾淨一點的，至少是人可以下去游泳、有沙灘的……」

「關東地區的海水浴場嘛……久慈濱、大洗、九十九里……再不然就要往南到觀音崎或逗子、由比之濱、江之島，或是茅之崎那邊吧？」

「對喔，鎌倉比較好。由比之濱位在鎌倉對吧？那邊乾淨嗎？」

「嗯——其他地方應該都比東京灣乾淨吧？」

遼一探身向前，又問：

「如果要去由比之濱，今天之內走得到嗎？」

「不可能。」

秋庭斷言。

「從這裡到鎌倉大概五十公里，搭電車都要一個小時了，能徒步走完全程的肯定毅力過人。普通人一天能走的距離最多是四十公里左右，但我指的可是腳程相當快、體力夠好，而且輕裝上路的；沒有每天訓練長走的人想要一口氣走上四十公里，大概會在走完的那一刻死翹翹，水泡還會破皮噴血。」

「可是鎌倉比較理想耶。」

遼一的語氣並不強硬，卻像是不肯死心。

「能不能告訴我怎麼走？」

「你真的要走去？」

「沒辦法，我趕時間，不快點不行。」

眼見遼一笑得像是不當回事，真奈叫了起來。

「不行啦，遼一先生，你的行李那麼重……」

「我看看。」

秋庭把手伸向擱在沙發旁邊的登山包。只是稍微提一提，上臂的肌肉就明顯隆起，要扛起這重量的出力可不是開玩笑的。

「怎麼重成這樣！拿起來甩都可以殺人了，喂……」

「呃，是有點重啦。」

遼一尷尬地搔搔頭。

「背著這玩意兒走，還沒出東京你就倒啦。」

「是啊，而且……」

真奈又急著插嘴：

「這樣太亂來了！遼一先生，你剛才跟我回來時，根本就已經走不快了！」

「那當然啊，因為背包很重嘛。」

發現遼一回答時避重就輕，真奈搖了搖頭。

「走路的方式也不對勁。我想你的腳掌早就沒力了吧？」

沒錯沒錯，想瞞也沒用的——秋庭暗自在心裡聳了聳肩。這女孩雖然看起來呆呆的，倒是意外地觀察入微。

「秋庭先生……」

聽到真奈這麼一喚，秋庭的眉頭立刻皺了起來——這下好了。

「能不能幫幫他？」

「不能。我不管。別找我。」

我就知道。秋庭把頭一扭，故意不看她：

「不用啦，只要告訴我走哪條路就夠了。我只有帶簡單的日本地圖和我家那一帶的地圖，所以接下來的路都不熟，也不知該往哪個方向走。」

遼一咧嘴笑道，那笑容既單純又誠摯。秋庭瞄了他一眼：

「你這股傻勁也實在是……」

無惡意、無意識的強制力——讓人明知不必理會，卻難狠下心拒絕。

再加上真奈在一旁目不轉睛地用眼神祈求。

根本就是另一種脅迫。

「……我姑且問問，當做參考。」

秋庭一臉不甘願地擠出這句話，遼一和真奈立刻不約而同地猛點頭。

「你揹著那個重死人的登山包，從哪裡走來的？」

「啊，我是從群馬來的……一開始是騎單車，但在半路就壞了。」

早知道就不問了——秋庭這下子後悔透頂。

面前是天真無邪毫無心機的燦爛笑容，身旁則是真奈求救似的熱切眼神。

在這種非常時期，竟然有個傻瓜扛著重到足以砸死人的大包包要從內陸縣走到海邊。

還有另一個傻瓜把這個傻瓜撿回來。

結果——又有一個傻瓜被這兩個傻瓜纏上。

「算了，媽的！」

秋庭暴躁地抓抓頭，猛然站起來：

「給我在這等著！我幾個鐘頭後就回來。」

丟下這些話，秋庭大步往門口走去。

遼一慌忙地跟著站起來，還沒來得及追上去，秋庭已經消失在門外。

「真奈，怎麼辦？秋庭先生是不是生氣了……」

「——放心吧，遼一先生。你今天就能到海邊了。」

真奈說著，一面開始收拾餐桌上的空碗碟。

「他這個人就是這樣，每次對人好的時候都會發脾氣。」

幾個小時後，秋庭把他們叫到樓下去，便見一輛未熄火的白色破轎車停在大門前。那是一款曾經熱門的長銷車種，大概人人都叫得出名字。

「路邊撿的拋錨車，差不多快報廢了，我只整理了一下應急，引擎能跑多久可不敢說；還有，懸吊壞了，別指望它坐起來多舒服。」

秋庭扳起駕駛座旁的行李箱開啟桿，冷冷地朝真奈一瞪。

「到時候搞不好得走路回來，妳可別哭著說走不動，否則我揍人。」

「知道了！」

真奈大大點頭，將懷中的背包舉起來揮了揮。

「我準備好了。」

她身穿運動衫和牛仔褲，腳下也換成球鞋，顯然有步行的心理準備。

「OK繃、外傷藥、毛巾、水壺和便當……飯糰，怕放久了餿掉，所以全都包鹹梅干，可以吧？還有，我多帶兩件上衣，免得天晚了變冷。」

秋庭心裡又是一陣不悅。平常漫不經心的小女生，偏偏在這種時候特別細心體貼，反倒顯得一點也不天真爛漫。

「行李分成兩份，然後去拿睡袋。床底下應該有一個。」

惱怒心起，他不客氣地命令道。見真奈匆匆折回公寓，那全力以赴的模樣又讓他一肚子火。

「——老兄！背包拿來吧，放行李箱！」

秋庭拍著車廂蓋喊道，卻見遼一歪著頭一臉不知所措。

「呃……不好意思，我可以自己拿著嗎？我坐後面就好。」

「……你不嫌礙事就隨便吧。」

「謝謝你。」

遼一道謝後，高興地將登山包拿到後座。登山包才剛放到座椅上，車身便發出「咿軋」的聲音往下一沉。

見遼一愣在那兒，秋庭更是沒好氣：

「我說啦，懸吊系統失靈了。」

懸吊系統失靈也不至於下沉成這副德性。剛才說它是報廢車，還真沒半點誇張。

「這車況真的好慘……要不要先熄火讓引擎休息一下？等真奈回來再……」

車子開到後就一直發動著，遼一似乎很怕這垂死的引擎負荷不了。不過——

「現在熄火，下次能不能再發動就難說了。這電瓶放得太久，勉強灌了電解液進去，也不過充了一個小時出頭，恐怕沒法發動太多次。發動後開過來也不過五百公尺，充進去的電量大概比放出來的還少吧……」

說著說著，秋庭的一隻腳滑了一下。柏油路面上滿是鹽沙，使鞋底抓地力變得很差。

「腳下這麼滑，你不會想推車吧？」

遼一默默搖頭。在這種路況下推車是註定滑跤的。

「不用擔心，她馬上就回來。別看她呆，倒是意外地很能掌握狀況。」

——正如秋庭所說，氣喘吁吁的真奈不一會兒便從一樓大門衝出來。

＊

「哇——我不知幾個月沒坐車了！」

「別吵！又不是去兜風！」

朝副駕駛座上的真奈吼了兩句，秋庭踏下油門。引擎聲高亢起來，轉速表的指針也立刻往上跳，車速卻沒有明顯增加。

「去！該死，馬力都跑掉了。離合器磨過頭，抓不住。」

從後座探過頭來的遼一也說：

「好像一直跳到空檔耶。」

「是啊，變速箱油沒了，引擎又要死不活，油門踩到底也只能跑到時速五十公里。嘖，欲哭無淚。」

也許是不想讓車子操過頭，秋庭自出發以來始終沒超過速限；不過運轉聲裡還是帶著雜音，他只好不時減速，免得引擎大爺罷工。

「不愧是拋錨車，這下子回程搞不好真的要健行了。」

由於紅綠燈幾乎都壞了，一路上不用走走停停，也算是幸運。

不懂汽車機械的真奈倒是一派輕鬆，事實上，在這種狀況下開車根本是要命。

「若是以前，不用兩個鐘頭就到了……」

秋庭看了看腕上的潛水錶，現在是下午四點左右。

「日落前能到就要偷笑了。」

路況當然也不好。有些路段被出車禍後棄置的車輛堵住，他們不得不繞別條路走，而且越是主要道路越常出現大規模車禍的跡象。

所幸路上幾乎沒有行進中的車輛，讓這輛瀕死的破車得以順利地開出市區。越過多摩川，進入神奈川縣境之際，後座傳來很大的鼾聲。

真奈悄悄地往後瞧。

「他累壞了呢。」

完全沒有緩衝的車內可以清楚感受到路面的顛簸，遼一依然睡得很沉，一點也沒有被驚動。

「對不起。」

真奈把頭轉回來，小聲道歉。

「幹嘛突然道歉。」

「我硬是拜託你——讓你這麼麻煩。」

「不要搞成這樣才感激我，噁心。」

秋庭板著臉冷冷說道，真奈不由得低頭。

這是她第三次撿東西回來了。第一次是貓，第二次是狗，這一回變成了人，越撿越大。秋庭想起前兩次的經驗。

「別再撿更大的東西回來了。」

跟真奈同住了好一陣子，他已大約掌握這女孩的個性。

她總是被無謂的事物給吸引，一旦被吸引就分不清事情輕重了。平時乖巧安分，這時往往使起性子來，怎麼也不肯把撿來的東西丟掉。上次大聲罵她，她甚至抱著貓離家出走，活像在演幾十年前的悲情家庭劇。這女孩並不倔強，卻在這種事情上令大人拿她沒輒。

這種個性很教人頭疼——但最棘手的問題不在這裡。

真奈從來沒有一次是為了她自己的事而使這種性子。

所以頭疼歸頭疼，卻沒法兒對她生氣。

「……妳為什麼撿他回來？」

「呃，這——」

突然被這麼一問，真奈緊張地抬起頭：

「因為他倒在路邊……」

「我當然知道。不過我曉得妳。這個人八成又是哪裡不對勁才引起妳的注意吧？是什麼？」

真奈想了好一會兒才答腔：

「……他說想去海邊，還強調要乾淨的海才行——他那時的眼神好平靜好堅強，明明累成那個樣子，卻在跟我說完話後馬上就想繼續走。他著急到有點可怕，總覺得……我突然覺得他這樣不行，就……」

「……想叫他『等一等，別急』嗎？」

遼一給秋庭的感覺也是這樣。他笑著請秋庭教他怎麼去鎌倉時，笑容底下卻隱藏著一步也不肯妥協的頑強——他不顧一切地想要去「乾淨的海邊」，不到目的地不會罷休。

十分沉靜，卻也相當瘋狂。

「我想他一定有很重要的事，所以——」

「所以叫我插手？」

「……對不起。」

真奈越發心虛起來。秋庭沒再開口，只是自然而然地伸出手，在反射性縮起脖子的真奈頭上輕拍了一下。

知道真奈吃驚地看過來，秋庭沒去回應她的注視，繼續望著前方。

車速明顯減慢，最後停了下來。遼一在一陣輕微的慣性衝力中睜開眼睛，正好看見秋庭放開方向盤，眉頭深蹙。

「沒油了。」

「那接下來就走路囉？」

「別急。」

真奈推開門準備下車，被秋庭揪住衣領阻止了。

「引擎還沒掛，回程也要靠它，現在就把它丟下還太早了。所以……喂，老兄，幫個忙。」

見秋庭邊說邊下車，遼一也跟著走出車外。兩人一齊往車後走去，真奈慌忙追出來。

「那你想怎麼辦？」

「加油。」

「去哪裡加？加油站都關了呀！」

「所以我準備了這個。」

秋庭從行李箱中取出橡皮管：

「隨便撬開幾輛廢車，應該能弄到暫時夠用的油料。」

「那我也去幫忙。」

「妳幫不上忙啦，回去顧車。我們等一下就回來，妳在車上等著。車門給我全都鎖上，有事情就大叫。我們不會走太遠。」

秋庭拿著工具和水管走開，遼一則拎了二只塑膠桶跟在後頭。從路邊撿來的破車裡不太可能有這麼齊全的用品，想必是秋庭到處搜來的。

「你想得好周到，加油要用的東西都準備好了呢。」

「我這個人做事是會想前因後果的，跟你或真奈可不一樣。」

被秋庭毫不客氣地挖苦，遼一反而大笑起來。杳無人跡的街道上，他的笑聲顯得格外響亮：

「你果然跟真奈說的一樣。」

「……她說啥？」
秋庭語帶訝異。
「她說你每當對人好時就會發脾氣。秋庭先生，其實你是臉皮太薄了，對吧？」
「你……」
秋庭回頭怒視遼一：
「講什麼噁心巴拉的鬼話！不嫌肉麻啊？」
「雖然我們才剛認識，不過我很了解你的為人喔。好比剛才——」
秋庭說真奈幫不上忙，所以叫她在車裡等。
「你是想讓她休息一下，對吧？一路顛簸，坐久了屁股一定痛的。」
「她要是走不動，麻煩的是我啊！暈車了也是我要照料她，還不是一樣耽誤你的時間！」
「說得也是。依真奈的個性，就算真的哪裡不舒服大概也會忍著不說。旁人確實該多替她著想呢。」
秋庭以極其嫌惡的眼神瞪向遼一，隨即丟下他大步往前走。遼一卻不以為意地跟在後面繼續說道：
「真是個好孩子。現在世風日下，她是塊寶啊——難怪你會疼惜她。」
走在前面的秋庭肩膀震了一下，看來是想反駁又覺得會招來無謂的反擊，所以忍住了。

這人的脾氣還真容易搞懂，遼一心想。他知道秋庭不愛聽這種話，但他也不是故意要激怒他才這麼說的。

「她之前已經撿過兩次了。」

秋庭一逕看著前方說道。

「剛才在屋裡聽你們說過。」

「第一次撿來的貓太虛弱，第三天就死了。第二次是狗，卻像是專程給牠送終。大概跟主人走失又流浪太久，瘦得只剩皮包骨，只喝得下水，結果連一晚也撐不過。」

遼一望著秋庭的背影。

「那傢伙就是有這個雞婆毛病，明明可以不去看，她偏要看；看了也不必管的，她偏要管；越是這一類的事情，越容易引她注意。怎麼說都說不聽。」

啊，這意思是——

秋庭其實並不希望真奈跟著來的。

遼一還不至於幼稚到聽不出這層意思，畢竟他頂多只比秋庭小個兩、三歲。

不過，這時候還道歉就不聰明了，所以遼一沒答腔，而是默默跟在秋庭身後走著。

他們收集完汽油回到車上，不多不少正好花了二十分鐘。對真奈而言，剛好足夠休息片刻。

然後三人繼續上路——

＊

終於抵達海邊時，已是夕陽將海面染成金黃色的時刻。

「好漂亮……」

真奈走到沙灘上，屏息了好一會兒才吐出這一聲讚嘆。

遼闊的海面映著燦爛波光，彷彿灑滿了黃金。

「——跟我們沒關係呢。」

她怔怔地呢喃道。秋庭瞄了她一眼，又聽見她說：

「不管有沒有人來看，這裡每天都是這幅景色吧。就算不是夏天、就算我們不在這裡——海每天還是這麼漂亮……」

縱然這兒一個人也沒有，美景仍是日復一日。

即使全世界的人類都消失了也一樣。

大海和太陽並非為了供誰欣賞而染上朱紅，美景也不帶任何涵義，不過是兀自美麗罷了。讚美只是觀賞者單方面的評價，景色也不是因為這評價才變美的。

「我們的生或死只有我們自己看得最重，大概也只有我們會以為那是全世界最要緊的事吧。

恐龍死掉的時候，地球還不是照樣轉得好好的？」

秋庭在真奈的頭上拍了一下，回頭往慢慢走來的遼一望去。

「老兄，你還揹得動嗎？」

背著那只「重死人」的登山包，遼一正一步一步、小心翼翼似地走近。

「沒問題的。」

「太重了就換我揹啊。」

「真的不要緊，我可以。」

又來了，掩飾在笑容下的頑強。秋庭沒再說話，自顧望回海面。

他以眼角餘光瞄了瞄若有所察的真奈，接著邁步走向前。

遼一在海水與沙灘的交界處放下背包，動作又慢又仔細，像是不捨得摔著它似的。

見他這副模樣，真奈終於開口了。

「……遼一先生，你的包包裡——裝的是什麼呢？」

「噢，這個啊……」

遼一在真奈面前打開登山包。真奈探頭去看，登時僵住了。

「她叫做海月。」

完全敞開的背包口，只看到滿滿的——鹽。

其中一部分還保有原來的形狀，顯然是在裝袋時刻意維持的。即使埋沒在幾乎要滿出來的鹽沙之中，仍看得出那是個有著年輕女性五官輪廓的大鹽塊。

真奈不由得兩腿發軟。秋庭輕輕扶住她的雙肩，讓她順勢靠在自己胸前。

……這個重得幾乎扛不動的登山包，他不肯放在行李箱，偏要放在座椅上，也堅持不讓別人幫他揹。

和秋庭料想的差不多。

遭受鹽害的人並不罕見。風化中的鹽柱滿城林立，早已是司空見慣的日常景象。

精緻地保留了生前形貌的一尊尊鹽雕像，被風雨漸漸侵蝕；曾經活生生的血肉一寸一寸地削去，成了外觀大同小異的白柱，早就看不出原本的身形。剝落或流散在路街旁的鹽沙原都是死屍的一部分，如今人們卻已可以滿不在乎地踩在上面——若是動輒想起那曾經是誰的屍骨，只怕精神都要崩潰。

他們、我們，今天還活著的人們，哪一個不曾因此經歷失去的悲痛？

不想成為隨風飄散滿街任人踐踏的鹽粉，就只有——

「是你的——女朋友嗎？」

秋庭問道。遼一露出不置可否的笑容。

「也許最後的那一刻才是吧。」

最後的那一刻——實在不願意想像。

淚珠不聽使喚的滾落雙頰，真奈只能以雙手捂住嘴。若不這麼做，她恐怕要尖叫出聲了。

「很過分吧？為什麼——在最後那一刻卻跑來找我呢？明明已經有男朋友了，感情也好到論及婚嫁，明明即將成為幸福的新娘……而我不過是和她一起長大，只是一直都在她身邊，老是聽她抱怨那小子這樣那樣的。從小到大都是如此——雖然跟她同年，我卻總是像她的哥哥，在她哭泣時安慰她、幫她解決麻煩事——」

*

——那天晚上。

海月來到遼一住的地方，走過的路上都是她流下的鹽沙。

眼淚流過的痕跡清楚地刻在她的臉上。

他急得大罵，叫她不准哭，越哭會溶得越多。

抱住她時，海潮的氣息撲鼻而來。他渾身打顫，像是發了高燒。

「她哭著說害怕。既然怕，可以去找男朋友嘛，幹嘛還特地——來找我就罷了，拖到那時候才突然說喜歡我。搞什麼，亂七八糟的。」

對不起、對不起、對不起——

海月不住地呢喃，淚水隨著話語不停滑落，遼一趕緊拿手帕抹去。不能讓眼淚再消溶她的臉龐，至少不要讓那些淚痕再加深。

至少，讓她完好地化成鹽柱。

海月也想忍住淚水，嘴裡還是一個勁兒的低語。

我自己也沒注意，直到這幾天覺得怪，看見手心冒出鹽粉，才知道不對勁了。

腦子裡只想到要待在小遼身邊。不想待在爸媽身邊，也不想待在即將結婚的男友身邊——我只想死在你身邊——直到得病了，我才發現自己其實從很久以前就喜歡你了。

對不起，我說得太遲了。因為我太笨了。

無所謂啦！

遼一的眼底也湧出一股止不住的熱流。一個大男人這麼慟哭實在難看，可是心裡難過，有什麼辦法嘛——

哭什麼！我也喜歡妳！所以別哭了！

遼一吻了海月。她的嘴唇已經有點兒硬了，口中滿是鹽味；但兩人的舌頭依舊交纏著，激盪成這一生最火熱的長吻。

那也是他有生以來最難忘懷的一吻。

「原來真有直到最後一刻才能發覺的情感啊！要不是發生了這種事——海月一定會照計畫嫁給那個好脾氣的小子，也一定會請我去喝喜酒，然後我會看著她成為別人的妻子——我本來也覺得有點兒空虛，還以為一個要嫁妹妹的哥哥當然會有那種寂寞心情呢。我壓根兒沒想過自己喜歡海月，海月也沒想過喜歡我；我老媽和海月的阿姨以前還問我要不要把海月娶回家，我跟她還不以為意地笑著說不可能咧……」

等妳變成鹽巴，我就帶妳去海邊。喏，妳的名字也有海，妳說好不好？噢，日本海那邊就不要了，冬天太冷，妳不是很怕冷嗎？那太平洋這邊怎麼樣？既溫暖又漂亮，而且夏天會有很多人去玩水，一定很熱鬧，搞不好會看到像我們小時候那樣的死小鬼。然後我就在那個海邊弄一個海之家，天天陪著妳——好了嘛，不要哭了。我不會離開妳的……我一輩子都會跟妳在一起的。

嗯——嗯。

撐著已經不再靈活的身體，海月努力地點頭。懷中的她正迅速硬化。

有小遼陪在身邊，我就不怕了。因為我們從小一起長大——也會永遠在一起的。

在最後的最後那一刻，兩人同時明白了。

我愛你。

雙唇微啟的瞬間，海月已凝結成一柱白色的結晶。

＊

「怎麼樣，海月，這裡很漂亮吧？」

遼一從登山包裡取出情人的臉，捧著讓她面向海洋，然後低下頭不知說了些什麼，接著便只是靜靜看著海面。良久，他在鹽塊上輕輕一吻，慢慢放下，浸在拍上沙灘的海波中，讓海水漸漸消溶它。他一直捧著沒有弄碎，直到掌中最後一點鹽沙都被海浪沖走。

接著，他掏起背包中的鹽沙，吻一吻，撒在浪頭上。就這麼一再反覆同樣的動作，直到將那一整袋的鹽仔仔細細掏完。

在海浪裡洗去手中的最後一顆鹽晶後，遼一奮力將登山包拋向大海。

一粒也不留——在這樣的執念下，遼一認真地埋葬了情人。

他轉過身來，看著被秋庭攙扶的真奈。

真奈心中一驚，整個人顫了一下。

遼一笑得太安詳了，就像他接過那一顆蘋果時，三人圍著餐桌吃飯時，還有來到海邊的這一路上。

那是看破——打從一開始，遼一就已經看破這一刻。

「——真奈，妳不用哭，我們雖然落到這種結果，卻不像妳所想的那樣傷心啊。」

「對不起——對不起。」

真奈死命地忍住不哭出來。身後的秋庭只是一臉平靜地看著遼一，雙手環抱著真奈的肩膀，像是在保護她。

秋庭和遼一都知道真奈道歉的理由。這一份心，在這種時局裡彌足珍貴。

為了毫無關係的陌生人，真奈用哭泣表露內心的遺憾。

「該道歉的是我才對。我害妳看見這麼難過的場面。」

這就是秋庭不希望她跟來的原因，也是那番話的弦外之音。

因為她總是被無法挽回的悲劇所吸引。

所以他不希望她再看到無法挽回的悲劇。

「不過說真的，其實我們是幸福的。要不是發生了這種事，我們也不會察覺彼此的心意；雖然最後走到這一步，但比起沒發現彼此的心意就分道揚鑣，這樣至少幸福多了，我也無怨無悔。

我甚至覺得——這麼說或許任性又不懂事，不過，世界上發生這種異象，搞不好就是為了湊合我們呢！」

秋庭聞言不禁苦笑：

「喂，你們談個戀愛還把其他人拖下水，這算哪門子囂張的愛情故事啊？」

遼一害羞地抓抓腦袋。他走向兩人，先向秋庭伸出手。

「謝謝您。不瞞您說，我本來以為自己走不到了。」

秋庭默默地與他握手，又默默的放開。

遼一接著向真奈伸出手。

「真奈，真的很感謝妳。要是沒有妳，我不可能來得了這裡。我也替海月……謝謝妳。」

「不……我沒能做什麼。」

真奈說著也與遼一握手，卻突然察覺有些不對。

「那你多保重了。」

秋庭的道別乾脆俐落。他轉過身去，同時扳著真奈的肩膀推她離開。他知道，遼一在他們身後揮手。

直到身後的海浪聲越來越小，真奈才看著自己的右手。

「秋庭先生……」

「不要回頭——妳別再看了。」

這麼說，不會錯了。

真奈握起右手。

和遼一握過的手掌中，有顆粒滾動的感覺——遼一的手已經開始鹽化了。

「秋庭先生……」

「不用擔那個心。」

秋庭打斷真奈的話，抓著她肩膀的手也加重了些許力道，免得她又回頭。

「那小子當然很幸福。他自己都說為了這場轟轟烈烈的戀愛，還把整個世界都拖下水了。」

讓心愛的人溶在海裡，然後自己也溶在海裡。遼一不遠千里而來，就是為了讓兩人一起化在同樣濃度的鹽水中——為了與心愛的她合而為一。

不管有沒有人看，甚或這世上連一個人類也不存在時，他倆都會在雋永的美景裡與世界合而為一，形影不離，難捨難分。也許，他們就此得到了永恆。

秋庭說那就是幸福。遼一也說，他們是幸福的。

然而——這份揮之不去的不捨，會不會褻瀆了他倆呢？

Scene-2 失序的社會，不被原諒的罪。

*

再度越過多摩川時，已到了該開車頭燈的時間。

從鎌倉回到家裡的一路上，真奈都沒出聲。也許車子壞掉還好些──徒步五十公里的強行軍，起碼能逼得人無法胡思亂想。

乾脆出點什麼狀況吧，好比一個令他們不得不棄車的小意外，或是別的──只要不讓真奈陷入沉思就好。

話雖如此，但沒有人會祈求這種災難。這世上若有神明，想必不怎麼明瞭中庸之道，因為每當祂實現人們的願望時，不是過頭就是不及。

在大燈照不到的道路前方──幽暗夜色中，突然有一道鮮橘色的火線竄入車頭。

「啥!?」

本能反應是踩下煞車，但秋庭立刻重重踩下油門。那道火線絕對是槍擊，加速脫離這個區域才是上策──絕少有人能精準地瞄準高速移動中的人類，除非是戰場上的狙擊手。

秋庭的預測隨即落空。一個人影出現在正前方，不僅拿槍對著車子，看起來也不像要閃避的樣子——要在大馬路上比誰先膽怯放棄嗎？

撞過去？迷惘倏地掠過心頭；讓秋庭選擇尊重生命的，也許是鄰座的同乘者。

然而就在他躊躇的片刻，兩者間的距離已近到就算煞車也停不住了。秋庭把方向盤打到底，試圖藉著打滑讓駕駛座這一面對著槍口。

「嘴巴閉上！」

失靈的懸吊系統當然也沒有緩衝慣性的能力，打滑的車身斜斜翹起，緊急煞車的反作用力非同小可。坐在車裡的人若是張著嘴巴，很容易咬到舌頭。

車子側滑了數十公尺才停住，秋庭立刻猛然踢開車門，以低姿勢向外躍出，立刻聽見極近距離的清晰槍響，但他從聲音就知道子彈射偏了。秋庭有自信可以在下一個動作逼進槍口後方，不過真奈還在他身後的副駕駛座上，歹徒會不會在被制服的過程中誤傷到她，他不敢貿然一賭。念頭一轉，他只好先慢慢站起身。

就在這時，持槍的男子也正一步步走近。

「上了年紀的大叔，反射神經還這麼靈敏？」

稱呼秋庭「大叔」的是個蓄著小平頭的年輕人，消瘦的臉龐和充血混濁的眼睛令他看來比實際年齡蒼老些，但確實是二十歲上下的模樣。他穿著成套的灰色短袖短褲，腳下踩著白球鞋，手中的槍大約與他的前臂一般長——雖然槍口對著秋庭，握法卻是亂七八糟，秋庭因此知道這人槍法並不精準，也不是慣用槍枝的人。

「——六四式？」

年輕人臂上架著六十四式步槍，雖非最新型但仍是陸上自衛隊的標準配備。

「你從哪裡弄來的？」

「大叔，你白癡啊？當然是從有這玩意兒的人身上弄來的。」

年輕人說著，輕輕晃動槍口。

「讓我上車，否則我就開槍。」

就在這時，副駕駛座上的真奈發出微弱的呻吟。她趴在儀表板置物箱上——該說是被剛才的緊急煞車給甩上去的——現在才漸漸甦醒，正準備爬起來。

年輕人察覺秋庭後方的動靜，眼光立刻掃去，接著輕輕吹了一聲口哨。

「女的耶。真好運。我要坐那女孩的後面。」

他一面說著，一面將槍口轉向車內，快步繞過車頭，走到副駕駛座後的門邊。

「秋庭先生……那——」

「是真槍。不要惹他。」

聽到這兩句簡短指示，真奈只是一頷首，沒再多問也不表露驚慌。不知是她膽子大了，還是真的聽出事情的嚴重性。

年輕人打開後車門，先把槍身伸進車內，人才坐進去。他坐得很用力，好像放下什麼重物似的，車子又是一陣咿軋大響。

「開車。」

秋庭依年輕人所言發動車子，由於車子完全打橫停在路中間，於是他倒車轉了九十度，才重新上路。

「要去哪？車子這麼破，太遠的地方可去不了。」

「隨便哪都好。不然就先去你們住的地方吧！」

年輕人說著，將挾在右臂的步槍放斜，槍口抵上副駕駛座的頭枕。後座空間不大，沒法讓過長的槍身保持水平。

「妳叫什麼？」

年輕人不懷好意的笑著，往真奈的方向打探。

「我姓小笠原。」

任誰都聽得出她是故意不報名字。年輕人勃然大怒，在她的椅背後面踹了一腳。

「誰問妳姓什麼啊！」

真奈倒吸一口氣，嚇呆了似的自座椅往下滑了滑。

「——真奈。」

被秋庭低聲一喚，真奈才勉強開口：

「我叫——真奈。」

知道是秋庭示意，年輕人遂向他投以陰狠的眼神，不過倒也沒再說什麼，只是把空著的另一隻手繞到真奈的頸子旁，以指尖撫摸起她的臉頰。

「喔……摸起來真舒服。」

真奈只能閉緊雙眼忍耐手指頭在臉頰上游移的感覺，她知道若是自己反抗得太激烈，這個人又要翻臉了。

突然間，整輛車大幅搖晃。小小的路面顛簸，在這一輛報廢車裡就像是要翻車似的。

「你媽的！」

年輕人大罵一聲，槍口馬上轉向秋庭，卻見秋庭面不改色。

「應該是壓到石頭之類——你在旁邊動手動腳就會害我分心。想逃得遠就給我安分點。」

聽出秋庭的言外之意，年輕人嘖了一聲。

他身上穿的灰色衣褲，正是監獄受刑人的制服。

「從哪逃出來的？」

「鬼地方啦！」

年輕人氣沖沖的啐了一口，沒再出聲。

秋庭往照後鏡裡瞄了一眼，見槍口已經再度抵回真奈的頭枕後方，眉頭不禁一皺。這個逃獄犯不是省油的燈，因為他懂得下正確的判斷，儘管手裡拿的是極具威脅性的武器，仍然選擇弱的一方當做人質；相較之下，秋庭倒寧可這名逃犯是拿了武器就趾高氣昂、得意忘形的人。

在這之後，年輕人都沒說話；車子就在奇妙的緊張氣氛下開到了新橋。

*

年輕人第一個下車，槍口繼續指著車內，一點也沒放鬆戒心。在喝令真奈下車後，先將她硬拉到自己身旁，再拿槍抵著她的頸子。真奈只能緊張地縮著脖子，卻無計可施。

這個人讓秋庭最後才下車，顯然是思考過的。

「大叔你先請吧，帶路。」

他對待自己的態度中有一種超乎必要的威嚇，八成是劫車當時的敏捷反應令他提高了警覺。秋庭心想，早知道就佯裝成尋常的「大叔」，或許就會讓對方掉以輕心，此刻就有機會扭轉情勢了——雖然現在才後悔是遲了些。

「敢玩什麼花樣我就開槍，這女孩的頭就整個不見囉！」

感覺到真奈在背後倒抽了一口涼氣，卻沒有慘叫或哭泣。話說回來，她若是陷入恐慌，那才是最糟糕的狀況。秋庭在年輕人上車之前給的那兩句簡短指示，虧得她能遵守到現在。他現在才明白，原來她是如此無條件的信任自己。

「——放心，我可不想收拾她腦袋的碎片。」

「你當自己是賈桂琳啊。」

年輕人揶揄似的噗嗤一笑，讓秋庭對他的印象改觀了。這人的言行雖然粗暴野蠻，知識水準卻比他所想的要高。在秋庭這一代的認知裡，甘迺迪遇刺不過是歷史課本上的國外大事，一般人就算在學校學過，也未必知道總統夫人為丈夫收拾腦漿這種小道消息，更不會在意總統夫人的名字之類——除非特別好奇。眼前這個逃犯頂多二十歲，這個事件應該離他的年代更遠才是。

求知欲高，判斷力也高。與這樣的槍手為敵——有些麻煩。

秋庭領頭走進油漆已斑駁的老舊公寓中。四層高的舊式樓房沒有電梯，三人一步步走在樓梯間。為了不讓對方加強警戒，秋庭始終保持穩定的步伐。

進屋後，年輕人命令秋庭打開室內所有照明，並且要他帶路去看每一個房間，確定屋裡沒有別人，也同時檢視任何可以當做武器的用品，一一確認它們的位置，小心得不得了。

全部檢查完後，年輕人要他們再次往廚房移動。

「大叔，你走遠一點。」

那人邊說邊走向流理台，繼續以真奈為盾。

「真奈，把妳平常用的菜刀拿出來。」

聽見他只叫自己的名字，真奈的臉上掠過一絲不滿，但仍然依言打開水槽下的儲物櫃，拿出一把三用菜刀。

「拿著刀刃，遞過來。」

真奈照辦，將刀柄往背後遞去。男子接過，便改用刀鋒抵著真奈的脖子，將原先的步槍斜揹在身上。

「這玩意兒太重了不順手，也拿不久。」

六四式本來就不是讓人長時間捧著的。這個逃犯知道自己該在手痠之前更換武器。

「然後我要吃東西。拿吃的來，不花時間的。」

真奈看了秋庭一眼，秋庭僅以眼色微微示意，儘量不讓年輕人察覺。眼下的任何圖謀都只會刺激這個人的情緒，真奈又被利刃挾持，他不想讓犯人突然改變心意。

於是真奈輕輕提起自己的背包，讓身後的人看。

「這裡面有便當。水壺裡有茶。」

那本來是為了徒步回程才準備的，結果一口也沒吃到。

「怎麼，你們兩個是去野餐的啊？這麼悠閒。也好，到沙發那裡去。」

年輕人依舊讓秋庭先走，命他站到沙發正對面的牆邊，自己則在沙發坐下，把步槍移到左脅對著秋庭，叫真奈坐在右鄰，繼續用菜刀押著她。

「真奈，拿便當出來。背包先擺腿上，拿完便當後可以放地上。」

真奈打開背包時，年輕人仍然緊盯著靠牆站的秋庭，等到她將便當盒放在茶几上打開來，才又下命令：

「餵我吃。不要用筷子，用手。」

一手拿槍，一手持刀，他沒有多的手可以吃東西，大概也怕她用筷子當武器。

真奈遲疑了一會兒，便伸出一隻手拿了個飯糰。

「對不起，我沒洗手。」

霎時間，年輕人訝異地看著真奈，隨即低聲咕噥著「怪人」，一面咬下真奈送到嘴邊的飯糰。在這過程之中，他的兩隻眼睛仍然盯著秋庭。

「——好好吃哦。」

他的聲調突然溫和起來。

「……只是白飯糰而已。」

「很好吃。再來，我要吃菜。」

朝真奈送上的小香腸瞥了一眼，年輕人咯咯笑了。

「這什麼？章魚？」

「啊，看起來不像嗎？」

真奈一時忘了眼前的場合，竟老實不二地反問。

「看得出來啊。就是看得出來我才想笑啊，想說還弄得這麼可愛，真好笑——我上次吃章魚小香腸不知是幾時的事。看守所裡才不會花這種心思咧，更別說這麼用心做出來的便當了。」

聽見自己的聲音忽然有一點哽咽，年輕人像是想要掩飾，倉皇地朝秋庭努了努下巴，粗聲粗氣說：

「抱歉啦，我把你的便當吃掉了。」

年輕人一口氣吃完了兩人份的便當，又叫真奈餵他喝茶，然後長嘆一聲。

「唉——太好吃了。妳的廚藝真好。」

「沒有啦……」

見真奈不由自主地謙虛起來，年輕人更是直視著她大誇特誇。

「真的，我沒有亂講。妳這麼會做菜，可以嫁人了。」

他的語調聽起來顯然不是在取笑人，但在這種場合下，真奈也不知該如何回應。

其後數十分鐘的膠著狀態中，年輕人好像中意起真奈來了，一直東拉西扯地與她攀談。

妳幾歲？十八？那是高中生囉！我看妳做事一板一眼的，穿制服時一定都把鈕子扣到最上面一顆吧？我念高中時班上也有一個女生像妳這樣，土死了，一天到晚唸我服裝儀容不整，囉嗦得要命。我罵她醜八怪閉嘴，她居然就哭了，真是傷腦筋啊。妳跟她有點像咧。

剛才那個煎蛋捲是怎麼弄的？味道不太一樣哪，不會太甜。調味料應該不只鹽吧？喔，原來是醬油……原來如此。我以前吃過某個人做的煎蛋捲，味道跟妳做的一樣。嗯，原來是加了醬油啊。不過那傢伙做的味道比較重一點，也滿好吃的，只是我當時覺得很煩，就對她說無敵難吃。其實真的很好吃啦，我也不知我幹嘛把氣出在她身上。早知道就老實說跟她好吃了……

說了半天，年輕人才轉向秋庭。

「喂，你們兩個是什麼關係？」

「什麼關係？」

「你們一起住這裡對吧？是兄妹？親戚？還是男女朋友？」

「沒有關係。」

秋庭冷冷地答完，年輕人便一把將真奈摟進懷裡。

「他說你們沒有關係耶！真的嗎？」

真奈被他半扯進懷裡，卻也不禁苦笑起來。

「是真的……我們是鹽害發生後才認識的。我沒有地方可去，他才收留了我。」

「不是援交吧？他收留妳，妳就讓他上嗎？妳該不會是被這個色老頭騙上床了吧！」

真奈感到臉上一熱。她終於知道人在生氣時血氣上衝是什麼感覺，現在她好想回嘴罵人。

——不要惹他。

可是秋庭是這麼交待的，意思就是不要刺激他。不要惹他不要惹他不要惹他——真奈快速地反覆默唸了數十次，像在念經一樣。

秋庭說的話一定不會有錯。

「秋庭先生不是那種人。」

真奈好不容易才擠出一句話，只見年輕人邪邪一笑。

「所以我就不用顧慮他囉——真奈，餵我喝茶。用嘴餵。」

「啊？」

真奈錯愕地叫道，年輕人卻是神色自若。

「你們若是情侶，我還有理由顧慮一下；既然是沒有關係的人，那還有什麼好怕的？又不會少塊肉。噢，妳要是不喜歡，可以拒絕，」

說到這裡，他輕蔑地瞥向秋庭。

「那我就開槍打那位大叔。」

「——你不要太囂張哦。」

秋庭陰沉地回瞪。被他這麼一瞪，那人的情緒突然激昂起來。

「不是沒有關係嗎！你自己說的，不是嗎！既然沒關係就給我閉嘴！氣死我了，明明是兩個不相干的人，幹嘛在我面前裝出感情很好的樣子？別以為我看不出來！要讓你們聽話再簡單不過，我早就看穿了！」

槍聲響徹屋內。貼著米色壁紙的牆面應聲出現一個彈痕，就落在不為所動的秋庭身旁。

「住手！」

真奈高叫，抓起水壺直接喝下一大口，然後用雙手扶住年輕人的兩頰，讓他轉向面對自己。她知道自己的手正微微顫抖，只是弄不清是因為恐懼、害怕，還是憤怒。

那人把臉往前探，抵在真奈頸間的菜刀不經意地劃動，細線似的微小痛覺掠過喉頭。

她閉上眼，把自己的嘴唇壓上去。年輕人一點一點的吸，可是真奈卻想一口氣全吐出去。直到最後一滴也流了出去，真奈才僵硬地退開身子。

「——這樣總行了吧？」

看見真奈憤怒的視線，那人輕薄地笑了。那笑容中流露的危險氣息，彷彿即將逾越某條界線——也許早已逾越。

「好拚命啊。為了一個不相干的男人，妳肯這樣犧牲？真可憐，妳看看，脖子都割傷了。」

年輕人說著，突然伸手去摟真奈。真奈整張臉皺了起來，卻只能忍著不喊出聲。

「住手！」

聽見秋庭大喝，那人越發嘲弄地用刀鋒敲起人質的頸子來。跳動的刀刃給真奈帶來的恐懼更勝於痛楚；一下又一下，那輕快的規律幾乎令她為之凍結。

他得寸進尺地伸舌舔舐掠過真奈喉側的那道傷痕，兩眼還不忘盯著秋庭，眼底閃著勝利者驕矜的光芒。

「痛……」

「哦，痛是吧。那我換不痛的地方。」

年輕人繼續往上舔，緩緩移向她的頸後。

真奈忍不住縮起脖子，他卻不允許，硬是把臉擠進她的肩膀和臉頰之間。

「——！」

年輕人的舌頭舔上耳根時，真奈不禁緊閉雙眼、咬緊牙關，知道淚水正從自己的眼角滑落。

「別這麼嫌棄嘛，太傷人了，多少假裝一下不行嗎？我很可憐耶，一個沒夢想沒希望又卑微的囚犯，就當做是安慰我嘛。」

年輕人反手將菜刀抵在真奈的胸口，另一手放開了步槍，毫不客氣地摸了上去。

「別動哦，大叔。就算你打得贏我，先死的可是真奈。」

秋庭原想趁他放開步槍時衝上前去，這下只好作罷。射向那人的視線更加兇惡，幾乎欲置人於死。而年輕人明知對方的目光充滿殺意，非但面不改色，還用近乎自暴自棄的眼神回敬秋庭。

「你真幸運啊，又高又帥身手又好。有這麼好的條件，就算在這種世道下也不愁沒女人，何必撿這種乳臭未乾的小女孩回來、還這麼寶貝地養在家裡呢？你若要撿更好的，外面一定多得隨便你選吧？這一個就讓給我啦。反正你們兩個是不相干的外人，有什麼關係？我快一年沒碰女人了耶，你說可不可憐？」

年輕人喋喋不休地說著，最後把真奈推倒在沙發上，自己也壓了上去。真奈反射性地舉起雙肘擋在那人胸前。

「不要……」

回答她的卻是一記槍聲。

真奈嚇得縮起身子，看見秋庭沒有被擊傷，這才呼了一口氣。

「──你們實在太好對付了。」

放下因受驚而乏力的雙臂，真奈揪著兩側的沙發布，免得自己又不由自主地想抵抗。

年輕人把刀尖伸進真奈的衣領，猛然向下劃。被扯裂的運動衫往兩旁敞開，白皙的肌膚在電燈下展露無遺。

──又來了。又是這樣。

剝削與被剝削，獵殺與被獵殺；真奈總是淪為後者，總是那隻無力反抗的小兔子，總是走投無路——根本也由不得她選擇。

世上為什麼要有這樣的二分法？

這二元論已經夠令人生厭了，還被眼前的男人拿來折磨自己和秋庭。這人明明沒有必要這麼做，就是知道真奈和秋庭會痛苦，他才故意——

男子強吻上來時，真奈閉緊了眼睛。

他的嘴唇退開時，她再也不想保持沉默了。

這個人心裡明明還有另一個人，不可能真心想這麼做——既然明白這一點，真奈就更不願讓自己為這種事情受傷害了。

「——你是真的想跟我做這種事嗎？不對吧——你想親吻的人其實並不是我，對不對？」

聽見真奈的喊叫，年輕人的氣勢顯然為之一頹。

只是這一瞬的躊躇，對秋庭而言已經足夠。

年輕人很快驚覺，卻已經來不及拾槍。驀地擲出的利刃撲了空，有如飛鏢似的嵌進牆上；而秋庭的身形早在同時躍過另一張沙發椅，撲向男子空出來的右手，擒來就是一記反手扭。

啪。

只聽得一聲悶響，年輕人倒臥在真奈的身上。而秋庭的手中——

是一隻從肘部碎裂的斷臂。

男子的臉因痛苦而扭曲，他回頭看著秋庭：

「——你就讓一個女人給我會怎樣？我都已經變成這副德性了！」

手肘的斷面裡，已能看見白色的鹽晶。

害怕了這麼久，直到這一刻，真奈才發出驚恐的尖叫。

「你們這種沒做壞事的人最幸福啦，時局這麼壞還有女人願意跟你過日子，替你做好吃的！真奈一定每天都準備好料給你吃吧？就像特地為心愛的人下廚一樣，她每天都費盡心思幫你準備飯菜對吧！」

年輕人一把眼淚一把鼻涕的哭喊道。

秋庭沒有答腔，只是伸手取走男子身旁的步槍。真奈也在這時慢慢坐起身子。

年輕人已經不再逞兇，只是趴在真奈的膝上大哭，不肯起來。真奈任他賴著，沒再躲避他。

「你們知道現在的犯人過著什麼樣的日子嗎？哼，反正跟你們這些清高正直的傢伙無關吧。你們一定覺得做了壞事活該被抓起來關，死了就算了。反正坐牢的人性命不值錢，豬狗不如，是不是？對啦！我就是豬狗不如啦！」

真奈不知所措地望著秋庭。她該怎麼回應呢？跟他說「不是你想的這樣」也沒有多大意義，這人大概也不會因此就覺得安慰。

這時，秋庭大剌剌地一屁股坐上茶几。

「幹嘛講得這麼偏激？我們的確不知道現在的犯人過得如何，那也只是因為沒機會接觸這一類消息，又不是因為把犯人當豬狗。」

秋庭說著，定定地直視年輕人。

「就算覺得誰豬狗不如，也只有在對那個人火大到極限的時候吧。像我剛才就完全覺得你是個豬狗不如的畜生。」

年輕人聽他這麼說，竟然破涕為笑。

「——所以說你們兩個沒有任何關係，根本是騙人的嘛。」

秋庭這下無話可答了。他和真奈非親非故，確實是撿到才相識，目前也不是情侶；老實說，他還真不知道該如何正確描述這種關係。

「是我不好啦，原諒我吧——我只是氣不過你們裝成外人。不管挾持你們之中的哪一個，另一個應該都不敢輕舉妄動吧？明明就很在意對方的安危，幹嘛還裝給我看啊！也不想想我們這種被人瞧不起的，根本沒有人在乎我們的死活。既然你們這麼幸福，就別在我面前裝啦！」

真奈輕輕撫著年輕人的頭。

「你聽我說——要是希望別人對你好，就該老實說出來呀。」

年輕人抬起頭看著真奈。

「妳不生氣啊？」

「我氣過了啊……剛才也覺得你很討厭。」

見真奈面露苦笑，年輕人喃喃道：

「怪人。」

嘴裡如是說著，他卻用僅存的手攀到真奈的膝上。

「算我拜託妳，對我溫柔一點吧。我不想一直被人瞧不起，更不想連死的時候也如此卑賤……所以才會逃出來……」

年輕人再度嗚咽，而真奈仍靜靜地撫著他的頭。這人雖然對她做了許多過分的事，也令她受傷；但在這樣的情況下，她卻不忍心扔著他不管。

監獄裡流傳著這樣的風聲——眼前這時局沒有犯人生存的餘地，所以會從死刑犯開始處死，等死刑犯殺完就換我們。結果獄友們真的一個一個被帶走，最後都沒有回來，而且聽說都是自衛隊來帶人的。有一天，他們把我叫到看守所長辦公室，而自衛隊的人也在那裡。那時我就心想：完了，這次輪到我了。

那些人很兇啊，而且像機器人一樣面無表情，問什麼都不理不睬。我一直纏著他們問要帶我去哪，其中一個人才冷冷地瞄了我一眼，說我反正是浪費糧食的米蟲，臨死前有點貢獻也好。

結果他們把我帶到另一個不知名的地方。房間好大好乾淨，牆壁全都是白色的，又清爽又舒服。而且我不用再照表操課，每天只要按時吃三餐就好；可是我卻怕得要命，覺得快要瘋掉。

也許他們只是想讓我在死前過得舒服點吧。聽說死刑犯都會先吃飽喝足了再上路不是？我大概就快了。

過不了多久，我就開始冒鹽巴了。有一天小腳趾不知撞到啥，結果一點也不痛，還掉下一塊來——掉下來的那一塊居然是鹽。

看守所裡也播新聞，所以我知道自己的下場會如何。我對警衛說，我已經受了鹽害，反正沒救了，好歹就放我出去吧。反正都是等死，既然逃不過，讓我死在外面也好，我也想再見家人朋友一面啊！

可是那些人理都不理我，一副當我不存在的樣子。我看他們的眼神就知道，他們根本沒拿我當人看，跟那個說我是米蟲的傢伙一模一樣。那幾個警衛一定也覺得我比蟲子還不如吧。

我隱約感覺得出皮膚下的身體正一點一點地變成鹽。先是四肢末梢，接著是其他地方；皮膚下的部分漸漸變硬。開始注意到這一點之後，鹽化的速度就越來越快了。小趾撞掉一塊的隔天，五根腳趾都變硬了，再過一天就已經蔓延到膝蓋了。變化的速度越來越快，真的很恐怖啊！我好緊張，心裡急死了，可是大哭大叫也沒人理我，實在很慘。我哭到鼻涕跟口水流得滿臉都是，難堪得要命。偏偏那些人只會在外面看，一臉沒事的樣子，我好像一個人在那裡扮小丑，搞滑稽。

我越哭越不甘心，於是決定要給他們好看。到了放我出去運動的時間，我拿起板凳毆打負責看守的自衛官，想不到那些傢伙好壯，被板凳打了也沒倒下。

反正我已經豁出去了，乾脆就搶了其中一個人的佩槍，朝他開火。我看到那傢伙的腦漿噴出來，大概是活不成了吧？不過那也是他活該。

然後我就逃出來了。好不容易溜到外面時天已經黑了，也不知道為什麼沒有人開槍射殺我，還讓我一路逃到圍牆外。

問題是，外頭一直有吉普車繞來繞去。我躲了好久，他們好像一直不死心。我正覺得被抓回去恐怕只是時間問題時，你們的車子就開來了。說起來你們也真夠倒楣。

其實我本來只打算在這裡休息一下，然後讓你們帶我去別的地方；可惜體內的鹽化速度好像越來越快了。為什麼呢？是跟妳聊過之後心情放鬆的關係嗎？難道就像快死的老頭子那樣，一放心就忽然斷氣了？等等，我又不是老頭子。

妳說是吧。

我以前的確是不好，成天跟朋友一起幹壞事。可是我真有那麼壞嗎？我既沒殺人，也沒幹過非禮女人之類的勾當；雖然被關，刑期本來也只有一年多而已。這不表示只要反省一年就能獲得原諒嗎？國家把我關起來，不是要給我改過自新的機會嗎？

難道我壞到該被那種冷血無情的人罵得豬狗不如？壞到非得被那種人殺掉不可嗎？壞到受了鹽害還不值得原諒嗎？

我只是想在死前看看我想念的人，他們也不准。我真的壞到那個地步嗎？

真奈和秋庭只能聆聽，卻都無話可說。他們不清楚這個人的罪狀，當然也不知道他犯的過錯該怎麼補償。究竟該如何才能真正彌補過錯？這個問題恐怕沒有人能解答。

真奈又輕撫了他的頭一會兒，細聲說道：

「你想見的人，是不是那個像我一樣土、煎蛋捲的味道和我一樣的女孩？」

穿制服時會把釦子扣到最上面一顆，被我罵「醜八怪閉嘴」，她居然就哭了。

其實她做的煎蛋捲很好吃，我卻因為心煩就故意說難吃──早知道就老實對她說好吃了。

「妳這麼會做菜，可以嫁人了。」──這句話其實也是對那女孩說的吧。

「別笑我，我知道老掉牙。她是我高中時的班長，做什麼事都很認真，就是個性太死板，看我服裝儀容不合格時會一直哇哇叫；雖然囉嗦，但我其實滿喜歡被她注意的。我說要是她做便當給我吃，我就遵守服裝儀容的規定，想不到她居然真的做來學校。不知道為啥，我竟開心得不得了，可是發現自己開心時卻彆扭起來──喂，那種感覺你也懂吧。」

他如此詢問秋庭，秋庭忍不住苦笑。之前一直被喚作大叔，這會兒聊起青澀少年的往事，大概又被當成是能夠分享那份心情的同輩了。秋庭的確記得那種感覺，只是不像年輕人有過這麼一段酸甜回憶。

秋庭點點頭道：

「怎麼會不懂呢。」

「唉，我現在非常後悔啊。要是自己當時成熟一點，或許就敢大方的誇她做菜好吃，也不用到現在才後悔了。畢業後我們就沒再見面，可是我還是好後悔。」

「放心吧，江山易改本性難移。就算再過十幾年，你還是一樣不好意思說實話的。人就是這麼回事。」

「是哦……」

年輕人點了點頭，像是放心，又像是有點兒不滿。

「我現在有時還會想……那一天，如果我老實地稱讚她，說不定後來的人生就完全不同了。搞不好我跟她會處得不錯，過了一陣子後向她表白、開始交往，然後就會跟她成為同一個世界的人了。我的個性變得比較正經，乖乖的就業或升學，那麼現在——就算是臨死前，說不定也能跟她在一起，兩個人互相為對方打氣，而不是像這樣……隔著一道牢房的圍牆。只不過，要是我老到成了大叔還是這麼不坦率，那也只好認了……」

年輕人無奈地笑了笑，然後抬頭看著真奈，表情突然變得畏怯。

「真奈……我越來越看不清楚了……」

「——你可以用她的名字喊我。」

聽見真奈輕聲道，那人的眼中又盈滿淚水。

「橫山……我好害怕，我……是不是快死了啊？在這種地方……」

「我知道你怕，不過你不會寂寞的。有我在這兒。」

真奈輕輕地撫著年輕人的頭，掌心和指間卻感覺到越來越多的顆粒。

「……妳也叫我的名字，好嗎？我想聽妳叫我的名字。不要連名帶姓的，要像男女朋友那樣，親密一點的。」

「好呀，那要怎麼叫你？」

「智也。」

「智也。你也可以只叫我的名字。」

真奈一面說著，一面握住智也的手。

秋庭默默地看著，知道真奈準備要為這名年輕人送終了。她既然起了頭，就會用最好的方式讓他安詳地上路。

「……祐子。」

智也忸怩了一會兒才出聲：

「妳做的煎蛋捲……其實，很好吃……」

「沒關係，其實我都知道，智也。你只是臉皮薄，不好意思說。」

「那就好……我以為妳生氣了……所以，才想去道歉……」

「嗯，我原諒你，別再提了。」

智也那逐漸僵化的臉上顯現微微笑意。這時候，他的頭跟臉已經完全變白了。

「——好渴……嘴裡、好鹹……餵我喝水……」

真奈抬頭看了看秋庭，秋庭只好替她拿來水壺，看著她接過去喝了一小口，低下頭覆在智也的嘴唇上。

——他的喉頭動了一下，然後就停了。茶水從智也微張的嘴唇中流出來，隨即被硬化的白色肌膚吸乾。

突然聽得有人重重敲門，秋庭即拉開嗓門朝門口大吼：

「門沒關！」

開門走進的，竟是一群身著迷彩服的自衛官。

「拖到現在才出場，你們好大的派頭啊！」

也不知是才剛趕到，還是早已在屋外窺探了一會兒，幾個自衛官沒搭理秋庭的譏諷，鞋也沒脫就踩進屋裡來。其中一人似乎認得秋庭，驚愕地想要敬禮，手才舉起卻被秋庭白了一眼。

「免啦！」

一名自衛官走向真奈，粗魯地拉起她膝上的智也。

「別這樣！」

真奈急道：

「拜託——請你們輕輕地帶走他。這人已經不會再惹事了。」

——再也不能因絕望而反抗，也無法再重新做人了。

「已經變成鹽啦，還不小心點？萬一碎掉你們要幫我打掃嗎？」

聽見秋庭故意不客氣地補上這麼幾句，自衛官們倒是默不吭聲，只有一個大約是行動指揮官的男子看了看腕錶，接著說道：

「二三〇一，確認鹽化。目標取得。」

他一說完，另一個帶著記事板的人立刻拿起筆邊抄邊複誦，另外幾個人便走上前去抬智也的遺體。也許是怕遺體受損，也或許是真奈的話起了作用，這一次，他們的動作都輕多了。

指揮官沒有去幫忙抬，而是來到秋庭面前敬禮：

「感謝您的協助。本案依治安維持法鹽害特例處理，因此禁止對外洩露，請您配合。」

「當然，否則你們的麻煩可大了。」

秋庭一面挖苦，一面將智也的斷臂交給他，意有所指地說道：

「怪玩具別忘了帶走。」

知道秋庭說的是可能植入其中的訊號發射器，指揮官的神情有些不自在。他接過那隻手臂，低著頭又行了一個舉手禮，這才轉身離開。

*

自衛隊的人離開之後，秋庭走向門口，鎖上大門。

回到客廳時，只見真奈在沙發旁看著地板嘆氣。地毯上滿是混著鹽粒的沙土。

「那些人怎麼不脫鞋就直接踩進來呀！」

「明天再清理吧。」

秋庭說著，走向真奈。

「——還好吧？」

他伸手輕撫著掠過她喉前的那道紅線。

「沒事，只有一點刺痛而已。」

「我不是說這道傷，是說後來——」

聽秋庭問得含蓄，真奈反而笑了出來。她伸手攏了攏破掉的前襟。

「那些倒是還好。別看我這樣，初吻可是很早就給了別人呢。那點小事我不在意的。」

看她故意答得俏皮，秋庭也跟著起鬨：

「幾歲啊？」

「五歲。」

秋庭噗嗤笑道：

「不會是給了爸爸吧？」

「嘿嘿。」

真奈害羞的笑，卻冷不防被秋庭緊緊抱住。她一時忘了呼吸，全身都繃緊了，好一會兒才怯怯地放鬆。

「……秋庭先生？」

「我答應妳……」

秋庭抱著真奈，兩眼則盯著空無一人的虛空。

「以後不會再說我們是沒有關係的外人了。再也不會。」

如果直說會落到這步田地，那他以後再也不這麼說了。就算找不到貼切的說法可形容這種關係，至少他不會再說她是不相干的外人——在見到她被別人輕薄的那一刻，那種痛苦和憤怒是他從未感受過的。

真奈在秋庭的懷裡輕輕點頭，然後用很小、很小，小到連秋庭都幾乎聽不清的聲音說：

「為什麼——為什麼會變成這樣呢？」

那聲音像是在悄悄的啜泣，彷彿想在巨浪還未拍上岸頭前，不著痕跡地將它壓下。

「世界為什麼會變成這個樣子呢？我沒辦法像遼一先生那麼豁達。」

獨自留在日暮海畔的青年說，世界變成這副德性也是值得慶幸的。他用平靜的心去接納乖舛的命運——然而，這份平靜並非人人都能達到。

「從前的世界雖然存在過很多錯誤，有停滯和退步，也有很多缺點，但還是比現在這樣好很多。至少在以前，人們看得見規矩，也知道怎麼去遵守它。」

在停擺的世界裡，既有的規範完全派不上用場。規範是用來保護人的。因為有限制與懲罰存在，人們只要循規蹈矩，大致上就能自保。

不犯、不盜、不殺——許多宗教的教義都告訴人們，神明願意拯救遵守這些戒律的人。

然而，當人們發現謹守戒律也難免一死，秉守規範無益於生命的維繫時，還有誰會去信守那冠冕堂皇的承諾？

「既然遵守規範也沒有好處，別說是智也先生了，其他人恐怕也不會遵守呀；就算守規矩是正當又體面的事，如果做了也沒有人讚賞，再體面也沒有意義。因為大家都明白任性而為才不吃虧啊。」

我的刑期本來只有一年多而已，這不表示只要反省一年就能獲得原諒嗎？社會奉行舊世界的規範而做出承諾，到頭來又自行推翻了——如果這樣的承諾都可以因情勢和世界的改變而推翻，被承諾的一方又何必繼續遵守？

所以，智也就放縱自己妄為了。

殺掉擋路的警衛，闖出不該離開的牢籠；因為自己有需要就持槍威脅秋庭和真奈，心裡不平就非禮真奈。

橫豎都是一死——這就是他冠冕堂皇的理由。

本來就是世界先背叛了他，所以何必做好人？何必遵守善良規範？善良至上這回事，反正是舊世界裡的遊戲規則。

然而在規範被顛覆的這一刻，人們才明白自己從前多麼受到保障。

「如果這世界仍舊正常——我想智也先生應該會乖乖服滿刑期，然後理所當然地回歸社會。因為他自己也說刑期才一年多嘛。」

「——搞不好會因為只關一年多，出獄後又去幹壞事。」

秋庭故意潑冷水，只見真奈猛搖頭。

「——就算那樣，我也不必碰到那麼討厭的智也先生！他也不會故意表現卑鄙下流的一面，更不會做出讓我那麼害怕的事情！」

真奈喊完，再度消沉低喃：

我知道——我知道自己在說什麼——

「如果遇到他的不是我，那該有多好……只要不發生在我身上就好。就讓別人去面對吧，不是我就好——有這種心態，其實我也跟其他人沒兩樣。」

世界已不再美好，自己卻只想看見美好的事物。即使世上污穢、狡詐、自私的醜態橫流，只要不出現在自己眼前就行。

這和智也的自我中心有什麼不同？頂多是期望的方向不同罷了，出發點都只是自私。

不想承認自己也有這樣的一面。曾經存在的普世價值掩蓋了人性的醜陋，而人們只要謹守分際，便以為自己是正當的、是善良的。

「——萬一哪天鹽害發生在我身上，我怕自己也控制不住，變得像智也先生那樣。」

死亡將至之際，壓抑至今的欲望會如何失控？那樣的醜陋，她實在不想目睹。

而到了那個時候，還有誰會陪在身旁？假使無人相伴，她會不會因此心生怨懟——不消說，一定會有的。

秋庭會是那個人嗎？萬一秋庭不肯陪伴自己到最後一刻，她能不恨不怨嗎？

明知自私已經在心底萌芽，她更沒有這樣的自信了。

「天底下沒有完人，每個人心裡都有善惡兩面。無論是妳或那小子，甚或是我也一樣，不可能只有美好的一面。」

秋庭的聲音格外沉靜，彷彿是想安撫真奈：

「善或惡不過是在賽跑，抓不準誰跑贏罷了。有一點點骯髒念頭就不值得原諒？這道理大概只有妳這個年紀的人還會相信吧。我們沒有堅強到能夠讓自己的心靈一塵不染，所以總會有個髒點什麼。況且……」

——是妳讓那小子在最後得到平靜的啊。

秋庭說著，鬆開環著真奈的雙臂。

「哎，場面話，說說而已啦。」

他的口氣似乎在開玩笑，真奈不禁微微笑了。不過他忽然又變了個口氣：

「話雖如此，我對那些沒事找麻煩的傢伙可從來不手軟。我會以牙還牙，以眼還眼，直到我滿意為止。或許還是有修養好的人會說可以原諒別人啦，不過道貌岸然的話誰都會講，心裡怎麼想卻是另一回事；畢竟這種話連我都講得出口了。所以啦，別提什麼以前的世界了，它其實沒有妳想像的那麼好。」

他在真奈的肩上拍了拍說：

「去換衣服，再把藥拿過來。花時間思考深奧的問題，不如先處理傷口。」

真奈點點頭，攏著衣服轉身走向臥室。秋庭看著她走進房間，自己才在沙發上坐下。智也剛才就躺在這裡。伸手去摸，布面上還留著一點點鹽粒的觸感。

宛如大凶之時降臨的魔物，突然出現掀起一陣混亂，然後自顧自離去，也不管造成了多大的衝擊——

秋庭無聲地喃喃自語：

最後——還好有真奈陪在你身邊啊，魔物少年。

Scene-3

人生在世有快樂也有悲傷。

＊

自前往海濱那日以來，真奈陷入嚴重的低潮。

這些日子她一句也沒再提起當天偶遇的那兩人。有時笑著閒聊，聊到一半竟突然落淚，但她自己似乎完全沒意識到，直到淚水沾濕了臉頰才恍然發現。驚覺哭泣之後的張皇失措，自是不在話下。

——看這情況……

這不知是真奈第幾次慌忙躲進臥室去了。秋庭看著房門，見她很久都沒出來，搞不好是哭著哭著就睡著了。

——該不是勾起了什麼過去的傷痛？

已經過了整整兩個星期，為兩個素昧平生的過客哀悼也該有個限度。不管怎麼說，她這般不穩定的情緒拖得未免太久，顯然是往心裡去了——毋寧說是被迫往心裡去的。

那沒來由就掉眼淚、活像淚腺壞掉似的模樣，令人在一旁看了都擔憂。

縱使感傷於眼前的人生悲劇，但對象畢竟只是相處不到半日的陌生人，把情緒投入成這個地步可就不正常了。

或許真奈的確好管閒事，但她這個人其實是很理智的。

秋庭如此揣摩著。當事情發生在她身邊時，明知自己力有未逮，她仍然願意涉入關切；對待那隻貓和那隻狗時便是如此。

他想，這女孩並不是不明理，她知道過去的一切無法挽回，所以總是靜靜地悼念過往。給貓送終時如此，給狗送終時亦是；真奈都沒有嚎啕大哭，只是無聲的落淚，然後就看開了，沒有留下情緒的障礙。

秋庭至今仍覺得自己這番揣摩沒什麼太大失準，因為見到她在與遼一道別時還向他道歉。一個旁觀者卻哭得像是個當事人，這種脆弱正像是秋庭所認知的真奈。

就算對象換成人類，這女孩大概還是會了解情況試著插手吧？碰上智也時就是這樣。照這麼想來，傷感拖得這麼久，反倒是一種常態了。真奈正在掙扎著使情緒回復正常，這也可以解釋她發現自己落淚時為什麼會驚慌了。

秋庭在記憶中搜尋著那一天的種種，試著找出引發真奈失常的關鍵。一個平素安分又格外理智的女孩，為何無端逾越了旁觀者與當事人的界線？

問題八成出在真奈本身的回憶裡。

勾起回憶的人不是遼一就是智也，或者兩人都有份。

兩者都有可能，卻怎麼樣就是釐清不了。秋庭揣測不出究竟是哪一件事影響了她、又是哪一段回憶被觸動，突然間覺得自己跟她就像毫無關係的陌生人——諷刺地違背了先前的誓言。

「——心理諮商之類的診所好像早就關門大吉了吧？」

秋庭嘆了口氣，隨意癱躺在沙發上。

＊

……鹽害剛發生的那一刻，真奈已不記得了。

她那天剛好身體不舒服，請假沒去上學；爸媽照常去上班，留她一個人在家休息。

真奈很少生病，那天卻燒得特別厲害，一倒下就昏沉沉睡到天黑才醒來。時序剛入冬，天黑得早，拉起的半遮光窗簾令室內一片漆黑。她開燈看看時間，晚上七點多，這時母親通常已經到家了，房外卻寂靜無聲。走出去一看，屋裡果然一片漆黑。她一路打開走廊和門口的燈，走進客廳看電話答錄機。母親若要加班，一定會先打回來說一聲，然而電話答錄機卻顯示並無留言。

她沒有多想，只覺得這種事也是難免。順手打開電視，走進廚房找東西填肚子，便聽見電視裡播報緊急消息的聲音。

出了什麼事嗎？她一面想著一面在櫥子裡找到夾餡麵包，邊咬邊向客廳裡的電視機瞥去。

如果是什麼大新聞，明天到學校可有得聊了。

她想得很輕鬆。

今天上午八點半，疑似隕石的大型白色不明物體墜落在東京灣的羽田機場方向，擊中了正在興建中的填海工程地基……

畫面切換到東京灣的景像。真奈呆住了。「大型」根本就不足以形容。

錄影重播著白晝的晴空，正中央是一座龐大的——龐大又極其高聳的白色塔狀物體直指天際，活像是從東京灣裡長出來似的。結晶般的物質反射著陽光閃閃發亮。

這座白色隕石整體高度約五百公尺，應是由全球同步發生的的大規模流星雨夾帶而來。目前日本各地也有同樣的隕石墜落，但是規模都比東京灣的這一座要小。國際天文學會並未發布這一波隕石群墜落的預測報告……

畫面又變成市區街景，是晨間新聞常常拍攝的霞之關一帶。攝影機切換望遠模式拍攝往來於人行道上的大批行人，看起來卻有些不對勁。

景像沒動，行人也沒動，就像走在半路被停格的畫面。而且——

他們的頭是白色的。

原本該是膚色的臉龐與黑或褐色的頭髮，畫面裡看來卻一如石膏似的雪白。

就在隕石墜落的同時刻，各地上班上學的人潮也出現奇怪現象；目前尚不確定是否與這些白色隕石有關連……

攝影機靠近紋風不動的人群，鏡頭移動時帶到後方的車道，可以清楚瞥見數十輛追撞成團的汽車都擠在那兒，那卻不是記者要拍攝的景象。

焦點在一名行人臉上定住、拉近，只見那張雪白的臉龐越發清晰。

這是——雕像？人的雕像？

臉上的每一道細紋都那樣精緻，髮際的每一根胎毛也細巧無比——卻充滿無機質的感覺，感覺不出一點兒生氣——

各位請看，竟有這種事情！

一個人，一個活生生的人變成這樣了！

這是鹽啊！他變成鹽巴的雕像了！

請恕我失禮——沒有錯，這是鹽！的確有食鹽的味道！

現在回想起那樣的舉動會覺得驚悚，正是因為鹽柱原本是活生生的人——而記者居然若無其事地品嘗了一具亡骸。

但對真奈來說，她卻是直到最近才切身體認這個事實。

單是東京地區，一個上午就出現五百萬到六百萬左右的受害者；全國各地的受害者總數目前尚無法估計……

那一天，真奈的雙親沒有回家。第二天也沒有，然後第三天、第四天——再也沒有。

他們都帶著手機出門，真奈卻沒有打給他們。她不敢打。只是駝鳥心態吧，她不想承認，也不想知道他們是不是出事了才不接電話。

就這樣，直到今天，她一次也沒有撥過爸媽的手機。電信系統全面停擺之後，就算她現在有勇氣了也打不成。

她只是不撥打而已，不代表沒人接，當然也不代表電話那頭的人已經不在這世上。

有好長一段時間，她都是這麼自己騙自己。

不時插播的電視快報，一點一滴的透露出消息。

天外飛來的隕石主成分是氯化鈉。

活人變成鹽的怪現象簡稱為鹽害。

日本關東地區的人口銳減三分之二。

事件發生當時正召開臨時國會，導致許多政府要人也成為受害者，內閣和各政府機關實際上已完全失去功能。

鹽害仍持續擴大，變成鹽的人與日俱增。

各界均無法證實不明隕石與鹽害的因果關係，所以專家們仍然找不到方法來防止鹽害。

全球均尚未發現治療方式，一旦染上鹽害便形同罹患絕症。

在日本觀測到流星雨後的二十四小時內，國外也觀測到同樣的流星雨，各地隨即發生相同的鹽害，災情正在擴大。

真奈聽到的只是一小部分，電視一定報過更多的消息，只是她的腦子早被這異常狀態麻痺，太多事情恐怕只是左耳進右耳出。若是為了準備大學考試，這樣的填鴨倒不壞就是了。

那陣子的媒體還很熱鬧，爭相搶播最具震憾力的畫面。後來廣告贊助商一間一間倒閉，媒體也一家一家關門大吉，最後只剩下ＮＨＫ獨撐場面。

在家裡窩了二週左右，能吃的都吃光了。母親是職業婦女，向來習慣大批採買，所以家裡的存糧總是超過一個三口之家所需，但如今也見底了。

真奈決定到學校去找老師商量。畢竟爸媽自鹽害當日就沒再回家，也許老師知道哪裡有公家機關的相關窗口可供諮詢。

她帶著錢包，心想這趟出門可以順便買點什麼，結果證明是白帶的。

滿街的商店早就沒了商店該有的樣子，毀壞的毀壞，凌亂的凌亂，根本沒見到還正常營業的店家。不過短短兩個星期，市街已經荒蕪到飄散著肅殺氣息。

家裡的水沒停，電也沒斷，閉門不出的真奈因此不知道外頭已經變成這副德性。現在看來，這世界真的發生了劇變。

真奈開始後悔，不該穿制服出門的。在這種情況下，她不該再穿著有性別之分的服裝在外頭走；現在旁人的口哨聲、調戲和躁動令她好不安，得趁還沒走遠時趕緊折回家換衣服——素面的運動衫和體育褲，再套一件媽媽比自己大一號的上衣，完全遮住身體的曲線。

林立的鹽柱正如電視上所見，只是絕大多數都已折斷或碎裂，極少保持著鹽化當時的原型。這兩週下了幾場雨，它們的輪廓早已被沖刷侵蝕不再精緻；身上的衣服和攜帶物品都被拿走，據說是本地自治會等團體擔心遭人縱火才去收的，當然應該也有不少是被暴民私自拿走的。許多脫光了的鹽柱遭到塗鴉，寫的全是些不堪入目的下流話；雨水雖然沖淡了麥克筆的墨色，但還要下幾次雨才能完全沖去下流的字跡和鹽像原本的模樣呢？

真奈走到車站才發現電車停駛，想來也是理所當然。後來她花了一個多小時才走到學校，其中有大半時間花在找路。一旦平常搭習慣的大眾運輸系統癱瘓，連每天上學的路線都不熟了。

學校現在成了物資配給所，教員們都當起了志工，正忙著分發救災物資。真奈找到級任導師，把事情說給她聽，卻見老師露出困擾的表情，顯然是幫不了真奈。

老師弄了一份配給的烏龍麵給真奈吃，包了好幾份配給糧食和生活用品——衛生紙和衛生棉——讓她帶回去，又教她怎麼去找家附近的配給所和受災者諮商中心，並說會盡量請社工到真奈家裡去探訪。

真奈向老師道謝，在她的目送下動身回家時心想：自己大概再也沒機會來這裡，這恐怕也是最後一次見導師了。

在那之後，也沒有一個社工來過家裡。

真奈獨自生活了一段日子。除了定期去領配給，她不太出門；因為外頭越來越亂，只有待在門窗鎖好、連白天也密密拉上窗簾的家裡才能安心。

外出時，她必定穿上看不出身材的服裝，絕對只在白天出門、在白天回家，並且絕不多話，尤其不提雙親至今未歸之事。反正領配給只看身分證，領到的東西份量並不因年齡、性別等條件而異，也就不必跟誰多開口了。

真奈起初都帶著學生證去領配給，後來改帶健保卡，因為她發現用健保卡可以一次領取全家——也就是三人份的物資，而且辦事員不會多問。這麼一來，她可以很久才去領一次配給，出門的次數也可以減少了。

幸好以前就常幫忙做家事，真奈知道怎麼保存大量食材；也多虧自治體用心維持水電之類的能源供應，讓冰箱的使用不成問題，她也記得母親是怎麼管理冰櫃的。

唯一的不便就是保鮮膜。這東西不在配給之列，真奈不得不省著點用。

她去過諮商中心，發現那裡根本提供不了實質幫助，後來就不再去了。諮商中心能給她的，只有櫃台後方那些中年女士的同情而已。

就這樣，她過了兩個多月的獨居生活。

某天下午，樓下的門突然喀喀作響。

她嚇了一跳走過去觀望，但是心裡明白，不按門鈴就想開門進屋的絕對是不速之客。果不其然，踹門和敲打的聲音緊接著傳來，看來門外不只一人。

過了一會兒，門上傳來沉重的撞擊聲，一下、又一下、再一下。門外的人對著門把猛敲，門鏈也發出了刺耳的金屬摩擦聲。

他們想破門而入。戰慄頓時從腳底沿著背脊直竄腦門。不行，害怕也無濟於事，現在就算天塌下來也沒別人能替她頂著。振作點——

真奈大了膽子走過門口，拿起走廊上的對講機，屏住呼吸，豎起耳朵，便聽見講話聲從聽筒裡傳來：

『不會有錯吧？你說她爸媽都不在？沒錯啦！第一手消息耶，諮商中心那個老太婆講的啊！我媽跟那個老太婆是同一個八卦幫的，說她爸媽可能因為鹽害掛了，家裡只剩她一個。鮮嫩誘人的高中女生唷！哇喔，太讚了！我們愛怎樣就怎樣哦？對啊，還有誰會囉嗦？沒吧？快點啦！我忍不住了。她在裡面一定嚇死了，好想趕快進去啊！這門鎖怎麼這麼牢啊？搞太久會不會讓她逃了啊？這裡三樓耶！能逃去哪？安啦！她是我們的啦！』

什麼——怎麼可以這樣？

奇怪的是，真奈只覺得生氣，卻不感到恐懼。

她氣門外這幾個胡說八道的傢伙，氣那個不分輕重東家長西家短的社工，氣自己的大意，竟將爸媽失蹤的事講給那種長舌婦聽。

真奈掂著腳走到門邊，拎起球鞋，俐落地穿上，轉身跑進屋裡。

這裡三樓耶，能逃去哪——我怎能如他們的意？快想快想——快想想現在該怎麼保護自己！

跑進客廳，抄起健保卡就往長褲口袋裡塞。只要有這個就夠了——只要有這個，走到哪兒都能領配給。

她衝向陽台，撲向擱在角落的紅色鐵盒。盒子上以白漆寫著「緊急逃生索」幾個大字。

住邊間就得擺這東西，真吃虧。好佔空間呀——媽，不會啦，不吃虧的。

隔板上印著「逃生時請一一拆去後取出使用」，但這麼做一定來不及。真奈打開逃生箱的蓋子，裡面裝的是繩梯，她不看說明，抓起一頭就往樓下扔。梯子喀啦喀啦地散開，垂到地上。

沒時間猶豫了。她跨越陽台的扶手，一腳蹬在繩梯上。繩梯猛然晃了一陣，害她的腳也軟了一下。可是玄關傳來的撞擊聲越來越清楚，也越來越急了。

爬下去，否則就得任屋外那些人宰割；從一開始就沒有自己選擇的餘地。

她不看別處，專心一意地探著下一階、再下一階。

大門盡忠職守地撐到她踩著最後一階繩梯。剛踏到地，陽台就傳來一陣咆哮。她聽不清那些人在吼什麼，反正一定是粗話或下流的言詞，她也不想聽懂。

真奈連頭也沒抬一下，拔腿就逃。

她發揮畢生最快的速度一口氣跑到有人來往的地方，上氣不接下氣地躲到轉角的牆後往回窺探，幸好那些人都沒有追來。

幾次深呼吸之後，淚水這才滲出來。看見她哭著調整呼吸，路過的人都面露訝色。

家裡是回不去了，眼下卻也無處可去。親戚都住得很遠，徒步是不可能走到的；同學朋友也沒法依靠，人人都是泥菩薩過江自身難保，不可能有餘力照料別人家的小孩。

淪落為刀俎魚肉的感覺，宛如病灶般在心底侵蝕成黑。

儘管走投無路，真奈還是在外頭熬過了一星期。配給所都有基本住宿設施，暫住個一晚不成問題，所以她都故意晚去，然後說不敢一個人走夜路回家，旁人便不會起疑。

現在她再也不打算信任什麼諮商機構了。這一個多禮拜來，她去過的每一間派出所或分局都空蕩蕩的，不但沒遇到半個警員，電話機拿起來也只聽得到線路不通的嘟嘟聲。光是走來走去尋找為數不多的配給所就夠累了，一天之中大半的精力都花在填飽肚子和找地方睡覺，實在沒有力氣特地去找有駐警的大警局。

配給所一處一處的換，她就這麼輾轉流浪、擔心受怕，覺得自己遲早還是會被獵捕。

有一天，她誤入一個因人口銳減而空洞化的地區，遇上另一群和闖進她家那些人一樣的人。

發現彼此之後，對方立刻追上來，真奈也立刻逃命。毋需言語，雙方憑本能就能察覺出孰強孰弱。

真奈沒跑多遠就被他們追上，不由分說地被拉扯推倒。她不知道那幾個人是怎麼騎到自己身上的，也不知道一齊伸進衣服裡來的手到底有幾隻。那些手指直接在她的肌膚上游走，品嘗似的到處亂捏。

不要！放開我！走開！

雖然老掉牙，但人在情急之下的確也只喊得出這麼幾句話。

「別這麼嫌棄嘛！反正大家都要死了，我們就交個朋友吧！互相安慰嘛！既然都要死就先爽一下也不吃虧，是不是？別掙扎啦！」

這些混帳都一樣。

就算換了腦袋，講出來的話還是都一樣。

猥鄙的手一把攫住她的胸部，那是只圖發洩欲望的力道。

「馬上就讓妳舒服……」

——你憑什麼這麼決定！

又是一群自作主張的傢伙。理智枷鎖崩裂的那一瞬間，怒意排山倒海而來，就連恐懼和絕望也不敵。

說什麼鬼話！誰說跟你做這種事會舒服？給我錢我也不要！舒不舒服也不是由你決定的！

「被你這種人碰根本讓人噁心想吐！」

話才出口，臉上就挨了一拳。

「臨死前讓妳碰上這麼舒服的好事，還叫什麼叫！」

真奈瞪著那個打她的人。

她恨自己的眼淚太不爭氣，就這麼掉下來，簡直就像是被嚇哭的。

為什麼——

為什麼舒不舒服是由你決定？

怎樣叫舒服？怎樣叫不舒服？

哪些是好事？哪些是壞事？

讓我自己決定——

＊

突然有人用力搖她的肩。

「真奈！」

這叫聲令她醒來。睜開眼，只見秋庭就在眼前，正注視著她。

對了，當時也是——

就像這樣，把她從惡夢中喚醒——是秋庭救了她。

「妳怎麼了？」

「沒事……」

真奈慢慢坐起來。她剛才只想休息一下，讓眼淚自然停止，沒想到迷迷糊糊就睡著了。睡了一頓時間可觀的午覺，她覺得眼睛比先前更腫了，大概睡著了還在哭吧。

秋庭在床邊坐下。

「妳好像做了很可怕的惡夢。」

「——想起以前的事情……」

真奈揉著紅腫的雙眼，難為情地笑了笑。

「結果又讓你救了。」

「妳在說啥？」

「我剛才夢見遇到你的前一刻。」

「哦……」秋庭像是早有察覺。

「算啦，努力忘掉它吧。沒必要動不動作那種夢來嚇自己。」

他的話是對的。那些差勁的人與事都應該趕快忘掉，只不過——

越是讓人想要快點忘卻的記憶，越是可怕得足以囚錮人的心靈。

真奈怔怔地呢喃道：

「當時要是沒有你救我，我……」

「夠了夠了，想這種事很好玩嗎？」

秋庭的制止聽來就像在生氣，真奈忍不住噗哧笑出聲：

「秋庭先生，你這一點也沒有變呢。」

「哪一點？」

「就是故意擺臭臉呀。」

真奈想起秋庭出手相救當時，碰巧路過的他始終是那副悶悶不樂的表情，一個人趕跑了那幫惡徒——

「你還記得嗎？當時你說，老子沒睡好心情正差，別挑我會經過的地方幹這種事。」

「我有那麼說嗎？」

「有啊有啊，然後你就帶我回來了。我還覺得不可思議，不知道你到底是什麼樣的人呢。」

「我本想送妳回家，還不是妳自己說無家可歸。」

妳家在哪？聽他這麼問，她竟回答自己已經無處可去。好些日子以來堅決不肯向人吐露的這個事實，不知為何，她竟然對著秋庭講了出來。

真奈沉默了一會兒，目光飄向遠方。

「秋庭先生，你當時也沒有多問呢。」

從那天之後，真奈就在這間屋子裡住了下來。

「你沒有追問，讓我鬆了好大一口氣。我一直不敢跟人談這些事，總覺得一旦說出來，一切就會成真——雖然那些事根本早就是真的了。我把事情的一部分埋起來，盡量不去想。」

真奈停頓了一會兒，遲疑片刻又繼續開口：

「直到碰見遼一先生和智也先生……蓋子就像打開了。」

秋庭沒有馬上答腔，頓了一秒之後才說：

「……不舒服就別逼自己說了。」

「不，我沒有逼自己。」

秋庭知道真奈想說給自己聽，只是不好意思直說。反正秋庭沒再表示意見，真奈姑且自顧自地說下去：

「你知道嗎？這是我第一次看見認識的人變成鹽巴。」

登山包裡滿滿的那些鹽、疊在最上層那張完整的臉，還有被遼一依依不捨地喚作海月的——那整整一人份的鹽。

然後是智也——就在真奈的腿上，懷著對死亡的恐懼化成了鹽。

「雖然我跟海月小姐素不相識，但遼一先生那麼重視她，我也覺得自己跟她並非毫無關連。一個認識的人的女朋友，比起完全不認識的人總是來得親近些嘛。智也先生也是，雖然一開始很不愉快，臨終時我們卻陪在他身邊；多了這一層關係，我就沒把他當外人看了。」

那一袋閃耀白色結晶，曾經是活生生的血肉之軀……

一個即將失去血肉之軀的人……

以及一個就在她眼前逐漸失去血肉之軀的人。

「外形保留得那麼完整，讓我很震驚，我以為自己知道鹽害是怎麼回事，直到事情發生在眼前才發現自己根本不懂。說真的，我一直不知道活生生的人就是那樣變成鹽巴的。」

真奈當然看過鹽化的人。風化中的結晶鹽柱已經是街景的一部分，她漫不經心的看過就算，至於未風化的，雖然還留有精緻的人樣，她也努力將它們當成雕像而已——不是人，而是用鹽做成的人像。

「看見海月小姐的臉，還有智也先生的手臂就那樣碎掉，我才——才想到，我的爸媽也是這樣吧……」

只是沒打那兩通電話，並不是打不通，更不是電話的主人已經不在這世上。

那都是謊話。

我知道那都是謊話。

從一開始就知道，我只是在騙自己。

「鹽害發生的第一天，我爸媽就沒有回家了。然後一連過了好幾天，一星期、十天……一個月，他們都沒有回來。可是我不想承認。」

所以無論是去學校找老師、或是去找諮商人員時，真奈都只是說他們「沒有回家」。

「我故意不去想『沒回家』這三個字背後的意思，只想著他們都不回家，真傷腦筋，那我要怎麼辦等等。至於他們不回家的原因，我就跳過不去想，直到後來——在你讓我住下來之後，我都還是那麼認為：鹽害遲早會解決的，恢復正常的生活後，我就可以回到家裡，說不定就會看見他們兩個在家裡等我……明明知道不可能的。」

真奈笑了笑，在自己的頭上敲了一下。

「我很笨吧？結果我把事情搞到不可收拾了——要是一開始就當做他們遇害，我也許會去爸爸跟媽媽上班的地方找他們，說不定就找到了。就算兩個人都鹽化了，至少可以把他們的遺體帶回家，就像遼一先生那樣。」

她這番話也是說給自己聽的，就像自虐似的停不了口。

「結果我甚至沒能把他們接回家。他們一定很想回家，可是現在……也認不出來了吧……」

真奈咬住發顫的嘴唇。忍了又忍，肩膀還是禁不住抖了起來。那些埋藏已久、無處宣洩的思緒，伴隨著接受現實的自覺滿溢了出來。

秋庭伸出一隻手攬過她的頭，壓在自己的胸前。

失去雙親之後，這是真奈第一次放聲大哭。

但她感覺到心頭的重擔正隨著每一聲嚎啕而減輕。

眼前還有這已然改變的世界裡最親近她的人，如今正默默地承受著她的淚水。

*

那天之後，真奈再也沒有突然掉眼淚了。偶爾眼中含著淚水，她都會努力掩飾，所以秋庭也裝作沒看見。

一個做女兒的當然會為父母之死而悲傷，想掩飾淚水也不奇怪。

「我想回家去看看。」

真奈欲言又止的開口要求，是在大哭的十天之後。

「就在南千住那邊，不是很遠。」

秋庭從躺著的沙發上坐起身來——吞下他本來想說出口的話。

——妳受得了嗎？

說不說都無謂，反正痛處就是痛處。不管經過多久，多麼刻意忽略，那裡永遠都是真奈的傷心之地。

既然如此，既然現在她想要主動面對，就該好好重視這份心情。

「今天也滿適合讓那台破車跑一跑的。」

日照已經接近夏季。窗外的藍天上，朵朵積雲顯得精神飽滿。

是個好天氣。

陽光燦爛得近乎傻氣，卯足了熱力蒸乾空氣中的水汽。風和日麗。

送遼一去海邊時開的那輛車，之後就一直停在附近的空車庫裡。

「燃料應該還夠跑南千住一趟。我去弄電瓶發動車子，妳去準備便當。」

秋庭說著，一骨碌從沙發上跳起來。

帶著工具出門時，真奈已經在廚房裡忙了。

*

引擎的狀況還是老樣子，看樣子這一路上少不了又得提心吊膽。所幸這一趟的目的地很近，就算得走路回家，感覺也輕鬆多了。

「今天怎麼沒喊『哇——風吹起來好舒服』？」

真奈上回「出遊」時興奮得吱吱喳喳，這一回卻像變了個人，靜靜地坐在副駕駛座上。

「你學誰呀？真是的，我講話才不是那樣！」

秋庭裝出來的假音令真奈忍俊不禁。

「不就是這樣？還有點大舌頭咧！」

「才沒有！」

真奈急起來揮動雙手。秋庭笑了一陣又說：

「對了，妳唱首歌來聽聽。」

「啊？」

「熱鬧一下嘛，權充收音機。」

「才、才不要呢！我還要給你指路耶。」

「算了吧，我還比妳認路，起碼到南千住站前還不用問妳——妳就唱吧！」

「不要啦！重點是我唱得很爛，你一定是想笑我才叫我唱。」

見真奈抗議地噘起嘴巴，秋庭伸出手在她的頭上敲了一下。

「我不會笑啦，妳就唱吧。兒歌也行，學校教的歌也可以。」

「討厭啦～～～～～～～～」

你敢笑我就不唱囉！使性子地說完這一句，真奈做了個深呼吸。

有一天　爸爸對我說

也許是難為情，她的聲音有些顫抖，但還是努力的抓音準。雖然感覺有點稚拙，但歌聲卻十分坦率清朗。

人生在世有快樂　也有悲傷

Green Green　晴空中小鳥歌唱

Green Green　在小小山丘上

看綠意盎然……

真奈唱到這裡就安靜下來，秋庭馬上發難：

「不會吧？這樣就沒了？」

「唉唷——就說我唱不好嘛。丟臉死了。」

真奈已經羞紅了臉，雖然還笑著，臉上卻寫滿忸怩。

「不會啊，還可以啦。繼續唱完吧。」

「那你也一起唱好不好？」

「妳會到第幾段？」

「這首歌不是只有三段嗎？」

「唱到第二段就好。預備——」

當時爸爸抱我在懷中　輕輕對我說
痛苦悲傷時　啦啦啦　不要哭
Green Green　晴空中微風吹過
Green Green　在小小山丘

看綠影搖曳……

唱完這一段，真奈叫了起來：

「秋庭先生，你自己一個人唱比較好聽啦。好好聽哦，我想聽。」

「少來。再唱吧，妳還會唱啥？」

＊

一連唱了十幾首兒歌，南千住站就到了。

開始指點開往她家的路時，真奈才發覺秋庭要她唱歌的理由。秋庭則仍是一派若無其事。

嗯——還是他懂。

真奈輕輕按著胸口，有些不甘心，又有些感動。

陽台外已不見真奈當日攀下來的繩梯。

你在車子裡等我就行了。

話是這麼說，秋庭還是陪著真奈一起下了車。真奈沒對秋庭說過自己離家的原因，細心如他也許早已猜出了七八分；再者，堅持陪同也像是秋庭的作風，他下判斷一向謹慎，不會以為白天就比較安全。事實的確如此。惡徒們闖進真奈家時，正是大白天。

穿過門廳，走上樓梯。這是一棟電梯大樓，還好她家在三樓，走樓梯也不會太吃力。

就在三樓走道的盡頭，她家大門的鎖把頭已經整個被敲掉了。從門上布滿凹凸不平的敲痕，還有地上躺著的那只滅火器看來，那些人大概是等不及破壞門鎖就用它撞門，還在一旁的牆面上留下滅火藥劑的噴痕。

門扉還算是維持著原形，只是真奈鼓不起勇氣打開它。她在門前垂頭站了一會兒，忽然覺得肩頭一熱，原來是秋庭的手搭了上來。這小小的舉動，卻令她振作不少。

真奈深吸一口氣，拉開大門——她想像過屋裡會是何等慘狀，眼前的景象卻更勝一籌。

撲空的惡徒心裡大概不痛快，於是拿整間屋子的東西來出氣。鞋櫃、穿衣鏡、每間房門和所有的玻璃，能打破的、能摔壞的全都打破摔爛，簡直像是有人把怪手開進來過。

踏過玄關的各種殘骸，跨進客廳的門，那兒的慘狀則不太一樣。櫥櫃的每一個抽屜和每一扇門都大大敞開，裡面的東西顯然被翻過撿過。

拉開收放存摺和貴重物品的抽屜暗格，不用想也知道裡面果然空空如也。

看見冰箱的製冰格不翼而飛，真奈忍不住笑出聲來。

襲擊她家的惡徒們不太可能連這種東西也要，應該是另外有人後腳跟著進來——搜刮過。

而且還不只一個。

「蠢斃了。」

真奈喃喃罵道。

在這種時候有錢又能怎樣？況且捧著銀行存摺和提款卡，能上哪兒去領錢？

唯一可惜的，大概就是母親僅有的那一條珍珠項鍊吧。她是個不愛打扮的人，家裡有的飾品大多是些假的、一看就知道是小店買的廉價品。那些東西如今也全部不見了。

「你不覺得很好笑嗎？連我的飾品也沒了。那是爸爸買給我的貝殼耳環和項鍊，我們去熱海玩時的紀念品。耳環頂多三百圓吧，他們拿去要做什麼呢？那麼便宜的東西，擁有它能帶來多少滿足嗎？也太好打發了吧？真好。那種……小孩子玩具似的東西，拿了也有人會高興。」

雖是不值錢的玩具飾品，卻是父親買給她的。在這世上，會因它感到高興、覺得它意義非凡的，應該只有真奈一個人才對。

「——妳要找什麼嗎？」

秋庭沒有回應她的話，只是直接這麼問道——假使她想要找什麼遺物的話。

真奈從剩餘的書堆中取出《我是貓》和《咆哮山莊》，那是愛看書的爸媽最喜歡的作品。書櫃裡只剩這些讀舊了的文庫本，精裝硬皮書一本也不剩，連相簿都不知被扔到哪裡去了。

「……拿書本做墳墓，會不會很怪？」

「不會啊——找一天來做吧。」

秋庭拍了拍真奈的背。

真奈的衣櫃裡還有幾件內衣褲沒被偷走。現在不容易買到合尺寸的，她也不好意思跟秋庭開口提這種事，便決定直接收起來一併帶走。

在形同廢屋的臥房裡又看了幾回，正準備回去時——

「小笠原小姐？」

門口突然有人叫她。

站在門口的是一位矮胖的中年婦人。她就住在隔壁的隔壁，以前跟真奈打過幾次照面。

婦人站在那兒，上上下下打量著真奈。

「我們聽說了，事情鬧得很大呢，社區的人都好擔心妳。妳家裡也是——哎呀哎呀，怎麼變成這樣。」

她的語調格外親切，聽起來也格外刺耳。真奈只是微笑，不想回答，也不想跟她多說什麼。

「真的，我們都擔心死了。那幫男孩子好兇呀，又是衝著妳來。」

——說溜嘴了。所以這個人當初是看見的，看見這個家被人襲擊的情況——一定不只她。惡徒們敲壞門鎖、闖進屋裡時，真奈倉皇地攀下繩梯逃命時，只怕有好多雙眼睛都在旁邊看著，卻沒有一個人出來保護她，一個也沒有。

這事沒辦法去責怪誰。在這種亂世下，人人都只圖明哲保身。只是話說回來，要真奈對他們表現友善，她實在也做不到。

「屋子裡也——唉，亂成這副德性，一定是那些人幹的。」

血氣忽地衝上腦門——這個人真敢睜眼說瞎話。

所以她現在是來看熱鬧的嗎？觀賞一個因鹽害而家破人亡的悲劇？期待著一個失去雙親的女孩被惡少們欺凌的社會案件？在那張圓潤紅通的臉下，有的只是佯裝同情的好奇心罷了。

「幸虧妳平安無事。那妳這些日子都去哪兒了——這一位是？」

「我是真奈的監護人。」

沒等真奈回答，秋庭就站出來說話。

「如您所知，她的父母親都過世了，現在暫時投靠我們親戚這裡。」

頓覺無趣的神色在婦人的臉上一閃而逝。雖然只有一瞬間，但足以讓人察覺。

被不良少年們嚇得逃出家門的少女，失蹤多日後帶了個男人回來——足以在茶餘飯後當成趣談的醜聞，這下子少了一個。

是不是該對她說，抱歉違背了您的期待？

「聽說當時非常危急，幸好她在中途遇到了警察，總算沒有出事。後來警方就把她送來我們家……隔了這麼久才來跟各位打招呼，不好意思。」

秋庭也依樣畫葫蘆的大方扯謊，一面暗暗在真奈的背後推了一下。真奈硬梆梆地鞠了個躬，就好像鳥兒在啄水。

「好不容易能回這裡來拿這孩子的東西，想不到家裡竟然變成這樣，真是的……」

「是啊——就是說呀，那幫人太過分了，兇神惡煞似的。」

婦人嬌聲說道，也許是想要討好兩人，也許是秋庭的外表和斯文勾起了婦人的女人心。

「真的好可怕呢，我都嚇壞了。」

婦人笑得樂呵呵，秋庭也報以一笑。

「好像也有不少主婦和女性跟著那幫惡少們闖進來呢。」

「啊？」

婦人一驚。秋庭掛著完美的「業務笑容」，繼續說道：

「冰箱、電鍋裡和流理台底下也都給翻遍了……襲擊真奈的不過是一群孩子，不至於動到那些地方的東西；何況現在的孩子都沒什麼生活概念，應該不會把歪腦筋動到那種小地方才是。」

婦人的臉色突然一陣青又一陣紅。

「我們趕著回去，就麻煩您代為向其他鄰居們致意了。等治安恢復之後，我想警方應該會針對這起事件展開正式調查，到時候還勞煩各位多多協助——再會。」

婦人頷首道別後，秋庭推著真奈的肩膀步出大門。真奈被他推著走，也沒來得及說再見。

就像叫她唱歌時一樣。秋庭為什麼要跟著來，真奈現在明白了。

挺胸，撐到上車。

聽見秋庭這麼說，真奈便一直抬頭挺胸地跟著走。車子發動之後，真奈才鬆了一口氣。

「——秋庭先生，原來你也會那樣講話，聽起來好像普通的大人哦。」

「妳很失禮耶，我可是有判斷力的大人。」

「對啊，難怪你一下子就可以編出剛才那樣的謊話來騙她。聽起來好順。」

「我可沒說謊，監護人就是監護人，不對嗎——噢，最後那句話只是嚇嚇她罷了，誰教她連一點反省的意思也沒有。」

「啊哈哈。」

真奈笑著低下頭去，緊緊抱住懷中的兩本書。淚水滴滴答答地落在她的腿上，她只是緊閉著眼睛。

不要緊。不論去多麼骯髒的地方，看見多麼污穢的事物，聽些多麼卑鄙的話——都不能再傷害我了。

「我不會有事的。」

她可不想再被那種無聊的事情所傷害。何況現在有秋庭站在她這邊，那種小事更不值得放在心上了。

「難得天氣好，在外頭吃了便當再回去吧。」

秋庭說道，聽起來像是他自己想在戶外用餐似的。

*

「這裡很涼快，可惜樹蔭不夠濃密呢。」

勉強在路過的一座公園裡找到有樹蔭的草地，只不過枝頭的葉子稀疏，樹根處積著鹽沙，草地上也有不少落葉。

不過四面通風，帶走不少初夏的暑意。

「妳做的便當裡好像都會擺這個？十幾歲的人了還把小香腸弄成章魚的樣子，很幼稚耶！」

「咦，可是便當裡就是要有小章魚不是嗎？小螃蟹也不錯。」

吃完了飯糰配章魚和煎蛋捲的便當，兩人休息了一下，便見真奈將便當盒收進提袋去。

「我們走吧。」

真奈站起身，卻被坐著的秋庭一把拉住。

「再坐一下。」

「可是車子會被曬熱的。這裡這麼涼快，等會兒上車後不是更難受？」

「現在回車上還不是一樣熱！妳別管啦。」

秋庭說著，將她拉到自己面前。他的一腿平伸，另一腿屈起，真奈被扯得跌坐在他的兩腿之間，不禁嚇了一跳。才坐定，秋庭的手便從後面環過她的雙肩，在真奈的眼前交叉，又令她身子一僵。

秋庭的體溫就在背後。

想不出什麼話可以在這種場面打哈哈，因為這樣子就像——……一樣。

她慌忙在腦中抹去中間的那個詞。

真奈已經夠緊張了，秋庭竟還把臉探到她的右頰附近，現在她只要稍稍撇向右邊，鼻尖就快要碰到他的臉——靠得這麼近，害真奈更不敢亂動。

秋庭就在她的耳朵邊說：

「其實那首歌一共有七段。學校裡都只教三段，因為後面的四段不適合教給小孩子。我現在教妳。」

她知道他在指哪一首歌，也知道他剛才為什麼只讓人唱到第二段——儘管他沒有說明理由，她也沒有問。

有天早上醒來時　我終於明白
這世上果然有痛苦悲傷

痛苦悲傷——爸爸不在人世間的那個早晨。那一覺醒來。失去雙親之後的每一次睡醒，沒有他們在身旁的每一天，還有那每一天背後的事實真相。真奈能體會。

在長久不去正視之後，如今她重新面對這份悲傷。秋庭低低的、耳語般的輕聲唱了起來。

光陰流逝　我終將明白
爸爸說過的話　究竟是什麼意思
Green Green　晴空中太陽歡笑
Green Green　在小小山丘
看綠意盈盈

總有一天　我也將對孩子說
人生在世有快樂　也有悲傷
Green Green　晴空中一抹晚霞
Green Green　在小小山丘上
看綠意無限
看綠意無限

一唱完，秋庭立刻從地上站起來，頭也不回的丟下一句「回家了」，轉身就走。
真奈慢條斯理的站起，跟了上去。
「我都不知道，原來這首歌的結局不是那麼悲傷啊。」
她故意一個字一個字地說，不過秋庭當然沒有回頭。

——那一天總會來臨。

也罷，他不會多說這一句的。
有那耳語似的溫柔歌聲，對真奈而言，已經足夠。

Intermission 中場

*

我們到底還有多少時間？

這是他以前沒想過、也盡量不去想的事。

本來還有數十年的人生，很可能在某一日就因為鹽化而突然中斷。沒人知道那一天會是哪一天，也沒人知道它是按什麼規則去挑選哪個人的。

鹽害起始於半年前，來龍去脈沒有人知道，也許它會持續到地球上的最後一個活人化成白鹽，也或許它會提早結束，在這世上留下幾個活口。

可是，在滿城的鹽一日比一日增多的情況下，他並不指望自己會是活下來的那個幸運兒。

——先走的會是我，還是她？

在這個只有兩人的小小社群中，這是個可怕的議題。誰會先走？誰先走比較好？

全然的理性告訴他，該為自己的多管閒事而後悔。

不該插手的。那一天要是沒走那條路，他和她仍舊是陌生人。

那麼一來，他就不必在自己的人生中培育出這一塊脆弱面——唯恐失去的一面了。

理性是追求利己的、是冷酷的。這份理性如今正毫不留情的彈劾著秋庭，從他無意識地開始察覺的那一刻起。

選擇獨自生活，不就是因為嫌厭這種患得患失嗎？拋下那些會成為弱點的親朋好友，不就是為了斬斷所有瓜葛嗎？縱使鹽化，也是隻身一人，多乾脆。

結果他竟然把丟掉的東西又撿了回來。而且現在後悔已經太遲。

他沒法不承認，若是失去真奈，他恐怕會心痛；真奈若是失去秋庭，只怕也是一樣。

——我沒有勉強自己。像是一種小小的堅持，真奈對他談起了自己的事。她把痛苦攤在秋庭的面前，也一併坦承自己的過去。

在那之前，他們從沒聊過彼此的身世，也許是不敢太過深入，於是都只把同住之事當成緊急時刻的權宜之計吧。不要放感情，不要互相了解，免得讓對方成為自己的不可或缺。

結果真奈卻打破了那道防線。

她主動提起，便是希望有人來了解自己。想要被人了解，接著便會想要了解對方——

這個訊號一經打出，秋庭便有了預感，真奈即將踏進他的世界。

——意外找上門的那一天，也正是這份預感浮現的那陣子。

Scene-4

從此，無欲無求的時光不再。

那位訪客，改變了兩人與世界的命運。

*

門鈴響起時，晚飯已經吃完很久了。

半躺在沙發上的秋庭撐起上半身，訝異地往門口看去，真奈也半站起來，隔著沙發望向同一個地方。

時候已經不早了，況且自從真奈入住之後，這個門鈴只有在他們之中的任一人外出返家時才會響。推銷或募款之類的活動早就沒有了，宅配等郵遞系統也大幅縮小了配送範圍，現在更是連跨區寄件都不收。這一區裡應該不會有人要寄東西給秋庭，也沒有人會寄東西給真奈。

兩人都在家裡時一聲也沒響過的門鈴，接著又響了二聲，像是催人開門。

「我去開。妳別亂動。」

秋庭說著，隨即起身往玄關走去。真奈依言坐回沙發，只是反過身趴在椅背上，伸長了脖子觀望。

鹽害之後的混亂期中，有一陣子常發生街頭幫派之流的混混橫行，最近雖然少了，治安總不比往常。

「哪位？」

秋庭問道，門外卻沒有回答，只多了一聲門鈴。

於是他換了個位置站，只撥開門鎖，不取下門鏈，然後開了一道細縫。

門才開，立刻有隻鞋尖塞了進來。

秋庭倏地把手伸進後褲袋，卻見一張臉在門縫外晃呀晃。

「秋──庭。」

認出來者，秋庭立刻停下了動作。

門外的那張臉雖略顯蒼白，卻有著端正的五官，就像個精緻的日本人偶，而且笑容滿面。

「我啦我啦。別朝我扔東西哦。」

「……居然是你。」

秋庭口袋裡的武器當然不是拿來扔的。見他空手抽出後褲袋，門外的男子又邪邪笑道：

「你出手還是一樣快，好可怕好可怕。」

「誰叫你幹這種無聊事！我差點就要開槍了！」

秋庭嫌惡地大罵，男子卻一點兒也不以為意。

「不然你要我怎麼辦。你要是心情不好，不都把我關在門外嗎？啊，帶女人回來時也是。我好不容易找到你，總不能叫我乖乖吃閉門羹吧。喂，你是給不給我進屋啊？」

秋庭想起這位舊識的性格，雖是一副散漫樣，卻有十足的自我主張，從來沒有一次是乖乖聽從逐客令的，再加上他說是特地找到這兒來，也不好就這麼叫他滾回去。

嘆口氣，秋庭算是認了說道：

「……腳拿開，我開門鏈。」

「真奈，沒事了。是來找我的。」

聽見玄關傳來的聲音，真奈才放心的站起身。總不能坐著接待客人。

秋庭和客人的談話聲漸漸接近客廳。從秋庭的粗魯語氣聽來，來者應該是個熟人。

跟著秋庭走進客廳的，是一個模樣斯文清秀的男人，看上去與秋庭年紀相仿。那人的長相出奇地好看，臉色卻不太健康，好像很久沒出去曬太陽似的。

——是男的啊……

真奈下意識地鬆了口氣，發現自己這麼做時又驚慌起來，趕緊向來客鞠躬問候：

「啊，呃，您好……」

見真奈在場，那人似乎吃了一驚，但馬上就向她伸出右手。

「妳好，我叫入江慎吾，是秋庭的老朋友了。多指教啊。」

聽見「老朋友」一詞被強調，秋庭大皺眉頭，逕自走到沙發旁坐下。

「我叫小笠原真奈。請多指教。」

也不知有什麼可指教的，真奈總歸是做了自我介紹，也伸手與那人相握。手放開後，入江斜眼望向秋庭，狡黠的笑了笑。

「秋庭，你對女人的口味變了不少唷。跟以前完全相反嘛。」

秋庭還沒投以怒目，真奈已經忙著搖手。

「不、這個，不是的。我不是……」

「啊，不是嗎？」

「我只是沒地方去，託秋庭先生收容而已。」

這時，秋庭打斷他們的談話。

「入江，你少跟小鬼扯東扯西，坐下！」

「好好好——受不了，這人很愛生氣哦？從以前就是這樣。跟他一起住很累人哦？」

入江的滑稽口吻引得真奈吃吃笑。秋庭的確是愛生氣，雖然有時是裝出來的。

「我去泡茶。」

真奈說著便往廚房去，卻聽見秋庭在身後兇巴巴的叫道：

「喝剩的倒給他就行了，這種傢伙！」

入江溜進沙發區，在秋庭右手邊的沙發坐下，還大搖大擺地坐得很深。

「秋庭，那女孩是怎麼了？」

入江顯然很感興趣，秋庭卻是愛理不理。

「只是路上遇到，她說無家可歸，我就暫時收留她而已。」

「是哦？」

聽出入江的調侃，秋庭沒再應他。

入江朝廚房瞄去。門簾下只看得到她的腳，但看得出她正俐落的忙著。

「好像很熟這裡了。已經住滿久了吧？」

「三、四個月吧。」

「年紀那麼小就無家可歸，不太妙吧？應該是高中生年紀，她是出了什麼事嗎？」

「不知道。」

「什麼不知道……相處了三個多月還不知道？」

「我是非得要告訴你嗎？」

秋庭厲色朝入江瞪去。

「你來要是只想問這種無聊事，我就把你轟出去。」

聽這口氣，入江知道秋庭是認真的，也知道他並不是真的不知情，於是舉手做出投降姿勢。

既知秋庭向來是說到做到，他可不想故意惹惱他，何況那也不是他這趟來訪的目的。

沒有多久，真奈回到客廳來，手上端了一只盛著兩個茶杯的托盤。入江眼尖，立刻問道：

「咦，兩個杯子？妳自己呢？」

真奈還沒回答，秋庭就先開口了。

「別理他。我們在這裡喝。」

「這樣好嗎？」

真奈說著，還是依言將茶杯放在兩人面前，然後走回廚房去。秋庭啜了一口茶就皺眉——叫她拿舊茶回沖，結果她重新泡了一壺。卻見入江嘻嘻一笑。

「人家歡迎我來耶。真是乖孩子。」

「我話說在前頭，我可完全不歡迎你。」

「結果屋主的心眼這麼小。」

就在他們尖酸刻薄的你一言我一語之間，真奈拿著塑膠杯走了回來，在距離廚房最近的位子坐下。

「對了秋庭，你最近過得怎樣？」

入江閒話起家常來，秋庭聳聳肩。

「還能怎麼樣……在這種時局下，誰能指望日子像以前那樣好過。不過，哎，基本上還有配給，不夠的部分也可以靠打零工補貼一下。」

「你有工作？」

「有一技之長，起碼還能混口飯吃。鹽害弄得交通不便之後，能源方面的維修和管理就更缺人手了，所以現在找那方面的工作還滿有賺頭的。要是再勤快點，配給或什麼警衛之類的職缺也不是沒有。」

「哦——你的財源挺多的嘛。」

聽得此話，秋庭哼了一聲別過臉去。入江的語調有一絲揶揄，好像拐了個彎在說他學多不精似的。

「我說，你混飯吃的這些傢伙，要不要用來幹大事？」

這個人開始用這種口氣說話時，腦子裡十之八九不會是什麼正經事。秋庭想起過去的經驗，隨即警戒的瞇起眼睛。

「你在打什麼主意？不要拐彎抹角，有話直說。」

「噢，我可以直說？好吧，我就直說。」

說著，入江一口氣喝乾了茶，然後重重放下茶杯。

「搞個大規模的恐怖行動吧？」

「呃，呃……」

真奈緊張的來回看著入江和秋庭，卻見兩人都面不改色，好像什麼怪名詞也沒聽見似的。

「啊哈哈……真是的，我大概聽錯了……」

真奈不好意思的抓抓頭，卻見入江笑開了道：

「妳沒聽錯。我是在邀請他來搞大規模的恐怖行動啊。」

入江笑得那樣和藹，越令真奈摸不著頭緒。這時，秋庭沒好氣的開口了：

「你去勾搭哪個左派團體不干我的事，不過我倒是頭一次聽說日本還有可以接受示威的政權。首都毀滅後，成立的臨時政府已經整合了剩下的地區行政體系，公共民生事業不都盡力在維持了嗎？」

「我對政治完全沒興趣啦，而且在這種時局談什麼左派右派也沒有意義，你曉得我根本就不愛搞那種麻煩事。嘖，我說的恐怖行動是指廣義的破壞活動，你大概抓個意思就好。怎樣？不排斥了吧？」

「你是把我當成了危險思想犯還是社會邊緣人啊……」

「那我換個講法嘛。」

入江擊掌說道，然後演戲似的展開雙臂。

「想不想拯救世界？」

「搞恐怖和搞激進環保團體可是兩回事，而且你居然大大方方的把恐怖行動和拯救世界劃上等號，我看你腦袋完蛋了。」

秋庭仍是一貫冷漠，入江也依舊泰然自若。

觀望著他們的隔空喊話，真奈在沙發上越縮越小。

有點恐怖。

他們雖然沒有大吼大叫，空氣中卻瀰漫著爭吵的氣息。

「秋庭，難道你打算死於鹽害？」

「又不是我打算怎樣就能怎樣。人類要是就此滅亡，也只是氣數將盡罷了。」

「啊唷氣數咧，這麼有學問的詞兒都跑出來了。」

苦笑的入江突然換了一副臉色，是進屋以來頭一回的嚴肅。

「你一點也不想掙扎？」

「——至少是沒有掙扎的機會。我不確定有沒有神明，但我的意思是說，如果這是天理，違抗它也不會有好事。」

「也許不是天理呢？」

「你要掙扎就去掙扎啊。」

「好無情哦。你起碼聽聽我的想法嘛……嘿。」

入江若無其事地把手伸入懷中，再掏出來，秋庭立即臉色大變的站起來。

真奈察覺時，眼前已經多了一個黑亮黑亮的槍口，握著槍把的人是入江，彈筒的轉輪上方則有秋庭的手按握著。從發白的指尖看來，秋庭使的手勁極大。

「入江，你他媽……玩笑不要開過頭。」

「你忘了我的個性就是這樣嗎？我做什麼事都不擇手段的。把這麼可愛的弱點擺在身旁，是你大意。」

「你哪裡撿來這玩意兒？可別跟我說是黑槍。」

「本人自有辦法。時局這麼亂，要弄一張配槍許可證也不是沒法可想。」

真奈愣住了不敢動，只能看著面前的兩人你一言我一句。她知道，秋庭按住的彈筒只要一轉動，子彈就擊發了。

他真的想開槍？

真奈悄悄打量入江的神色，只見他忙著和秋庭耍嘴皮子，並沒有把注意力放在真奈身上，甚至像是毫不在意她似的。

又或者是——他認定真奈會乖乖被槍嚇著，不敢亂動？

真奈靈巧地向旁邊挪動身子，避開槍口，一面伸手去搔入江的脅下。

「唔咿呀？」

預期外的這一波軟攻勢令得入江弓起身子，握槍的手就鬆了，秋庭立刻一把抄下，反過來用它指著入江。

「啊——嚇我一大跳。」

槍口下的入江像是驚魂未定，轉頭向真奈看去，又深吸一口氣。

「妳還真敢啊？萬一我開槍了怎麼辦。」

「反正我已經避開了槍口，而且秋庭先生應該會有辦法……」

「這種事很難說，搞不好手滑也會打中妳，下次不可以哦。」

真奈老實地點點頭，秋庭卻火大了。幾秒鐘前還用槍指著人，這會兒被槍指著又像沒事人似的說風涼話，氣得秋庭額角都冒出青筋。

「入江！你到底搞什麼鬼！」

「嗯，這個嘛——」

入江對著槍口笑，好像一點兒也不怕。

「反正你曉得弱點被我發現了就好。我知道你沒有完全相信我，就像你不敢確定我絕不會拿你的弱點來開刀一樣。」

秋庭聽著這話，簡直恨得牙癢，因為入江的一字一句都戳中要害。

入江的言外之意是，當你被一個不信任的人抓到弱點時，你就只能接受對方的要求了。

「你願意聽我講了吧？」

秋庭把手槍插在自己的腰帶後面。他沒有好心到願意把槍還給他。

「只有聽而已。快點講。」

秋庭說著，重重坐回沙發上，卻見入江又露出那副不懷好意的笑臉說道：

「抱歉，不能在這兒講。」

「什麼？」

「我不想在這兒待太久。我有開車來，我們換個地方聊。不好意思，要請你們兩個一起來。能不能準備在外頭過夜？大概二、三天份的換洗衣物。」

＊

入江突然一個勁兒催促兩人整裝，趕他們坐上他開來的吉普車。

美其名是吉普車，卻不是鑲有廠牌或車型字樣的時髦吉普，而是掛著草綠色帆布的那種軍用車。車子的外型粗獷，但看得出是有細心保養的，在普通人連燃料都很難弄到的這時，周遭的街景令它顯得分外突兀。

「秋庭應該習慣了，真奈恐怕要忍耐一下囉？坐起來大概跟路邊廢車沒兩樣。」

一面說著，入江發動了引擎。秋庭坐在前座，真奈和行李則在後座。

秋庭臭著一張臉問道：

「市谷，目黑，哪一邊？」

「愛說笑。要是那麼近，我何必換地方？」

「習志野嗎？」

「嗯——習志野，也不錯就是了，可惜離海太近，不妥不妥。」

說時，入江在大路口左轉。車子大致往西行。

「府中……不，立川？」

「真會猜，知道我臉皮再厚也不敢染指府中。」

聽著秋庭講出來的那些地名，真奈隱約猜得出幾分。說起市谷，人人都會想到防衛省，習志野則是眾所周知的自衛隊屯駐地。

「要掌握一個沒有司令部或指揮部的營區，憑我還辦得到。你想想，在指揮系統瓦解的狀態下，我一進陸上自衛隊參謀部就可以翻兩翻升中校兼幕僚長了，只要我敢吹，這牛皮可以大到讓我愛怎麼空降就怎麼空降，反正高層死光光，人事派令要跟誰去確認？看吧！要搞得更複雜一點也行，彈個手指就搞定。」

入江自顧賊笑，秋庭可一點兒也不覺得有趣。

「所以你彈個手指搞到了什麼階級？」

「託您的福，我現在是立川營部司令大人。」

「警視廳的小蝦米居然大搖大擺……我看你別搞科學研究了，詐欺比較適合你。」

「這是恭維你救命恩人的方式嗎？」

「我可不記得幾時欠過你那麼大的人情！」

聽著秋庭大吼，入江回以一個奸笑。

「除非你想快點遭到鹽害，不然我倒覺得你是該感謝我唷。」

「……什麼意思。」

目前應該還沒有人了解鹽害的作用機制，入江的口氣卻像是——他有辦法防患於未然——

「到了營區再說吧。我怕我講得太投入，開車就疏忽了。」

姑且不論專心與否，入江的駕駛技術還沒有高明到足以令秋庭信任。

秋庭只好閉嘴，悶不吭聲地任吉普車載著他們一路往西。

＊

抵達陸上自衛隊立川營區時，已近午夜。

「歡迎光臨立川營區。都是預製構件的組合建築，不是很整齊，別見笑啊。」

入江說道，繼續開進營區。吉普車行駛在筆直的柏油路上，兩旁果然都是組合屋，看起來像是趕工搭建的。

走到路底，右轉，來到一處看似行政中心的建築物前。入江在大門外把車停下，拉起手煞車，率先走下去，對著從四面趕來的自衛官之一喊道：

「不好意思，幫我停進車庫去。我跟訪客開作戰會議。」

「我可沒說要幫你哦！什麼作戰會議！」

秋庭邊罵邊下車，聚集在周圍的迷彩服人群隨即傳出數聲驚呼：

「——秋庭中尉！」

百里基地的那一個？真是他？聽說是失蹤……

騷動與竊竊私語頓時包圍了他們。秋庭尷尬地縮了縮脖子。

真奈在車窗內看著這一幕，一邊拉過他們的行李。「中尉」這個稱謂她很少聽到，她認為應該是自衛隊的軍階。

這麼說，秋庭先生也是——？

站在車外的秋庭仍是鐵青著一張臉；她覺得他不像——不過，真奈親眼見過的自衛官就只有智也事件的那一次，恐怕是以偏概全的成見居多。一面這麼想著，真奈一面下車，便聽得四周爆出一片嘩然。

「哇，是女生！」「司令，這女生是怎麼回事？陸軍婦女團來的嗎？」「拜託，你看她一點也不壯。」「妳想從軍嗎？」「妳幾歲？」「叫什麼名字？」

眾人連番發問，真奈只來得及回應那些針對自己的問題。

「我……我叫小笠原真奈。十八歲。呃——」「我幫妳拿行李！」「不用，我自己來……」

眼看真奈的行李爭奪戰即將上演，入江懶懶的喊了一聲：

「先提醒你們，這女孩是秋庭的怒點，玩笑別開過頭。」

自衛官們忽然靜了下來，有人心虛地縮頭退開。這些軍人看上去都很年輕，好像比真奈大不了幾歲，而且——近乎天真無邪，和智也所形容的「自衛官」大異其趣。真奈心想，同一種職業也有各種人，以後還是不要一竿子打翻一船人。

秋庭一把拎起真奈手上的東西，向入江問道：

「現在去哪？」

「來司令室吧。這邊請。」

兩人邁步走開，人群便自動讓出一條路。真奈跟著走並一路向眾人欠身致意。

領頭走在空蕩蕩的大樓內，入江轉頭對秋庭道：

「啊呀——話說回來，秋庭的面子果然大，士氣大振哪。」

「立川不是以陸自為主嗎？來一個老空自會有什麼差。」

「空自在這邊也有駐營啊，這裡連補給和樂隊都有。哎，航空戰競會三連霸的高手，在哪個基地或營區應該都滿有名的。」

面對這番吹捧，秋庭反而顯得不自在，於是換了話題。

「外面蓋了那麼多組合屋，那是啥？」

「哦，那些主要是宿舍之類的。練馬部隊的鹽害太嚴重，人員銳減，就跟裝備一併整合到我們這裡來了，況且立川有起降跑道，比練馬更方便。也因為如此，立川的兵員反而比鹽害前還多，在全國據點中也算是少見。」

入江走進掛著司令室門牌的辦公室。室內雖有沙發茶几等接待區，周圍卻擺滿了電腦和週邊機器，簡直跟電腦機房沒兩樣。

「每個部隊都只剩下一些菜鳥小毛頭了，我們這裡也是。合併前的練馬部隊更不例外。」

入江邊說邊在皮沙發坐下，秋庭和真奈便也跟著坐下。

「鹽害的災害動員時，直接出動的通常以陸自居多，對吧？他們跟結晶接觸多，摸到鹽的次數多，所以鹽化似乎也比一般人早。我想這跟本身的抵抗力多少有點關係，所以發病都是從體力已過高峰期的年長者先開始……」

又來了，入江又說得好像他明白鹽害真相似的——

「不過你們也真厲害，雖說是不知情，卻能在那種地方住那麼久。白天人口越密集的地區也會有越多的鹽，況且還隨時都看得見東京灣的結晶。」

習志野離海太近，不妥不妥。秋庭回想起入江在車上講過的話。

「我怕死，所以就算是視線不佳的夜晚，我也不敢靠近山手線內側那一帶。現在住在海邊的人口密集區，根本和慢性自殺沒兩樣。」

「你的海邊會不會太廣大了點？我還是頭一次聽人把山手線都算做海邊。」

「我說秋庭——別挑語病嘛。你明知道我的意思是——」

肉眼看得見東京灣結晶的範圍，以及因鹽害而大量殘留鹽分的地區。

「研究機構中途關閉，所以我們也沒有收集到夠完整的臨床資料，不過，目前可以單靠我的心證來進行。沒辦法，誰教我是天才呢。」

「……你這調調跟以前一模一樣。你不知道巴比倫的通天塔就是被神怒給打爛的嗎？」

「哎呀，我倒覺得現在這情況比較像是所多瑪跟娥摩拉呢——啊，我說的可不是特攝片怪獸的名字唷。」

後面那一句話是看著真奈說的。被他講中，真奈的臉一紅。

「那是舊約聖經的故事，知道吧？這兩個城市墮落罪惡，上帝派使者去毀滅它們，有個叫做羅得的男人是唯一善待那使者的人，所以使者就叫羅得趕快帶著家人逃命，因為他們居住的城市即將滅亡。」

入江的聲調轉為低吟，像是在背誦那段文章：

逃命罷。

不可回頭看。

也不可在低地站住……

羅得逃到瑣珥之城時，日頭已經出來了。

耶和華將硫磺與火從天上降與所多瑪和娥摩拉，把那些城和平原連同城裡所有的居民，以及地上生長的一切都毀滅了。

羅得的妻子回頭一看，就變成了一根鹽柱。

「無神論者，你改信神啦？」

秋庭揶揄道。入江聳聳肩：

「哪可能。我只是認同聖經的文學價值，把它當成以符號記載的珍貴史料罷了。你不覺得創世紀的這一段很符合現在嗎？多看一眼就成了鹽柱。」

入江對著秋庭咧嘴一笑，笑意裡卻流露出一絲少見的寂寥。

「古文裡記載天降硫磺與火，現代則是天降鹽結晶和隕石群。共通點就是看見它的人都化成了鹽柱。」

室內沉默了一會兒。入江沒出聲，像是在等待回應，秋庭卻沒有答腔，真奈當然也沒開口。耳邊只聽得到空調的低頻振動。

打破沉默的是秋庭。

「你知道自己說的話有多荒唐嗎？只差不是瘋言瘋語了。」

「警視廳那些死腦筋的大人物也是這麼說，但你別跟他們一樣令我失望嘛，秋庭。」

「你當我蠢到會被這種理論煽動？結晶和鹽害之間的因果關係又還沒被證實，而且未知的病毒、病原體、電磁波的可能性都已經排除了。」

「可是，有個年輕的天才科學家曾經提出不同的因果關係，只是被周遭的所有人打壓又踐踏罷了。」

入江的臉上出現似笑非笑、又有點兒尷尬的表情。

「單就現實來看，結晶落下的時刻和鹽害的第一波災害發生時間完全重合，一分也不差，誰要硬說這兩者之間無關，我覺得他的腦袋才有問題吧。事實上，結晶來自太空，也把人類前所未知的傳染途徑帶來了啊。」

「——看見它就會被傳染？」

秋庭問得平靜，入江卻興奮起來，聲音也提高了。

「沒錯！假設看見它的人本身就會成為感染源，這一切就有辦法解釋了。你看，鹽害在結晶的可視範圍和不可視範圍的傳播速度差這麼多，也可以套用這個假設。否則檢體上什麼怪東西也沒找到，蛋白質就這樣變成了鹽，豈不是更不合理？」

「這種說法也不是不通，只是根據呢？你是怎麼想到這種假設的？我知道你的思考模式與其說是正常人不如說是特技演員，但這麼異想天開……就像平飛到一半突然來個花式動作，我大概會先懷疑你的神智不清。」

面對秋庭的反問，入江好像挺高興的。

「我就知道你會先問這個。庸俗的人只會捂住耳朵說『不可能有這種蠢事。』這個假設的出發點就是，鹽害首日的遇害者中，沒有一個人是視覺障礙者。在公務機關失調前，官方發出的鹽害死亡證明總共是三百萬張——之後就沒有資料了，所以我只能大致的找間接證據，不過在這數百萬人之中，有視覺障礙的人數是零。這麼絕對的機率，很難忽略吧？既然病毒說和電磁波說都講不通，這一點已經足夠成為假設了。」

入江的腳跟不住地在地板上踢踏，彷彿處在異常的興奮狀態下。

「那東西應該可以稱作暗示性形質傳播物質吧。它們——那些結晶們循著自我保存的本能，開始在地球上增殖，要是放任下去，不到五年就換它們來當地球的主人了。」

「等一下……」

秋庭打斷入江的話。

「你說那是生物？」

「這有什麼好意外的，一九三八年發現草履蟲時還不是一樣？幾十年前的人也認為那是在不可能的場所發現未知的生物，現在換成從太空來的，如此而已。」

「還『而已』咧。你的少根筋真教人羨慕。」

入江對秋庭的反諷不為所動，一逕說道：

「反過來說，誰能證明那不是生物呢？我也沒找到任何證據。所有的比對都只有一個結論，那就是『他們是活著的』。這是個全球規模的超大流星群，質量那麼大、數量那麼多，可是別說KECK、GEMINI等主要天文觀測站沒有一處觀測到了，就連北美空防司令部也是在它進入大氣層之後才探測出來；不僅如此，它們一齊在二十四小時之內墜落全世界，從結晶辨識所需光量最充足的區域先開始，再加上墜落地點都是某種程度以上的人口密集區，沒有一處例外。感覺不到人為因素？騙人。」

真奈驚訝地朝秋庭瞄去，入江這廂則是話匣子一開就闔不上了。秋庭靠在沙發椅背上，倒像是好整以暇。

「所以，那麼大的隕石就落在人口密集區的旁邊，它的撞擊卻幾乎沒有造成災害。就拿東京灣來說，隕石撞地球發生的海嘯或地震早該毀掉整個首都了，可是我們完全沒有這樣的紀錄，連輕度的也沒有。我調閱過詳細數據，一看就知道那玩意兒的墜落角度和速度都是經過控制的，甚至在著地之前還可用逆噴射來減速啊！東京灣這個就不用說了，我覺得它根本就是瞄準填海工地降落的。」

鹽害發生初期，電視上曾經播過這一條消息。

結晶墜落時，擊中了正在興建中的填海工程地基。

如果它直接落在海裡——以東京灣的地形，那樣的體積勢必令海面急遽上升，巨浪將吞沒整個都會區，兩次災害的犧牲者肯定難以計數。

「只能想做是對方也不希望水害減少了陸地生物。他們也需要能夠複製形質的對象。」

這些話聽來竟有幾分惡夢的味道，兩人都有些茫茫然，唯獨入江越說越起勁。

「還有還有，北美空防司令部在它進入大氣層時有射飛彈去打，可是聽說沒效。」

「是沒效，還是沒有命中？」

秋庭反問的語調帶著厭倦。

「後者吧。可能是那些東西在太空中長出了耐熱的保護膜之類，喏，河馬在陸地上也會分泌鹼性液體來保護體表，你就當做是相似的原理吧。那一層膜在通過大氣層的過程中被磨掉不少，但沒有完全剝落，它的成分和隱形戰機用的磁波吸收劑非常像，含有亞鐵鹽類的氧化鐵。它應該是勉強穿過大氣層的，不過……」

說到這裡，入江停了下來，見秋庭也默默點頭。就秋庭所知，這世上還沒有哪個飛彈系統有辦法擊墜一架具有隱形性能的大型高速飛行物體。

結晶隕石一墜落，鹽害隨即發生，兩者之間的因果關係必然最先遭到質疑，如今應該也有相關的研究正在進行才是。這麼一來，各國不得不禁止人們破壞結晶，免得失去了研究的線索。

「不管從哪個角度來看，這一連串的現象都讓我感覺到人為操作的因素。是不是出於自我延續的本能還不一定，重點是對方擁有高度的判斷能力。他們顯然有能力選擇有利條件，只是我不確定那算不算是一種自主意識就是了。話說回來，有沒有自主意識也跟生物的構成條件無關，繁衍與增殖才是吧。」

「請問……」

沉默到現在，真奈終於開口。

「您說看見它就會被傳染，可是我們已經看了很久啊？」

兩人所住的新橋離東京灣並不遠，只要天氣不差，很容易就能望見結晶，真奈外出購物時就常常看它，尤其是剛搬過去時常要認路，她總是用結晶的方位來判斷自己有沒有走錯。

「要是看見它就會感染，那我們都還沒有鹽化，不是很奇怪嗎？」

見真奈這麼說，秋庭便也反駁性的接口道：

「還有，你要怎麼解釋鹽害首日與第二日之後的鹽化比例？」

假設原因便是結晶，繼第一波鹽害已造成複製對象銳減之後，剩餘人口內繼續發生鹽化的比例應該要和首日一樣才是。

單單東京都一地，首日的鹽害遇難者就有五百至六百萬人，若是依照這個比例進展，現在都內早就沒有活人了。

「姑且把鹽害的原因限定在結晶上，同時結晶的『攻擊』又還在持續中，那麼受害比例從第二天起就驟降，這要怎麼解釋呢？總不會是它突然手下留情吧。」

有秋庭幫腔，真奈的表情像是鬆了一口氣。

入江看了看秋庭，又看看真奈，像是發現了什麼有趣的東西似的。

「你們倆真有意思。好，我就一併回答你們。」

他笑著說，雙手一拍。

「很簡單。第一天，他們莫名其妙的闖進地球來。要對人類下暗示，當然不可以預警，所以我們完全沒有接收到任何徵兆或異常跡象，而是突然間就發現一個空前絕後的大隕石在天上。在第一天親眼目睹結晶隕石的生物，應該是在看見的那一瞬間就鹽化了，也就是肉體形質被結晶的暗示形質所取代。不單如此，發生通勤時間造成的犧牲者更多；想像一下，在尖峰時間的電車或公車裡，可能是司機鹽化後撞車，或是窗邊乘客的鹽化造成車內驚慌，沒被鹽化的人搞不好被擠死或踩死，那都比鹽化死得更痛苦啊。地鐵和車站內的人或許在第一時間免於受害，不過結晶的滯空時間相當長，墜落地表也是到處都看得見，夠讓初次目睹的人大大震驚了。」

東京灣的白色結晶如塔般屹立，人們如今已經見慣，但初見時的確有點駭人。

「官方說第一天有五、六百萬人遇害，我認為不只。要是電視之類的影像也有暗示傳播的效果，現在的存活人口會更少。」

真奈嚥了一口唾沫。鹽害剛發生時，電視頻道活像在做鹽害特集的大聯播，各台幾乎是每五分鐘就播一次結晶的畫面。若是電視影像也有暗示的效果，真奈早就在家裡化成鹽柱，頂多沒有在外頭被風化掉而已。

「可是在鹽害發生後，大家心裡都起疑了，成天想著這種怪病的原因何在，想要找出它的根源。雖說沒有證據能顯示兩者的直接因果，但人人都覺得還是結晶最可疑，對吧？」

確實如此。那只結晶隕石的成份是氯化鈉，按常理想來是不可能與鹽害無關的，且從政府實施的鹽害疏散措施就可得證——疏散地都選在附近沒有結晶的地區。

從好處想，幸虧結晶沒有落在人口較少的地區，農業和畜產反而因此得以保存，被迫疏散的人口就此移居，也緩解了農村人口過度外移的問題。

「這下子人類有了警戒心態，這種暗示就沒法大量生效了，於是第二階段才從容易接受暗示的、精神比較耗弱的人開始慢慢傳染，身體的抵抗力大概也有影響吧。同時，遇害者化成的鹽也繼承了母體結晶的暗示形質，效果雖然不如母體，量多起來仍是威脅。以現在的東京而言，沿海的人口密集區會同時接受到母體結晶與人體鹽化物的雙重侵蝕，當然只會促進鹽化，而你們可以平安活到現在，只能說是僥倖啦。」

說完，入江改了個口氣：

「秋庭這人沒神經，可是會耍奸詐，他會假裝上當然後反過來扳倒對方。」

然後他笑了笑，轉向真奈。

「真奈也是，妳看起來文靜，其實意志還滿堅定的吧？」

突然聽人這麼說自己，真奈連忙否認。

「沒這回事，我覺得我有點耳根子太軟……個性算是單純，容易受人影響。」

「也不至於哦。妳有時挺頑固的。」

被秋庭這麼一反駁，真奈心虛地縮縮脖子。

「唉，我看她的理解力也不差。照你的說法，難道她以前曾經處於不易接受暗示的狀態？」

入江邊說邊對秋庭別有用意的眨了眨眼睛，秋庭則默不作聲，也不知到底有沒有注意到。

「結晶墜落才半年，我推算日本已經失去八千萬人口，哎，其中的三分之二是第一天就遇害啦。你們想，這豈不是天大的侵略行動？我當然不想就這麼落入敵人的詭計。要是聯合國還在，那麼國際救援或許還能指望，結果全球一齊陷入停擺狀態，人類現在只能自救啦！日本目前的努力只停留在消極的維持基本生存，對於民間的無政府狀態所提出的對策有限，因此我想到，是時候不按牌理出牌了。」

入江朝著秋庭探出上半身：

「怎麼樣，秋庭？神秘太空生物的侵略跟天理可不同了吧？」

秋庭悶不吭聲，入江卻不死心。

「老實承認吧，你從當時就覺得結晶有問題了，不是嗎？我早聽說了。」

被一張不正經的得意笑臉對著，秋庭板著臉轉開去。

「你不是申請對各地結晶發動同步總攻擊嗎？聽說被駁回之後你還大吵大鬧，然後就為此退役了對吧？只不過你的退役申請好像沒被受理。」

「你少囉嗦。」

知道真奈睜大了眼睛望向自己，秋庭的臉更往旁邊撇去。

「秋庭，你想得太簡單了，用那種方式請求總攻擊是不可能實現的。何必以下犯上呢？直接取代他們成為上級不就好了。」

「你是在教唆軍事政變啊？」

「這就是你的問題所在。非常時期幹嘛還要墨守成規？如果當時直接付諸行動，我保證你之後一定被捧成英雄。你自己想，內閣不早在第一天就被消滅了嗎？當時正是國會會期，大多數政府要人都在往國會去的半路上，啪，一網打盡哪。真可說是天助我也。」

講述起他的危險思想，入江的嘴角仍帶著那一抹輕蔑的笑意。

「媽的，你想讓解決結晶之後的世界軍閥化嗎？」

「所以嘛，為了可恨的秋庭老弟，你看我不是盡心盡力籌備出這番局面嗎？奉司令的指示而行動，就不算是一介軍人的獨斷獨行了，況且只要沒人知道這個司令是騙子就行。除了你以外也沒人知道。」

你願意幫忙吧？

儘管入江更進一步擺出低姿態，秋庭還是不肯點頭。他從沙發上站起來。

「讓我考慮一下。我只答應聽你說，可沒答應聽完就加入你——重點是時間不早了，小孩子不該這麼晚睡。」

「是是是。房間都準備好了。」

入江也跟著起身，又是別有用心的一笑。

「——不過我想，你應該會願意的。」

*

入江為秋庭和真奈安排的住處是營區裡的女子宿舍。他說原本只在男子宿舍準備了秋庭的房間，既然現在多了女伴，便決定臨時開放女子宿舍。

「讓我住沒問題嗎？」

秋庭向領路的入江問道。

「女子宿舍已經沒人住了。這種時候的女人果決得跟男人一樣，女隊員馬上分成二批，一批退役去，另一批嫁給隊裡的同袍，改住家庭宿舍。入隊前就結婚的人就沒住宿舍，她們白天才會來上班。何況……」

入江打趣似的添了一句：

「反正秋庭不肯讓真奈離開半步，是吧？」

「因為我是她的監護人。」

秋庭冰冷的應道。那語氣是衝著入江而來，卻是真奈聽進了耳裡。

這是當然。真奈微微收攏下顎，像是在說給自己聽。秋庭現在當然是她的監護人。

來到宿舍的玄關，已經有人搬來兩份棉被。

「我準備了兩個房間，不過……還是要同一間？」

掛有房號牌的兩支鑰匙在入江的手上晃呀晃。秋庭沒吭氣，一把將它們全扯下。

秋庭先幫真奈把被子搬進房間。房裡有兩張雙層床，真奈將墊被和床單鋪在其中一張的下舖，一面問道：

「入江先生是個怎麼樣的人哪？」

「是騙子。」

惜字如金的罵法，引得真奈竊笑。

「這是你對他的看法啦。我知道。」

秋庭大概也知道那樣根本算不上是說明，只好心不甘情不願地把話講完。

「他是我的高中同學，頭腦好得跟怪物一樣。頂尖的第一志願是隨便讀一讀就考上，畢業後說要進警視廳科學搜查研究所，也是馬上就被錄取。是個無可挑剔的菁英。」

講到這裡，秋庭補充說自己不是在誇他，只是在公平的陳述事實。

「可是那傢伙的品德奇差無比，為達目的不擇手段，也從來不避風險。」

這倒是。只為了要秋庭聽他講話就亮槍，確實超乎常理。

「天才與狂人只有一線之隔，說不定他根本就是個狂人。別人或許都吹捧他是個天才，實際上誰曉得？搞不好當他是怪人。學生時代就是如此，同學們對他敬而遠之，把他當火星人。」

「可是他能想出那種假設，也許真的是個天才……」

「那是異想天開。像他那樣逐一推翻所有的可能性，別人也未必就想不到。他只是想說自己被貼上怪人的標籤，所以他提出的研究心得都不被人重視罷了。如果真是這樣，那麼換個角度想，搞不好就是那小子把日本逼上絕路的。科研那幫人也太沒大腦，既然不用他，幹嘛不一開始就斃掉算了。」

被秋庭這麼一說，那位自稱天才科學家倒像是一條落水狗了，含冤莫白又懷才不遇。

「他從以前就是這樣，動不動就搞些天方夜譚來讓大家跌破眼鏡，只是這次太離譜……趁亂假冒營部司令官，真不知他在想什麼……」

秋庭苦惱地搔頭。真奈又問。

「我只覺得他的說法太前衛，還不太能接受而已……秋庭先生，你覺得呢？」

「這個嘛……」

但見秋庭的眉頭越鎖越緊，幾乎成了嫌惡的神情：

「那傢伙愛說屁話，腦袋卻靈光得很。就是這一點教人不爽。」

不忘加上一句「個性更讓人不爽」後，秋庭又換回那副不情願的表情。

「只不過我不得不承認，他那麼說一定有他的根據。」

「秋庭先生──」

該表示意見嗎？片刻的猶豫打斷了她的聲音。

「所以你也懷疑過結晶，對吧？」

聽過入江所說的話，真奈心中大致有數了。

「我只是純粹根據情況直覺判斷。結晶一出現就發生鹽害，這一層因果關係本來就讓人無法忽視，毀掉它至少可以防止情況惡化。」

秋庭邊答邊將被子放在真奈鋪好的床上。

「總之先睡吧。老想那傢伙說的話會頭痛的。」

三兩下從行李中抓出自己的物品後，秋庭將那二支鑰匙一齊拋向真奈。

「二把都給妳，保平安用。有事就過來找我，半夜也沒關係。」

「啊、那個……」

等等。先不要走──

還在選擇用詞，秋庭已經走出房間。

真奈看著關上的房門，怔了一會兒，隱約聽見隔壁的房門打開，秋庭開始搬棉被。

要不要去幫他？她猶豫著，最後還是留在房裡。隔壁不斷傳來秋庭的動靜。

真奈躺到床鋪上。

總覺得——不知為什麼。

「……好像隔得好遠。」

要我幫忙嗎？

她不敢過去說這一句，是因為自己明白那只是藉口。

——秋庭中尉。

真奈無聲的喃喃道。

認識秋庭的人用她所不認識的頭銜這麼稱呼他；入江和他談話的前題，也全都從這個過去的身分出發。真奈不知道中尉究竟是何等地位，但從營隊眾人的態度看來，應該是相當「了不起」的軍階。

航空自衛隊。百里基地。「航空戰競會」指的應該是戰鬥機的航空競技大賽，以前班上有個航空迷的男生常常講。能在那種比賽中拿下三連霸的飛行員，應該是很厲害很厲害了。

回想起來，如果秋庭是自衛官，那麼好多事情都解釋得通了。別的不說，他的求生本領就很強，好比被他救下的那一天，他一個人打好幾個人也沒喘一口大氣，再說遼一去海邊的那一次，他也有辦法在路邊撿一輛廢車回來修到好。

啊，不過這會不會是因為他「財源多」呢？

只在今天一天，真奈就知道了很多以往所不知道的秋庭。可是——

我一點也不想在這種情況下知道。

知道得越多，好像離他越遠。

真奈又朝門口瞄了瞄。不過數小時前——兩人一同待在那間老公寓時，她就沒有這種距離感。想說話就走過去說，而且隨時都聽得到他的聲音。

其實她今天格外想在一起多待一會兒。可是她不敢講。

她想讓他明白這一份距離感，又覺得這是個任性的念頭。

儘管有那麼一瞬間，她覺得他們夠親近，他會原諒這小小的任性。

一回神，鄰室的動靜已聽不到了。

真奈在枕頭旁的水泥牆上輕輕敲了兩下。當然，她並不指望會有回應，否則她會敲得更用力、更響亮些；況且秋庭是不是選了這一側的床位，她也不曉得。

可是——

隔不到兩秒，牆後也敲了一下。

心口痛痛的。

他選了真奈也會選的位子，隔著牆相鄰。

但他是怎麼想的呢？

笨蛋，真奈低聲罵自己。怎麼可能？我期待個什麼勁兒？

不至於的——他不會基於同樣的理由選擇那個床位的。

真奈閉上眼睛，裹緊被子。

＊

敲了一聲之後就沒再聽到回應。以為她會直接過來，結果沒有。

是不是該陪她多待一下呢。想是這麼想——

秋庭在床鋪上翻了個身。

——不過我想，你應該會願意的。

入江笑得那樣賊，顯然自以為看透了他。只是自以為罷了——秋庭也想這麼認定，但想起自己刻意忽略真奈的無言請求，徒然證明了事實並非如此。

唯恐失去的那一面——防衛線已經破裂。再想到入江即將拖下自己去淌的那一灘渾水，秋庭只能把那條線再往後拉一點。

雖說只答應他把話聽完，沒保證一定點頭，心裡卻明白這話只是虛張聲勢。

這是秋庭曾經想要卻不被給予的機會，是他想做卻沒機會做的反抗。

如今機會就在眼前，他也不能再無欲無求。

Scene-5

任何一個不變的明天，
都已不再是這世界所能應許。

＊

第二天起，秋庭就天天往入江的司令室跑。

我可以一起去嗎？

真奈在問出口的那一剎那就後悔了。她看見秋庭的表情有些困擾。

對不起，不要好了。

真奈連忙改口，卻聽得秋庭這麼說——

反正聊的都是些無趣的事。

像是口頭安撫而已，沒說真奈可以跟去。

況且入江的嘴巴太毒，妳會吃不消的。

秋庭又添一句。雖是玩笑話，卻不是玩笑口吻。

總之他不想讓真奈在場。這一點她聽得出來。

對不起，請你忘記吧。我只是覺得一個人在房裡等好無聊哦。

我現在有沒有在笑？有吧。沒有露出不滿意的表情吧？

拜託，笑得自然點。

秋庭回以一笑。看來真奈用力擠出的笑容是生效了。她努力維持著，深怕一不小心就讓難看的臉色露出來。

我會陪妳一起吃飯。放飯時記得在宿舍等我。

秋庭說到做到，每天都在用餐時間回宿舍帶真奈去餐廳吃飯，而他們一天就見那三次面——宿舍裡的澡堂可以隨意使用，不必由誰領著去，所以秋庭吃過晚飯就又去忙，幾乎都要過了午夜才會回到宿舍；回來了就直接洗澡，洗完了就直接回寢室。

每天都這樣。

他一定已經加入了「拯救世界」行動。

以往三餐都由真奈下廚，在這兒就不用了。如今洗澡也不用等，洗衣服原本就是各自負責，除了用餐，兩人等於是各過各的。

妳可以隨時進來我房間——秋庭這麼說，真奈便也依著他的話，每天專程為了打掃而進他的寢室，不料在家時邋遢成性的秋庭，在這兒起居竟然一絲不苟。

房裡一點也不髒亂，根本沒有天天來打掃的必要。

我是可悲的小心眼。

秋庭只把這裡當成睡覺的地方，打掃也只是個藉口。真奈越發覺得自己在這兒淨做些不必要的事。想和秋庭保有一點交集，搞不好從一開始就只是她的幻想而已。

每當她走進這個整齊的寢室，在寂靜的空間裡掃著莫須有的灰塵時，她就越來越了然於心。這才是事情本來應該有的樣子，之前都是特殊情況。特殊情況就是原本不該發生的。一個平凡的高中生，一個自衛隊的戰鬥機飛行員。若按常理，他們只會是兩條平行線。想到這裡，她更不敢趁秋庭在屋裡時過去找他，每天只能等著秋庭來那三趟。

她將爸媽留下的兩本書帶了來。真奈看書並不算快，但也沒過幾天就全部看完了。接下來就只有用不完的空閒時間，讓她一直覺得沒事做很討厭。

為了打發時間，她決定在營區裡逛逛。

這兒是軍事重地，真奈也不知道哪間建築物能不能進去，只敢在戶外散步。這座營區大得像一個小鎮，還有很多長著野花的草坪空地，倒是很適合散步。外牆雖然有籬笆隔著，仍能看得見隔壁公園的林梢。

她盡量挑人少的地方走，但在經過一處看似停機坪的大倉庫後方時，還是被一名隊員撞見了。

「真奈！啊，妳叫真奈沒錯吧？」

突然被一個陌生人直呼名字，真奈嚇了一跳，還沒來得及反應就被拉著往前走。

「來來來，去我們隊上坐坐吧，請妳喝茶。我們是武器隊的。」

「呃，可是，那個……」

「哎呀，沒關係，別客氣！我帶妳去看火箭砲，妳想不想看？」

「不，還好……」

「啊——我就知道，一般女生來隊上都會說想看的。」

那人根本沒理會真奈說什麼，逕自將她帶進機庫裡。

「喂——！小姐大駕光臨唷——！倒茶倒茶！」

只這麼一吆喝，四周立刻跑出好幾名隊員，將真奈團團圍住。

「哇塞！好瘦——好嬌小——」「妳身高多少？」「158？那也不算矮了嘛，不過妳骨架真小耶！」「飯有吃飽嗎？怎麼該有的都沒有？」「呃啊！你太低級了！性騷擾啊你！」

一群大男生圍攏來像在觀賞熊貓似的，害得真奈越來越緊張。

就在這時，一道完全不同的聲音從天而降。

「幹什麼！你們幾個在幹什麼！」

是個女聲。

真奈求救似的向那聲音的方向望去，只見一個短髮的年輕女性撥開人牆走了進來，雖然和男性隊員穿著相同的迷彩服，看起來有點兒兇，但是長得很漂亮。

「幹嘛像一群餓狼撲羊似的，人家都嚇壞了，你看！」

「什麼嘛——野坂，兇什麼兇。」

「不甘心就去考下士啊，考上了再來兇我啊。現在這裡是我的階級最高，兇也是我的權利，怎樣？」

「可惡，真不爽！」

置身在一片噓聲中，這位名喚野坂的女自衛官卻是滿不在乎。即使真奈不是這個圈子裡的人，也看得出她的與眾不同。

「我們每天看的都是像妳這種不可愛的，難得有機會撫慰一下心靈嘛。」

「既然難得還讓人家怕成這樣？人家只是有教養又客氣，可是表情都這麼為難了，你是不會看嗎？被你們五六個臭男人圍住，有哪個高中女生不會嚇死啊。」

野坂劈里啪啦的狠罵過一遍，真奈聽來卻有些暢快，看那些男隊員們嘴裡雖怨，倒也不像是真的在生氣。

「她是秋庭中尉的怒點，你們該不會忘了吧？把她弄哭了就等死吧你們。」

那是入江在他們抵達營區第一晚說過的話，之後大概全營都傳遍了。

未料，野坂的一番話引來隊員們的另一陣鬨鬧。

「啊——對對對！就是這件事！真奈妳真的跟中尉同居嗎？」「啊，真的假的？」「不會吧，我一直以為只有這件事是瞎掰的！」「這麼說，中尉已經下手了嗎？啊——混帳！」「急什麼，人家又還沒證實。」「對啊對啊，而且你想，那個秋庭中尉會找一個小女生嗎？」

七嘴八舌地說到這裡，一名隊員把文件捲成筒狀充當麥克風，伸向真奈。

「請問事件的真相是？」

「你們鬧夠了……沒？」

野坂還沒說完，卻見男隊員們臉色大變。眾人一齊向真奈望去。

真奈這才驚覺，伸手捂住眼角。指尖摸到一滴眼淚。

怎麼辦。怎麼辦怎麼辦怎麼辦，這事情——

萬一傳進秋庭的耳裡怎麼辦。

真奈已經可以想見他困擾的表情。

忽地幾個響亮的劈啪聲，男隊員的腦門都捱了一記，同時聽得野坂破口大罵：

「不用等中尉來殺人，我先開除你們！我可是說到做到哦！統統給我回到崗位上！被併過來已經夠丟臉啦，別再給我惹麻煩！」

野坂打跑一幫比她還要高一個頭的男隊員們，回過頭來牽真奈的手。

「跟我來。我們去休息室，我沖杯咖啡給妳喝。」

跟著走進組合板隔成的房間，看見房門關上時，真奈才怯怯的開口：

「不要跟秋庭先生說……！」

「妳不說我不說就不會有人洩露，那些傢伙們也不敢去踩地雷啦。」

野坂拉過一張鐵管椅請她坐，自己則走到熱水瓶旁，俐落地沖了兩杯咖啡，一面問真奈要不要放糖或奶精。

真奈只要了奶精。她不敢說自己喜歡兩種都加，總覺得那麼做像是自貶身分。糖也要奶精也要，好像是小孩子才會做的事。

野坂與她對坐，用白色素面的馬克杯喝了幾口咖啡，暫時沒說什麼。

隔了一會兒，野坂才問好點沒？見真奈默默點頭，她便用勸慰的口氣對她說：

「妳別討厭他們。他們雖笨，但沒有惡意，只是在這種地方工作，跟女人沒什麼緣罷了。看妳長得太可愛，他們就鬧過頭了。」

「沒有……」

「妳真的長得可愛呀，從頭到腳就是個小女生的樣子。那些人就是喜歡這個調調嘛。」

「——我就是不喜歡這樣。」

真奈笑了。她知道自己笑得很害羞。

「我不喜歡像個小女生，也不想人家說我可愛。」

頭一次聽別人一本正經的說自己可愛，也許是客套話，但她並不覺得開心。在這年頭與其被人覺得可愛，她寧可做一個不起眼的泛泛之輩，就像鹽害開始前在學校裡那樣。

小女生。可愛。這兩個名詞都給人柔弱感。

看看眼前，她只有一雙細瘦的手腳和身體，想在這世上獨自生活都成問題，要靠秋庭保護才勉強活到今天。可愛的小女生根本是這世界上最柔弱、最不可靠的生物。

遇到事情時，她只會拖累別人，既不能替別人護著後方，也保護不了自己。

她老是增加秋庭的負擔，是個礙於良心不忍丟掉的包袱，若是可以不管她，秋庭應該會更輕鬆、更自在。

「要是我現在是大人多好，我好想像姊姊妳一樣漂亮能幹又厲害。」

「哎呀妳真是……我都不好意思了。」

野坂邊說邊在她的肩頭拍了一下。

「妳把我看得那麼帥氣，我真榮幸。不過妳會這麼想，大概跟我所待的這個組織有關吧。」

見真奈面露不解，野坂笑笑地解釋：

「妳知道嗎？我已經結婚，現在住在營區附近的家庭宿舍，可是不管是上班或下班，我在通勤的路上都穿著這身制服。」

野坂身上的草綠色迷彩服，和其他隊員的一模一樣。

「穿上這個，別人一看就知道是自衛隊，而且是在想到我是個女人之前就先知道我是個軍人了。要是不這麼穿，我根本不敢在街上走，因為現在外頭不平靜呀。若是換上便服，我跟妳就沒兩樣了，走在外面不得不提心吊膽，看在別人眼裡也不過是個手無縛雞之力的女人罷了。」

說到這裡，野坂換了個語氣：

「妳說希望自己不是現在的自己，但想這種事是沒意義的。」

——說中了。

正因為一語中的，聽來難免刺耳。真奈下意識地伸手去摸左耳垂，覺得那兒好像真的發痛。

野坂喝了一口咖啡，重開話匣子。

「妳叫做真奈是吧？我看妳對秋庭中尉是一心一意呢。」

一心一意——眼中只有他。真奈默不作聲，沒法兒否定卻也沒有勇氣積極的承認，怕人家笑她是痴人說夢。

你想那個秋庭中尉會找一個小女生嗎？旁人有這種想法也是自然。

入江去拜訪秋庭的那一天，曾提到秋庭對女人的喜好變了，跟以前完全相反云云。是啊，入江所知的那個秋庭才是對的，真奈只是他破例撿到的累贅——

「我覺得很好呀。」

野坂慢條斯理的說道。這意外的一句令真奈不由得抬起頭，正與她笑瞇瞇的臉相對。

「我剛才說我結婚了，是吧？我嫁的人跟我同一個營隊，交往了滿久卻始終談不到結婚那回事上去。可是，喏，出了鹽害這種病，找不出原因又沒有辦法防治，誰也不知道哪天誰就死了。人哪，被逼進這種極限狀態時就會突然對寂寞敏感起來。妳想想，死的時候也孤伶伶，豈不是很可悲嗎？既然生命苦短，不如找個人一起過算了。我常罵那人溫吞，其實並不討厭他，現在要我選一個一起過日子的伴侶，選來選去還是只有他，所以我們就這樣結婚啦。只不過戶政事務所沒開，婚雖結了也沒法辦登記，只好等它開了再去補辦，而我現在也只是換個宿舍跟他一起住而已——話說回來，要是沒有鹽害，我未必會嫁給他呢。」

要是沒有鹽害——要是世界沒有落到這步田地……

常常聽到類似的話。

「碰上這種事情，不妨就放開心胸吧，我覺得。生死有命，富貴在天，人事間有太多事總是缺那臨門一腳，我跟我先生就是這樣。妳也是呀，一心一意不是挺好的嗎？在這種時局裡，太在意別人的觀感是無濟於事的，而且值得在意的人類也沒剩幾個了嘛。入江司令就說過，要是以現在的減少率發展下去，一年後的人口就會少到讓配給量供過於求呢。」

說完，野坂抬眼望向天花板。

「說真的，對我們而言，秋庭中尉是個高高在上的人，又是不同單位的，我還真不知道喜歡上那種人會是什麼心情。不知道對方的階級和經歷，談起戀愛也許比較輕鬆點。」

見她說得爽朗隨和，這一回真奈便老實承認了。

戀愛就是戀愛，單相思也是戀愛。

「逗妳玩的那些人都少根筋啦，抱歉哪。妳要是不嫌棄，有空再過來坐坐好不好？我也很久沒跟同性的朋友聊天了，聊聊這些挺開心呢。」

喝完咖啡時，聽得野坂如是說，真奈便反射性的開口問道：

「請問，有沒有我能做的事？」

「啊？」

「我想找點事情來做，打雜也行。否則營區讓我白吃白住，我會彆扭。」

不想做秋庭的包袱，至少要獨立，再不然也盡量做個輕一點的包袱。真奈如今是託秋庭的面子才在這裡吃住，總不能老是承人情又毫無貢獻。

再怎麼對自己不滿意也於事無補。既然如此，不如想想現在的自己能做些什麼。

最渺小最卑微的事也行。

「什麼事都可以，掃地煮飯之類的。」

野坂沒有一笑置之，而是低下頭去認真地思考。

「說得也是……打掃倒是個不錯的點子。可惜我們這裡都是重火砲，沒法兒請妳幫忙，不過別的單位全都缺人手，要是有人肯幫他們做這些事，我想大夥兒一定很高興。尤其那些公共設備都是到處亂丟的。」

「好！」

「掃除工具應該每個地方都有，那種的櫃子都不會上鎖，妳隨便去用應該不成問題。要是有人講什麼，妳就說有得到武器隊的野坂許可。」

「謝謝您！」

真奈向她大大一鞠躬，精神大振，剛走進這個房間時的頹然已經煙消雲散。

＊

從那天起，真奈就在營區各處當起了小小清潔工。正如野坂所說，隊員們都顯得很高興，即使有些只是表面上的。

這麼努力啊？

在打掃行政大樓的玄關時，秋庭正巧經過，便這麼說著抓了抓真奈的頭，害她的頭髮亂到得用梳子重梳才行，但這就是秋庭誇獎真奈時必然的舉動。

在各處走動多次之後，真奈開始覺得自衛隊裡的人也很普通。

在智也事件當時，她覺得自衛隊是一個冷酷的組織，但在立川營區接觸到的人都很活潑。隊員們看起來只像是比真奈大不了幾歲的一般人，有些親切和善，有些不苟言笑；有成熟穩重的，也有孩子氣的。當然，隊上人口的年齡層大幅降低，也拉近了真奈和他們之間的距離。

若說秋庭是這其中的一員，現在的她也不再感覺突兀了。反正這是一個團體，裡面有各式各樣的人，所以有秋庭在也不足為奇。就像學校一樣。

只是不同的時刻，看到不同的面罷了。

照秋庭的說法，真奈是非常幸運的。

在這個群體中，她很少遇到不開心的事，反而是大家都對她特別親切。

在這樣的好運下，回想起已死的人，難免有些過意不去。

*

在男子宿舍的活動中心掃地時，真奈發現掃把有點兒禿了。

她走到屋外，隨便攔了一個路過的隊員來問，那人便說附近有個存放備用掃除用具的倉庫。

常麻煩妳幫我們打掃，謝謝啊。

雖是隨口加上的一句，仍令她尋找倉庫的腳步大大輕盈起來。

那人說「往那個方向走一下就到」，但這「一下」就不容易掌握了。真奈走了一會兒，沒看見像是倉庫的建築物，於是她再走一下子，又走一下子。她想，自衛隊的人嘛，他們口中的「一下」也許比她的「一下」要多。

但是走到這裡來的「一下」似乎也太多了點。正在不安時，她看見一棟淺灰色的盒狀建築物，大小和武器隊的機庫差不多，卻不太像是倉庫。

她放下心來跑向它。厚重的鐵門沒上鎖。

那是一道拉門。真奈用全身的重量將它向旁邊推開。

裡面很暗，每扇百葉窗都是遮合的。她想開燈，卻不知道開關在哪，只好把大門推到底，讓外頭的光線多進來些。稍微亮一點、眼睛也適應之後，她才明白室內為什麼這麼暗，原來是百葉窗之外還有一層遮光簾。

以一間倉庫而言，這兒算是整齊的。原以為會像學校的體育用品室那樣堆得橫七豎八，結果她只看到依尺寸大小分門堆疊的卡其色貨櫃。

「……怎麼不貼個標籤嘛。」

真奈無耐地看著那幾座大大小小的貨櫃山。她得一個一個打開來才知道裡面裝什麼了。

離她最近的一排都是較小較淺的。真奈走過去，打算從最上一層的貨櫃開始找起。見那個櫃子像是對開式的，便摸到門扉對合處，抬起上層的門，不料那扇門比她預期的要輕，一下子整面掀了開來。

「啊，幸好……」

幸好門上沒掛著鎖，否則待會兒還得去找飛掉的鎖頭。

真奈往貨櫃裡探頭看去。

——呃，這是？

一下子認不出裡面的物品，真奈才剛剛發愣，後腦便感到劇烈的撞擊。

還沒來得及想到痛字，意識與氣力已經遠離了她。

沉鈍的痛楚將她的意識拉了回來。後腦勺不住刺痛。

「好痛……」

真奈用雙手抱住發疼的部分，身體也縮成一團，雖然這麼做並不能減輕痛楚。

「啊，妳醒了？」

突然聽見上方傳來一個人聲，真奈猛然睜開眼睛。她還在倉庫裡，但是照明已經點亮。

發現自己正躺在一塊帆布毯上，真奈慌張地跳起來，抬頭看去——

「早安。」

入江就蹲在她的面前。見到熟面孔，真奈的緊張感緩和了些。

「我怎麼了……？」

悶痛再度襲來。真奈又抱住頭，並用手指頭去摸那個痛處。定睛一看，指頭上竟有些血跡。

「妳還好吧？先別勉強爬起來，因為那一下子打得很重。」

哦，對了，有人在後面打我——

「唉呀，實在太過分了，對妳這樣嬌弱的小女生也下這麼重的手。妳的頭腫了一個大包，我看今天最好別洗頭。」

說時，入江是一臉忿忿不平。真奈一面點頭，一面反問：

「我怎麼會被人打……」

「對不起，打妳的那傢伙，我會好——好罵一頓的。」

聽出一絲含糊的異樣，真奈不自覺地把身體往後移。只見入江咧嘴一笑：

「都是我的直屬部下處理不當。他太緊張了，怕妳看到這個。」

入江邊說邊從身後拿出一只白色的固體，乍看像是個石膏頭像，不過嚐起來應該是鹹的。

「啊，那是……」

真奈總算想起那個貨櫃裡的東西。淺長的方櫃裡，裝的是已鹽化的人類遺體。

「難道這裡的貨櫃——全都是嗎？啊，對了，自衛隊也有去回收遺體嘛。」

說著說著，她又覺得不解。就算是這樣，也不必打人吧？

「就是啊，一般情況下都會這麼想吧？那個呆瓜其實不用那麼緊張的，結果他自己心虛就失手動粗了。」

背脊竄上一陣寒意。真奈頭一次覺得入江可怕。

「天底下也沒幾個人會一見到停放在貨櫃裡的屍體就聯想到實驗體嘛，是不是？」

實驗體——被實驗的人體。真奈覺得腦門上好像又挨了一記。

「——人體實驗？」

她說得很輕很小聲，隱約透露想要被否定的意願，入江卻完全不打算順她的意，仍舊笑得溫和；在此刻看來，那笑意已經有些恐怖，也正在回答真奈的問題。

「……拜託，請說那是騙人的。」

「說說當然可以，但妳會相信嗎？」

真奈咬著嘴唇，無話可答。入江顯然不想顧慮她的心情。

用人體實驗來解開鹽害之謎，在他看來一點也算不上是罪惡。

真奈驀地想起一件事，隨即恨自己的聯想。

「智也先生該不會也是？」

「噢，那人叫智也嗎？」

入江答得像是沒事人似的。

「那一次真夠棘手的。實驗就快結束了還逃跑，弄得隊上損失慘重，當初只是想弄個病例，結果搞到部下的一條命都給賠上，一點也不合算。哎，不過也夠巧的，多虧那件事才讓我找到秋庭的所在。」

入江說完又笑了。這些話完全是站在他自己的立場而講的。

「他的也放在這裡唷。做完實驗的實驗體都會集中擺在這兒。」

真奈，妳是怎麼跑到這裡來的？是走錯路嗎？

入江問得悠閒，像在問一個迷路的孩子要去哪裡。真奈覺得自己的情緒猛然朝負面方向疾奔而去。

「為什麼——為什麼你說得滿不在乎！」

「妳不是聽過我的假設嗎？」

真奈的責備絲毫沒有令入江動搖。

「我雖然說那是推論，可是妳想，一個科學家提出的理論背後若沒有根據，這還像話嗎？當然要有臨床數據之類的資料來佐證啊。我既然把目標設定在一種以暗示為武器的生物上，只做動物實驗要怎麼得到結果？人類是萬物之靈，有意識且能描述知覺，這是我們和動物最大的差別。我是不可能拿猴子猩猩來做臨床實驗的。」

還是得用人類才行呢。入江笑得理所當然。

「說來奇怪，我們正面臨絕種的存亡危機，你們卻個個悠哉得很，老是把人道啦人權啦掛在嘴上。好啊，等到地球人都死光了，看還有誰要來談人權。漂亮話或理想再怎麼動聽，也要有命才能說。別的不說，政府早就有計畫的從死刑犯開始減少囚犯數量了，說穿了，這年頭哪有多的飯給罪犯吃呢。橫豎都是為了圖自己方便而殺犯人，多加一條理由也沒什麼差吧。」

反正我是米蟲，臨死前讓我做點貢獻。

這是他們對智也說的話，也是將他逼入枉法妄為的關鍵——

「——你的意思是，反正他們是米蟲，就可以隨便利用嗎？」

真奈瞪著入江，卻見他連連搖頭，直說「才不是」。

「米蟲指的是一無是處的東西，但他們怎麼會沒有用呢？這些人都是了不起又珍貴的——」

——工具啊！

入江的笑容裡已經沒了笑意，有的只是近似笑意的殘酷表情。真奈看著他，竟覺得他並不存在自己的面前，而是在一處邈遠之地，居高臨下地俯瞰著真奈和其他人，像在看一顆顆任憑他操弄的棋子。

智也就是被他用過的其中一顆，靠在真奈的腿上，在恐懼和嗚咽中撒手人寰。

「——過分……」

真奈忍不住掩面，卻聽得入江放柔了口氣：

「妳只是太善良了，才會有這種先入為主的情感。部下向我報告了你們和那名實驗體相處的大致經過，我知道妳和他只是偶然遇見，妳也只是同情他吧？假使不認識他，妳就不會有這種情緒了。換個比方吧，妳會哀悼那些比他先死的被實驗者、為他們流淚嗎？不會吧。我反而懷疑，要是你們不曾相遇，妳還會哭成這樣嗎？妳同情他，卻不同情被他槍殺的那個部下，難道就公平嗎？就因為不認識我的部下，妳就可以不在乎嗎？」

一字一句，毫不留情地指責著真奈的自我本位。

「每次開發新藥時都有幾百隻實驗動物慘死，妳也知道那是實情，身體不舒服時還是照吃不誤，聽說新藥有效也會去買，對不對？反正研究人員用的又不是妳的寵物，在妳不知道的地方死掉幾百隻妳所不認識的動物，跟妳也沒有關係嘛？這難道不是同一回事嗎？有錯嗎？」

落入不幸的只要不是跟自己有關係的人就好，眼界所及之處乾淨漂亮就好；別處再怎麼骯髒、醜陋或殘酷，只要不去正視就可以佯裝不知，太平過日子。

同時繼續受騙，相信這世界是美麗的。

即使現實的美麗面紗被揭去，向世界展示它的醜惡，人們還是可以在某處詛咒，埋怨這一切害自己失去視而不見的權利。

「再說妳的新朋友智也，死在滅囚計畫和死在實驗下又有什麼不同？對他來說都是不合理的謀殺，不是嗎？」

求求你，不要說了，我不想再聽——可是真奈連懇求、掩耳的力氣也沒有。能救她的人——願意為她捂住耳朵的那個人不在這裡。

「我這個人啊，天生任性自私又驕傲。現在遇到老天爺把一個我不想要的狀況丟到人間來，我就要用盡手段把它給丟回去。鹽害對我而言就是這麼回事。有人說鹽害前的世界多好又多好，我倒不想說那種俗劣的謊話，但是那個世界仍有令我喜愛的優點，而且我也不想死在這種時候。一團鹽巴塊也想滅亡我們？我不要。不管用什麼手段我都要排除它，而人體實驗也不過是其中的一種手段罷了。」

看到就會感染。為了證明這一點，他們就讓實驗體長期看著結晶。

房間好大好乾淨，牆壁全都是白色的，又清爽又舒服。

也許他們想讓我在死前過得舒服點吧。

不是的。

那個乾淨的大房間就是一間實驗室，是專門為了讓他長期看結晶而設的。白色的牆壁都是從結晶切下的一部分，而他若能始終閉著眼睛，就能倖免於難了。

為了減少囚犯人口而被殺害，或是在不知情的狀況下成為鹽害的犧牲者。真奈在理智上明白比較這兩件事沒有意義，可是為了智也——為了一個偶然結識的陌生人難過落淚，卻不是她能夠控制的。

況且入江的嘴巴太毒，妳會吃不消的。

她想起秋庭的話。他果然不是說著玩的。

「——秋庭先生呢？」

她喃喃問道。決定先不去推想答案。

「秋庭先生知道這些事嗎？」

「妳以為他不會發覺嗎？」

這是反話。

秋庭要是沒有察覺，便不會刻意讓真奈和入江保持距離，也不會在這段日子裡任由疏離令他倆尷尬。

「——別擺出這種臉色啦！」

入江面露不悅。

「一副被人出賣的樣子。」

我哪有。真奈不由得低下臉。

也許有吧——有一點這麼認為。

「小孩子就是這樣。」

入江厭煩地聳聳肩。

「我跟秋庭已經認識很久了，他應該早就知道我是什麼個性。妳以為他沒有掙扎過嗎？告訴妳，那傢伙一板一眼到死腦筋的地步。他當時想去攻擊結晶，可是申請一被駁回就放棄，因為他不想當英雄。妳知道有多少部下願意跟著秋庭硬幹嗎？可是他傻到相信與其讓英雄崇拜和軍閥化扭曲社會，還不如在鹽害中過一天算一天。那一次——就那一次，那小子把他自己跟世界劃清了界線，現在他決定要把這個機會撿回來，妳有想過是為了什麼嗎？」

入江捏著真奈的下巴，硬是把她的臉扳起來。

「秋庭為什麼要跟他最討厭的我合作，妳真的不懂嗎？」

「——我不想懂！」

真奈使起性子尖叫。求求你——

不要讓我做那個累贅。不要說我是他的沉重負荷。

「哎，算了。」

入江放開手，站起身說道：

「妳只是輕微的腦震盪，現在可以起來了。腫包應該還會痛個幾天就是了。還有，妳以後別再進來這裡，剛才的話也不可以說出去。這些事我都沒讓一般隊員知道，麻煩妳千萬保密囉。」

他轉身走開，又回過頭。

「我會狠——狠地教訓那兩個忘記鎖門和打妳的隊員，所以拜託妳也別跟秋庭說這件事哦。」

他會罵死我的。」

「我不會說的……」

真奈回得很快：

「不過，也請你不要處罰隊員們。」

夠了。不管對方是什麼樣的人，她都不想再牽累別人了。

入江沒回頭，只是舉起手來對著真奈擺了擺。

「ＯＫ。那就改成口頭申誡和伏地挺身好了。」

＊

走在營區裡的馬路上，不經意地瞥見一個不自然的色彩。

秋庭停下腳步回頭去看，只見一棟方形倉庫的鐵門前擺著一只罐子，裡頭插了一株蒲公英。

他已經知道那棟倉庫裡放的是什麼，卻一時想不出誰會在這裡供花。

那人知道倉庫的真相，卻還是這麼做——或者，正因為知道了才這麼做。

秋庭走近去抽起罐子裡的蒲公英。還是新鮮的。

他腦中想到的那個人，每天都忙著打掃。

至少是我能做的，我想多做一點。

因為我只會做這些事嘛。

就這樣，昨天和今天，她都笑得和平常一樣，完全沒讓秋庭察覺什麼。

疏於察覺，不只是因為相處的時間變少了。

能做就多做一點——她做得到的，好像比秋庭所知的更多了。

他將不起眼的黃色小花輕輕按在唇上，再將它插回裝滿水的罐子。

小黃花就這麼放著，直到吸乾了罐裡的水而枯萎。

*

今天妳不准打掃了。

準備去吃早餐時，秋庭一看見走出房門的真奈就這麼說。

她也覺得自己有點兒發燒，只是沒想到氣色壞得這麼明顯。

秋庭獨自去餐廳替她選了幾樣清淡菜色，以托盤端來寢室。

午飯時我再一起來收，吃完就擺著不用管了。還有，妳在中午前去醫務室檢查一下。

秋庭說完這些就走了，出房門前還兇巴巴的回頭朝真奈一看。

妳有沒有去醫務室我都會知道哦。不要多顧慮，只管去吧。

一副很不信任她的樣子。真奈點點頭，躺在被子裡向他揮了揮手。

吃完早飯又睡一會兒，十點鐘左右才動身去醫務室。女醫官走上前來迎接，好像就在等她。

聽說妳發燒了？

聽她這麼問，真奈反問她。

您怎麼會知道？

便見醫官笑答：

秋庭中尉有交待嘛，他還說妳要是沒來，叫我一定要去看妳呢。

診察只花了五分鐘，拿了一份退燒的藥。

大概是妳來到營區之後太勤勞。今天就別做事了，好好睡一覺吧。

醫官笑著送她離開。

中午時，秋庭又端來午飯。

你看，我有去吧？

見真奈帶點兒得意，秋庭苦笑。他過來之前八成已去醫務室打聽過了。

過了中午，大概是藥效發作，真奈開始覺得想睡。

啊——上一次像這樣在白天睡覺，就是在那時。

鹽害的第一天，真奈也是因為發燒而在家裡睡覺。

世界在她昏睡時發生劇變的那個日子。

渾身熱烘烘的這種感覺，令她想起那一日。

正在那熟悉的恐懼感中徘徊時——真奈聽見一段對話。

就是明天了……還沒什麼真實感。

應該是認真的吧，襲擊厚木這回事。

應該是。入江司令加上秋庭中尉，兩個人都是油門，沒人能踩煞車。

而且又是秋庭中尉之前沒被上級批准的作戰計畫，他這次不可能再妥協了吧。一定會幹的。

聽說每天都搞沙盤推演，操得要死，當然非幹不可。

沒別的方式嗎？攻擊駐日美軍未免也太……

拜託，不然怎麼辦？開口借嗎？全副武裝的戰鬥機，你以為人家肯借？為了阻止鹽害，我們也沒別的選擇。

但這不是鬧著玩的耶。不知要死幾個人……

你講這什麼沒種的屁話！最冒風險的是中尉好不好！

是他要去搶戰鬥機然後開去攻擊耶！最接近東京灣結晶的人是他耶！

真奈猛然推開窗戶。

「你們在說什麼？」

窗下的那一群隊員嚇得全都跳起來，回頭看著身後。

「哇啊，真奈！」「妳怎麼會在？今天放假？」

真奈急切地探出頭去，雙手緊緊抓著窗沿，撐住因發燒而虛弱的身體。

「剛剛那是怎麼回事？拜託告訴我！」

＊

看著衝進司令室來的真奈，入江只是聳聳肩。

秋庭不在，而真奈的表情也正說明，她此刻的出現是有原因的。

「聽說妳發燒了在睡覺。下床走動沒問題嗎？」

他刻意說得關心，卻被真奈無視球路地一棒擊回。

「你想讓秋庭先生做什麼？」

看來馬虎眼是打不成了。

「唉——到底是怎麼被妳發現的啊？」

「你想叫他做什麼？請你告訴我！」

真奈只站在門邊，一步也沒靠近。自從上次的那件事以來，她對入江大概充滿了戒心。

「看樣子，妳知道的只是個大概。我請他當結晶攻略計畫的執行隊長，如此而已。」

「什麼而已……！你們要偷襲厚木的美軍基地，搶他們的飛機對吧？這不是犯罪嗎？你自己說接近結晶會有生命危險——」

「我一開始不就說了？我請他加入大規模的恐怖行動。」

入江神色自若地直言。真奈再也說不出話來，嘴唇只是顫抖，見對方笑容依舊，眼神卻是那樣的寒徹骨。

「別在人類存亡關頭為了一點小事叫啊叫的。攻擊美軍搶飛機就可以阻止鹽害，這點代價算是便宜的了。」

「……有哪一點可以保證一定能阻止？你只是用炸彈炸掉結晶，鹽害就會停止嗎？」

「妳以為我是誰？我可從來不幹沒勝算的事。」

這般狂妄自負反倒令真奈一時失語，但她很快振作起來反駁道：

「那又何必特地去搶美軍的飛機呢？用自衛隊自己的不行嗎？」

「這是秋庭的要求啊，我也沒辦法。」

入江支著臉頰，一臉無奈。

「照我的想法，我只是要秋庭去他以前的百里基地調一架裝備齊全的F2來用一下而已。畢竟是同一隊的老同事，即使是硬借總也該借得成，況且現在是非常時期，等人家看到我們的作戰成果應該也就氣消了，我想。」

對東京灣結晶發動攻擊的同時，入江會假防衛省名義向全國的自衛隊基地發電報下達總攻擊命令，並且指示結晶的處理方式。

政府遲遲拿不出對抗鹽害的有效策略，自衛隊只能消極的支援救災行動，早就累積了不少壓力，如今有了契機，各基地想必會群起跟進——入江的這番盤算，正中秋庭的下懷。

「我上次說過，秋庭做事就是太拘泥了，死也不肯讓這事情引發軍閥掌政的可能性。日本現在幾乎是無政府狀態，自衛隊若在這種情況下擅自作主解決了鹽害，那麼等到政府體制恢復之後，軍系官員們八成會抬出自衛隊的功勞來搞政治鬥爭；防衛大臣原本是由文官遴選的，搞不好藉這個機會就由武官擔任。再來呢？內閣人事案也可以由武官插手了，若有個差錯就直接成了軍閥。之前的防衛大臣就相當激進了，跟他同調的幕僚官員又很多，雖然大臣自己已經死於鹽害，可是保不定哪個跟隨者會過度膨脹他生前的主張，跑出來搞獨裁。咱們個性嚴謹的秋庭老弟就是擔心這一點哪。」

入江顯得一副事不關己。的確，這些事對他而言都無關痛癢，只是芝麻綠豆小事。

「要是最先發難的部隊搞出襲擊駐日美軍等等的暴力犯罪，官員們就不敢拿自衛隊的成果來邀功了。至於美軍那邊，到時就拿鹽害的研究結果去賠不是吧。」

見真奈低頭不語，入江又是一聳肩。

「哎，反正我是個冒牌貨，偽造身分、濫用特權和人體實驗的事情若是拆穿，保證吃不了兜著走，所以事成之後只能躲起來避風頭，解決鹽害的功勞看誰要就拿去好了。立川的隊員們也只是被一個假司令給騙了，上頭應該不至於怪罪他們。」

「那秋庭先生……」

「那小子大概也會消聲匿跡——算啦，活下來再說。計畫若是順利，他在攻擊結晶之後就會跳機，我們會去海上救回他的。只要能熬過襲擊基地的第一關，那麼以秋庭的身手，之後的任務並不難。」

真奈沒再反駁，只是僵著臉向入江一鞠躬，離開了司令室。

真奈離開之後，入江對著司令室後方的小門喊道：

「進來吧？她回去囉。」

話才說完，秋庭就走了進來。

「你都聽到了吧？她可是很誠心的，你還不改變主意？」

「不改變。」

秋庭立刻答道。他走向沙發，邊說邊坐下：

「我幾乎跟逃兵沒兩樣，把隊上搞得顏面掃地，現在再跑回去叫他們借一架最新機種給我開，你以為我說得出口啊？」

「好啦好啦，你說怎樣就怎樣啦。」

入江隨口敷衍，換來秋庭的一瞪。

「你自己的作戰計畫又怎樣？行不行啊？」

「我說你這個人還真難搞，這麼不相信別人？這樣會沒人緣的。」

「你是怎麼聽話的？我才不是不相信別人，是不相信你。」

「是是是。」

入江縮了縮脖子，起身離開辦公桌，朝秋庭走去。

「結晶的成分與鹽害檢體的成分並不是百分之百相同，這資料我給你看過了吧？」

秋庭快速地在腦中搜尋出印象。

結晶的成分包括氯化鈉八〇％、矽十九．二％、氮〇．八％，而鹽害檢體的成分則是氯化鈉八〇％，鈣、鉀、甘油、氮和其他等等共佔二〇％。

「我那時安排了不下數萬次實驗，能想到的條件統統設定過，沒有一次發現那個矽成分具有傳染性。這就表示，結晶的本質充其量就是鹽，它是藉由使對象變成與結晶母體相同比例之氯化鈉塊的方式來進行傳染暗示的。所以，要化解鹽害，改變結晶母體的成分比例是最安全的。組成結構被破壞，就是結晶的致命傷。」

入江的辦法是將它溶在海裡。轟炸只是讓那座結晶塔倒下罷了，並不是硬生生將它炸壞。溶於海水後，結晶的鹽分比例將大幅改變，而海洋又廣大無比，就算把全球的結晶隕石都丟進去，也不會令三．五％的鹽分濃度上升超過一個小數點。

「如果那塊結晶也有死亡，那就是喪失它自己的結構比例。」

「但是含有結晶的海水不會傳播暗示形質嗎？萬一海洋也變成了傳播媒介，事情就真的沒有救囉。」

「這一點我也實驗過了。」

入江淺淺一笑。

「攝取過結晶食鹽水的實驗者全都還活著——包括我在內。」

秋庭瞪大了眼睛。他沒想到入江會拿自己的身體來做實驗。

「別誤會。我只是對自己的天資和研究結果毫不懷疑，如此而已。」

是啊，你就是這種人。秋庭忿忿道，為剛才的須臾擔憂而覺得可笑。

「我還把那個溶液煮乾到鹽分重新結晶，然後再構成與結晶母體相同比率的新結晶，結果新結晶並不含有暗示形質。結晶的構成比率是一種奇跡性的偶然，就像地球生物所擁有的生命一樣，一旦這個奇跡被破壞，偶然性也就不可能再恢復，如同我們死了就不能復生一樣。」

難得你這麼感性，秋庭咕噥道。入江笑了。

「搞科學不是跟奇蹟硬碰硬，而是追求奇蹟背後的真理。我既然是天才，豈有追求不到的道理？」

隨你便。秋庭只是板著臉說了這麼一句，便繼續先前的問答。

「炸掉它不會有問題嗎？結晶不會因為高熱而爆炸，或是產生有毒氣體吧？」

「這一點你就相信我吧。反應實驗中用的雖是樣本，基本上和地球物質的性質沒兩樣，頂多是保護膜裡的亞鐵成分稍微特殊而已。」

那一層保護膜已經在大氣圈裡剝落許多，不致妨礙攻擊時的瞄準。

「從各方面條件來看，要對付東京灣的那塊結晶塔，打碎它是最快的，否則體積那麼大，就算遇上颱風也溶解不了多少，我們現在直接用炸的，大部分碎塊都會落入海中，剩下的殘骸也可以靠天然雨水沖掉；更何況結晶的可視體積大減，人們就不會再經常看見它，對於遏止鹽害應該也有相當效果吧。市區的鹽只要用水沖掉就行，流進下水道後反正也是排進海裡……內陸地區的結晶也用炸的好了，殘骸到時再想辦法運到海邊丟掉，至少防止鹽害擴散和惡化。至於那個塔，轟炸後的倒塌方向是計算過的，大致可以把海嘯的災害降到最低。」

「我還是祈禱一切順利吧。」

秋庭恨恨道，心中卻不得不承認，這場行動完全是根源於入江的研究成果。

*

真奈回到寢室，癱坐在地上。

那是她所經歷過最不具慈悲心的一場對話。真奈的請求或勸說都打動不了入江，完全無效。

高高在上地，睥睨著手下的棋子們——這一回，他要利用秋庭了。

真奈為了自己的無能為力而淚盈滿眶。

就這麼突然地，她重新得到的世界又要失去了。

那個可以讓她一心一意看著秋庭的世界。

打從初見面起——從他佯裝不經意地救了她的那一刻起，她就悄悄的看著他，看出他是刀子口豆腐心，看見他溫柔的眼神、溫柔的手和溫柔的動作。

她觀察得很小心，努力不被他發現，怕他知道自己是這麼樣地注視著他。那些不經意流露的真性情，她所知的恐怕比秋庭本身更多；秋庭在什麼場合中會有什麼樣的體貼神情，在什麼情況下有如何細心的舉動，他自己從未察覺的。

這些日子以來，她那樣近距離的看著他。

——可是，我對秋庭先生了解得好少。

他以前是做什麼的，有過怎樣的回憶，為什麼獨自住在那間公寓裡。

秋庭曾經默默的聽著真奈述說往事，卻從沒有提起自己的過去。一次也沒有。

甚至是名字——真奈只知道他姓秋庭，竟連名字也不知道。

急切與渴望湧上喉間。

我討厭這樣。

我不要就這樣結束。毫無瓜葛的結束。

也許我們都沒有明天了——

明知任何一個不變的明天，都已不再是這世界所能應許。

她見過太多人，被這個世界殘酷地顛覆了他們的未來。

為什麼還這樣裹足不前？

時間不會等人的。就在這原地踏步時，它就從指縫溜走了。

秋庭就要走掉了。

那間小公寓裡的兩人世界還會不會再回來，沒有人能保證。

好希望自己能想出個什麼辦法來——遇上這種事情時。

真奈不知道想出了辦法又會是如何，至少她會有伸手挽留的自由。手是會動的，只要她想伸出去，它就會伸出去。

就算搆不到。

——愛上了就是愛上了。

Scene-6 你們的戀情會拯救你們。

*

當晚——真奈的造訪，秋庭似乎早已料到。

敲門之後，秋庭沒出聲應答，而是直接把門打開。他的頭髮是濕的，大概已經洗好澡。真奈也是刻意在這個時間來找他的。

秋庭向真奈招了招手，自己走到牆邊的床鋪坐下；真奈則走到對側的另一張床坐下。

他們很久沒在晚上面對面了。

「呃，好像好久沒這樣了呢。」

真奈不好意思的抓了抓臉。

來到軍營之前，每晚的這個時段，他們都是這樣過的——偏偏在那間小房子裡受他保護的當時，她還不懂那段時光的可貴和使人留連。

所以才造成了此刻的無謂躊躇。

反正我是小孩子，又不相配，又沒被人家放在眼裡。

躊躇著沒有意義的欣羨，只為了不想做自己。

「燒退了嗎？」

秋庭問道，真奈便點點頭。總是秋庭先來關心真奈。

一定只是因為單純的義務感使然——那又如何？

所以那又如何呢？端出這種藉口，究竟是為了防什麼？怕什麼？

單相思的時光既苦澀又快樂：那個人會不會看我？會不會對我笑？心裡又是怎麼看待我的呢——那個人會不會喜歡上我，就像我這樣的喜歡他？

他的動作、話語、表情。情緒被這每一個小細節牽繫著起伏，一喜一憂，既苦也甜，同時漫無邊際地夢想著心願何時實現。

那般悠然的戀愛，卻只在平穩的世界裡存在。

無妨。至少她發現了伸手的空間，就算搆不到他也無妨。

「怎麼了？妳有事吧？」

聽見秋庭這麼問，真奈回答得極其直接，連她自己都吃驚。

「我想了解你。」

聲音有點兒抖。不自然就算了。丟臉或被他察覺，都無所謂。

或者，就算他露出困擾的表情。

秋庭的表情卻不是困擾，而是少許的訝異。

他一定是在想，怎麼現在還問這個？入江和隊上的人都向真奈提起過秋庭的脾氣和經歷，推敲推敲應該也有所了解才是。事實上，真奈確實是這麼推敲著，但她要的不是這樣。

「我想聽秋庭先生自己說。」

過界了。後退也沒有用了。

「聽別人說的沒有意義。我想聽你說你是個什麼樣的人。」

放膽說吧，越陷越深吧，直到不可自拔。

「關於你的任何事，我再也不要讓別人來告訴我。」

秋庭沉默了半晌也沒有任何回應，只是略略把目光別開。

就算見他別過視線，真奈已不覺得痛，也不再害怕了。

因為她已經發現，現在不是怕受傷的時候——也不是堅持靠想望就能達成甜美戀愛的時候。

「我是什麼樣的人，我以為妳最知道。」

溫柔時反而會生氣的人。

裝作漫不經心，其實比誰都細心。

真奈所知的秋庭是這樣的。

可是……

她一直努力使心情穩定，這一刻卻動搖了起來，擺盪的幅度竟越來越大，像一段壓也壓不住的彈簧。真奈用力地搖頭。

「我不要，那樣一點也不夠——我連你的名字都不知道！」

「高範。」

秋庭忽然直截了當的說出口，令真奈一時愣住。

他直視著真奈的眼睛，又說了一次：

「高範。妳叫叫看。」

真奈無聲地在嘴裡唸著。這是秋庭正視著她、親口告訴她的——也許就像是他准允，把這個名字給了真奈。

「我不要！」

真奈叫道，比剛才更激動。

「不夠，不管你告訴我什麼都不夠！等到能說的都說完，我覺得夠了，你就要走了對不對？那我一輩子都要說不夠！」

所以你別走。不要一個人去到那種可能會回不來的地方。襲擊美軍，或是在最後關頭只有秋庭一個人最接近結晶，這都超過了真奈的容許範圍。

真奈哭了起來。隔著淚水，她也看不清秋庭是用著什麼表情在看她。

「——再拖下去，這世界有沒有明天都不知道哦。」

他的聲音帶著告誡與訓斥的意味。若是平常，秋庭無論說什麼她都願意聽，只有現在的這件事情，她不想聽，也聽不下去。

「沒有明天也沒關係。如果你要走，那我還要明天做什麼？我寧可世界像現在這樣！」

說我任性也好，說我自私也罷，我就是寧可世界變成這副德性。

要是世界沒有變成這樣，我就不會遇到秋庭先生了。

為了與他相見，我寧可──

無論是多麼離譜、多麼糟糕的世界，我都願意忍受。

極其平凡的高中生和自衛隊的戰鬥機駕駛員，在平常的世界裡是不會有交集的。這兩者的交集因為世界的異變而存在，所以也只存在於這個異變的世界──改變了所有人與人交集的世界。

真奈又發現，自己說的話彷彿似曾相識。

這麼說或許任性又不懂事，不過──世界會發生這種異象，說不定就是為了湊合我們呢。

以大海為歸宿的那對戀人如是說。

「妳爸媽會傷心的。要是沒有鹽害，他們應該都還活得好好的。」

又聽到秋庭告誡，真奈終於忍不住反抗。這是她頭一次產生如此強烈的反抗心。

「我說話小心，他們就會回來嗎？不可能吧？既然如此，要我裝懂事、然後任由喜歡的人離開我，我才不要！」

——真奈從來沒這麼大聲地對秋庭說話，可是她想，要是這麼做能夠留住他，那麼就算是叫喊到吐血、一輩子都發不出聲音，她也願意——只要秋庭能因此留下，只要這雙手能夠拉住他。

「我不要你去拯救什麼世界！我只要你平安無事！我也不會再說舊世界比較好了！」

空氣撼動得越發劇烈。

「——妳為什麼不懂！」

秋庭忍不住大吼。他猛然抓住真奈的肩膀，粗暴地扳起她的臉。

——令人屏息的熱意。和那雙唇同樣的溫度。

不知該不該呼吸，真奈只好怯怯地、淺淺地換氣。

秋庭先生為什麼要對我做這種事？

和喜歡的人初吻，應該不是這樣的；應該更浪漫、更溫柔，而不是這般蠻橫強奪似的——

可是，好舒服。

像是突然覺得有這種感覺是不對的，真奈緊張地僵住了。

宛如永恆的這一瞬間。

才感覺他的嘴唇微微退開，只隔著薄薄的一層空氣，卻聽見怒喝似的低沉嗓音響起：

「萬一讓妳先死了，我會受不了的！」

被秋庭一把推開，真奈差點兒倒在床上再抬眼看去時，秋庭已經不在房間裡了。

「不公平，怎麼可以……！」

真奈怔怔道，像是自問。

這雙手搆到了，她自己也沒料到——卻在搆到的那一瞬間，他拂開了。

「留不住他，那搆到還有什麼意義……！」

真奈將臉埋在雙手中，只覺得淚水不停的流，止也止不住。

＊

秋庭在深夜來訪，來開門的入江一點兒也沒顯得意外。

「床給你睡吧。出擊前可不能不保重。」

入江一個人睡在男子宿舍的四人房，不過房裡沒有多的被鋪。反正也沒有客氣的必要，秋庭便逕自往鋪有棉被的那張床走去，然後屈起單腳盤坐在床邊，無意識地垂下雙肩。

「這麼費精神？」

入江一面敲著筆記型電腦的鍵盤，盯著螢幕一面說道：

「真奈啊？」

見秋庭不理他也不回答，入江便自顧說下去。

「那女孩啊，哎，什麼都好，就是太拚命啦。單純成那個樣子，教人吃不消哦。」

「……是啊。」

太單純——近乎沉重。

秋庭半被動的回答，一面有意無意的暗想，說不定這還是自己頭一次在這人面前用這種心情說話。

與真奈同住在一起將近四個月，時間不算長，但也絕不算短，即使除掉這一層因素，還有這異樣的世界；跟時序平和的時期相比，現在這世界就像一個密度的增幅器，而在這高比重的時間裡——

他第一次見到真奈為了她自己而使性子，雖然是因為擔心秋庭的安危而試圖阻止他離開——

如果這樣的任性也算的話。

「女人是怎麼搞的啊？」

秋庭不自覺地喃喃道，入江卻沒有接著調侃。

沒有明天也沒關係。如果你要走，那我還要明天做什麼？

那到底是什麼樣的思維？

只為了得到一個人，竟然寧願世界毀滅？她沒有瘋，卻為什麼能說出那種話？

光是想到他們之中的任一方開始冒出鹽粒，他一個大男人都忍不住心驚了，那個小女孩居然不怕？

那樣嬌小的身軀，為什麼可以輕鬆超越那種恐懼呢？

「女人這生物啊，本來就比男人更有膽量也更少根筋啦。男人只能用大腦思考，女人可就不同；男人不敢超越理性，女人三兩下就把它踩過去。我在想，她們一定是用大腦以外的不知什麼感官掌握到理性之外的某種東西。」

入江的口氣得意，表情也得意，像在吹噓自己很懂女人。

「若是處在同樣的極限條件下，其實女性的生命力比較強。在野生動物的社會裡，選擇權往往由雌性掌握，甚至從生物學來看，雌性體也比雄性體要優越。我們以為女人比較軟弱，根本是我們男人自己的幻想。否則，要是少了保護女性的義務，從女人身上生出來的我們就只是一個發生的存在而已，派不上什麼用場了嘛。」

回頭想想，保護者受到的保護又是何其多？

不知情的在鹽害危險區住了那麼久，自己至今仍然平安無事，難道不是因為有真奈的陪伴？

先走的人會是自己，還是她？這個兩人社群裡的可怕議題。

失去她的痛楚，儘管秋庭已有自覺，也為了這種恐懼的沉重而神傷，他還是覺得不能是自己先走。

若是沒有秋庭的庇護，那嬌小的身軀馬上就會在這個世界裡沉沒——於是，保護她的那一份意志，反而讓秋庭得到了庇護。

「別看她年紀小，也已經是個女人，不是小孩子囉。」

說到這時，入江才轉過頭去看著秋庭，然後說：

人家都戀愛了嘛。

「女人就是這麼了不起，不管年紀多小，一旦戀愛了就是個女人了。哪像我們，還得扛一堆責任成就一番事業才能被當個男人看待，有點不公平吧。」

「……你還真愛講女人啊。」

「只要有趣，我什麼都愛講，況且一場關乎世界命運的戀情又不是常常可以見證到。」

「很煩耶你！」

秋庭拿起一個枕頭丟入江，然後用力躺到床上。木製的床架軋軋作響，抗議他粗魯的舉止。

他不知道這樣算不算賭上全世界的命運，也不知道能不能用那兩個字來指稱，只知道不能任由這已然變異的世界——這顛覆常識、顛覆明日的世界——奪走一切。

被奪走的雖多，無可挽回的更多，但人類至少還不至於一無所有。

在如此不堪的世界裡，有人增添了新的獲得，也有人甚至為這世界的不堪而慶幸——秋庭自己又是哪一種人？

「入江……」

這對象究竟能不能託付？但秋庭實在想不到別人了。

「萬一出事就拜託你了。」

「知道啦。」

至於是拜託什麼，入江沒反問。

*

次日，秋庭就從隊上失去了蹤影。不知怎地，別的隊員好像也變少了。

真奈見一個攔一個問一個，就是沒有人肯透露秋庭的所在。

「對不起，我們這邊是後勤支援部隊，上頭沒讓我們知道作戰行動的細節。」

武器隊的野坂說道，一臉的過意不去。

「我只聽說行動是半夜開始進行，不過我們隊上已經接到裝備動員命令了，所以……」

所以部隊極有可能已經出動了。不過現在還不到日落，大概是預備行動之類的。

真奈的雙膝一軟，野坂急忙扶住她，一面問道：

「……中尉臨走前有說過什麼嗎？」

真奈搖搖頭。

「要是我說找他是為了叫他別去，妳會不會生氣？」

這世界怎樣都好，只要他平安無事就好。

即使有幾千人、幾萬人甚至幾億人渴望著世界得到拯救。

野坂一定也站在期盼鹽害解除的那一方。一定的。

期望這世界繼續被鹽害蝕朽的，全世界只有真奈一人。

就算被全世界憎惡，她還是捨不下這扭曲的心願。

秋庭要是有個萬一，那麼縱使換來一個被拯救的世界，於她也毫無意義。與其讓秋庭的生命曝露在危險之下，還不如讓這世界繼續沒救吧，也許它再過不久就會終結，但至少秋庭可以平安的活到那個時候。

「怎麼會呢？這有什麼好生氣的。」

野坂的表情複雜，既像是困擾，又像是生氣或一點點悲傷。

「要別人為了世界而放棄自己喜歡的人，這種話誰說得出口嘛！當然啦，要說不想得救那是騙人的，問題是我自己什麼也做不到。」

「可是我——」

真奈掩面蹲了下去。

「我真的不在乎這個世界變成怎樣，對不起。我真的不想去在乎。」

對不起。對不起——真奈不住低喃，也不知道是在向誰道歉。

對不起，我只在乎那個人，他對我才重要。

察覺身旁的動靜，真奈抬頭望去，看見野坂也蹲了下來，而且不知為什麼，她也是一副快要哭出來的表情。

「我們去找我老公問問看，好不好？他雖然也是後勤，可是他的單位比我了解作戰細節，說不定可以問出個什麼。我們去找他，好不好？」

「……那樣好嗎？」

真奈才剛問出口，野坂就突然抱住她。一絲甜香隱隱飄來。

「算我求求妳，別再說對不起了。妳有什麼好道歉的呢？跟誰道歉嘛。不希望自己喜歡的人去送死有什麼錯？妳只是喜歡中尉，不是嗎？」

只是喜歡秋庭，為什麼就不能如願？不知怎的，好像全世界都在說這段戀情是錯的、是不對的。

妳沒有錯呀。聽得野坂這麼說，真奈只是點頭。她就希望有人能對她這麼說。

野坂帶著真奈走進行政大樓，毫不遲疑地走在每一扇門看來都一模一樣的長廊上，然後停在某一間辦公室前。門上掛著的牌子寫著「通訊隊」。

野坂敲門後，房門只開了一點點，裡頭有人來應。從真奈所站的位置，她看不見門裡景況。講了幾句話，又等了一會兒，便見一名男性隊員走了出來，同時順手帶上房門。那人身材中等，長相斯文，大概就是野坂的丈夫。

真奈向他鞠躬。他不像秋庭或入江那樣英俊出眾，卻流露著誠樸的氣質，引人好感。

野坂說，要不是有鹽害，他們兩個未必會結婚。真奈不懂她為什麼那麼說，也許要等到年紀到了才會明白吧。

卻聽得野坂劈頭就問：

「中尉在哪？招出來。」

野坂的丈夫正在向真奈點頭示意，被這沒來由的一句驚得轉頭去看妻子。此刻的野坂惡狠狠盯著丈夫，可見兩人平日的均勢如何。

「你們有跟中尉的部隊聯繫吧？中尉現在在哪裡？」

「這種事情——」

野坂的丈夫語帶責備。從聲音聽得出他穩重老實的人品。

「我怎麼能告訴妳？出動中的部隊動向是重大機密，妳自己也是自衛官，還不了解嗎？」

「阿正。」

被妻子直呼其名，野坂的丈夫臉色有點難看。聽見他咕噥了一聲「公私不分」，野坂立即抬高了下巴，昂然不遜地說：

「很好，我就是公私不分。我本來就不是以自衛官的身分來找你問話，這一點你應該很清楚吧？」

妳每次露出這種表情就是怎麼講都不聽，誰會不清楚？野坂正嘆道，像是拿妻子沒輒。

「拜託你，我想跟秋庭先生說話。」

真奈求救似的說道，便見野坂正叉著雙臂，表情猶豫。夾在野坂的瞪視和真奈的關注之間，他靜默了好一會兒。

「……不管怎樣，先換個地方吧。我總有我的立場要顧。」

野坂正壓低聲音說完，隨即邁步走開，真奈和野坂便快步跟上去。

帶著兩人走到隔壁大樓，野坂正在頂樓的一個房間前停下。

「快進去。被人看見就不好了。」

他緊張地催促，真奈便趕緊從敞開的門縫鑽進去，然後是野坂。這房間好像很久沒用了，空氣裡都是凝滯的灰塵味。

「我最怕這種味道了。我去開窗，真奈妳去開燈。」

真奈打開電燈，野坂便走向窗邊。她一拉開窗簾，空氣立刻動了起來。這裡是最頂樓，最是通風。

但在這時，風勢突然減弱。真奈回頭看時，野坂已經氣急敗壞地衝到門邊。

野坂的敲門聲又急又響亮。喇叭鎖的門把早就轉不動，從外面給鎖上了，而且屋裡這一側連鑰匙孔也沒有，要開也只能從外側開。

「搞什麼，你什麼意思！」

野坂對著緊閉的門大喊，真奈只能愕然地看著。

為什麼人人都這樣——到最後一刻，連他也出手阻撓。

「開門！快開門！你太可惡了，竟然……竟然騙我！」

門外沒人答腔。野坂忿忿道「他應該在」，然後突然舉腳，朝門板就是一記旋踢。

「給我開門——！」

野坂吼得好兇好可怕，一下又一下踢著門，激烈的砰磅聲足足響了好一會兒。

然後她停下來喘氣，從凌亂的瀏海之間怒目瞪著那扇門。門扉雖是木頭做成，卻堅固得只有些微損傷。她又啐了一口，說這門大概只能從外面打開。

「王八蛋……竟敢把我關進這麼破的舊倉庫。」

她再度搥向木門。

「你在外面吧！開門啦！卑鄙，我絕不饒你！再不開門我就要跟你離婚啦！我要告你！還有贍養費！你看我會不會放過你！」

眼見野坂氣炸了對著門外亂罵，真奈走上前去，把手放在她的肩上，雖然立刻制止了她的叫喊，卻見她投來的眼神裡滿是震驚。

只不過，真奈不知道自己此刻是什麼表情，也不知道野坂感受到了什麼氣息。

真奈輕輕敲了敲門。

「野坂先生，你在外面吧？請你開門好不好？你不用告訴我秋庭先生在什麼地方沒關係。我不會再麻煩你了，請你開門。」

不會再求人了。這話說出口的那一刻，真奈才發覺自己在生氣。對誰呢？不是野坂，也不是她丈夫，而是這一切的不順遂。

「我也不會找別人幫了，真的，請你讓我們出去吧。要是我自己一個人找，那就是我的自由了吧？反正也沒有線索，我也不可能找得到他，就不會給任何人添麻煩了吧？我不會讓你難做，你就不要妨礙我了。」

「——抱歉。」

門外終於有了回應，那聲音聽起來卻十分苦澀。

「我不能讓妳走。有人來拜託過我，說不能讓妳去把他追回來。」

是誰拜託的？野坂蠻橫地插嘴問道。

「是秋庭中尉。」

真奈的淚水滑過臉頰。自從來到這裡，她動不動就哭。談戀愛不是應該更幸福更甜蜜的嗎？為什麼這麼痛苦又不如意呢？而且——

連秋庭自己都身不由己。

「他說真奈若是想追回他，一定會去武器隊找相熟的下士幫忙，加上做丈夫的我又在通訊隊，所以他料定妳們一定會找上我。出擊前已經夠忙亂了，他還是特地趕來拜託我——像他那樣的大人物，還跟人低聲下氣啊。」

野坂正的聲音竟像是在哭泣。

「我能了解中尉的心情。他是真的喜歡妳，真心想保護妳的。我懂那種感覺，因為……」

他接下來要說的話，真奈已經猜到了。

「換做是我，也會做一樣的事情啊——由美……」

聽見他喚自己的名字，野坂不高興地撇過頭。

「我也會這麼做的，只要能保護妳，要我做什麼差勁事我都願意。妳恨我也好，討厭我也罷，要離婚或贍養費都依妳，我只要妳平安。中尉也是這個心情啊。」

「根本是你們男人在自我滿足啦。」

氣歸氣，野坂的語氣已經原諒了丈夫。

真奈無力地坐在地板上。真的，男人怎麼會這麼任性、這麼自以為是呢？

寧可扮黑臉、淌渾水，只要女人平安無事就好；難道他們以為天底下只有他們有這種想法？不甘心的是，女人最後還是會原諒男人。就因為喜歡他，女人就甘心被這樣的一句話給哄住，教人想起來就懊惱。

「求求你……讓我跟秋庭先生講話。」

真奈喃喃道，門外卻只傳來一聲聲的抱歉。

門裡面沒了聲音，只聽見些許動靜，證明她們兩人還在裡面。野坂正靠坐在門板邊，心中暗忖，妻子由美或許有辦法從最上層的氣窗逃出來，但真奈鐵定辦不到。

這份歉意令他不由得嘆了一口氣。

就在這時，一個規律的腳步聲由遠而近。

野坂正抬起頭，便見入江司令正往這個方向走來。見野坂正看見自己，入江笑著擺擺手。從這位司令到任以來，大伙兒都覺得他不太像個軍人，特別是在這方面。

野坂正趕緊站起來，立正敬禮。

「不用不用。不過，替我放人吧？」

入江沒點明要放誰，意味著他從一開始就知道內情才故意省略不說，至於他為什麼會知道、為什麼知道是在這裡、又為什麼會跑來要求放人，野坂正只覺得腦中混亂，於是閉口不答。入江倒像是不當回事似的，逕自說道：

「秋庭會幹些什麼事，我都猜得出也掌握得到，包括他在哪個隊上做什麼，消息都會傳到我這兒來。秋庭既然不想聲張，一定是私下去找你吧。你們還是太小看我啦。」

這麼說來，入江都知道了：包括裡面的人就是真奈，以及她被關起來的理由等等。野坂正自問，帶妻子和真奈來此的這一路上應該沒被人發現，不過營地裡就這幾個可以反鎖的空房間，依序找來倒也不難就是。

「能放人嗎？我滿急的。」

司令的命令是絕對的，軍人本來就不可以違抗長官，可是——

「……不能。」

野坂正早已做好了被降職的心理準備。他再度敬禮，並且直視司令：

「屬下奉秋庭中尉的命令拘束民間人士，除非中尉撤回命令，否則屬下不能中止任務。」

要是把人交出去，之後的動向就難追了；萬一真奈趁入江不注意時溜出營區怎麼辦？被一個比自己足足高了六級的中尉低頭請託，野坂正要怎麼向對方交待？

這時，只見入江的表情絲毫未變，唯獨氣勢變了——不容抗辯的高壓姿態。

「你知道我是誰吧？」

那口吻活像在教訓一個壞小孩。

「入江司令……不，是立川營部司令。」

「很好。那麼，我跟秋庭誰比較偉大？」

心底浮現一股小動物被野狼追逐的感覺，野坂正吞了一口口水。

「是入江司令。」

「營區裡的大小事，最終決定權在我，不在秋庭，對嗎？」

這種問題怎能答「不」。野坂正戰戰兢兢的點了頭。

「那你要放人嗎？我現在請你放人，你可以乖乖照辦，這就是最不麻煩的做法；至於第二麻煩和第三麻煩，結果反正都一樣，我也沒差，只要最終目的能達成就行，差別只在於你在這裡僵持或在這裡切腹，然後結果晚個五分鐘十分鐘出來罷了。換句話說，你再怎麼堅持都是沒有意義的，懂嗎？」

無論這位司令多麼不像一個軍人，卻是他將秋庭給勸回來的。

鹽害剛發生時，秋庭違抗了統合幕僚部的決定而逃兵，如今卻選擇服從入江的命令。這是個不爭的事實。

澈悟二字完全是野坂正此刻的心情寫照。他從胸前的口袋掏出鑰匙，交到入江的手掌心。

「謝謝。你是個明理的人，我很高興。」

說著這種只會讓人覺得是反諷的話，入江一面將鑰匙插進鎖孔：

「我想也該是時候了。再拖久一點，我保證你一定後悔。」

入江開門時，房間裡的真奈和野坂都嚇了一跳，同時望向門口。只見兩人對坐在房間中央，中間是一座窗簾布堆成的小山，野坂正用手中的小刀將布料撕成長條，真奈則將布端結在一起。

她們在做繩子，打算逃出去。

見野坂正看傻了眼，入江便朝他聳了聳肩。

「喏，我說吧。這女孩可鹵莽得很呢。」

千萬拜託你了——想起秋庭的請託，野坂正這才明白，「千萬」指的原來是這回事。

「來，過來。」

入江對真奈招手，真奈站起來，卻警戒似的沒走近。

「來啦，我們去救秋庭老弟吧。快點。」

聽得他一副天經地義的口氣，真奈睜大了眼睛。

「——真的嗎？」

「信不信隨妳囉。」

說著，入江已轉身往門外走去，一面看著野坂正說道：

「我需要一個傳令，你一起來吧。給你十分鐘準備器材。」

然後他又轉向野坂由美：

「妳，負責備車。一樣十分鐘以內開到行政大樓前。」

野坂夫婦同時立正敬禮，隨即奔出室外。入江也快步走出去，真奈則小跑步追上去。

*

整十分鐘後，四人在行政大樓前集合。

大型高機動多功能車的駕駛座上坐著野坂由美，入江坐副駕駛席，後座則是真奈和揹著野外無線電的野坂正。

入江指示野坂把車子開到府中看守所，之後再也沒開口，急駛中的車內一片沉默。

市區仍是那般荒廢景象，不過野坂的駕駛技術顯然比入江高明。在真奈的感覺，坐這一趟比入江載他們來立川時要舒服些。

晚霞開始籠罩街道時，前方出現一棟佔地甚廣、四面有高牆的建築物。

莊嚴而厚重的鐵門，入江只打了聲招呼就讓它開啟了。

車子在管理大樓前停妥後，入江沒說話就下了車。真奈等人匆忙跟著。

職員跟入江好像很熟，見入江悶著頭逕自往二樓穿堂走，也沒有出聲攔住他。一行人就這麼走過連接管理處和看守所的穿堂。

通過職員們忙進忙出的保全管理大樓，他們來到受刑人的寢室區，人跡忽然冷清起來。但這兒原是一間收容了兩千名受刑人的看守所。

跟在入江的背後，真奈想起智也的事。

入江究竟在這裡抓了多少個「實驗體」？不管是幾個，在入江心目中都只是數據。真奈已經明白這一點，也知道這個人有多麼不擇手段。

於是她對著面前的那個背影問道：

「你說要救秋庭先生，是什麼意思？」

反正真奈都跟來了，入江便擺出一副無意解釋的態度，只顧著在牢房前的走道上趕路。

終於，入江在一個房門前停下。

「為了秋庭，妳什麼都肯做？」

他回頭看著真奈，突然這麼問。

這是在激將——事到如今還明知故問？他以為我還會猶豫嗎？

真奈不甘示弱的一點頭。

「——好膽量。那就進去吧。」

說著，入江打開房門，讓真奈先走進去，他自己和野坂夫婦也跟著走進。

室內原本是一片漆黑，他們一走進，照明就自動亮起。只見日光燈閃了一下，四周隨即溢滿白光。

——周圍的牆壁是白色的，日光燈照上去會閃，還會反射出清澈的光。

「知道吧。」

聽得入江這麼問，真奈默默頷首。在見到這四面白牆壁的那一瞬間，她就知道了。

這是一間鹽害實驗室；牆上貼的是結晶，好讓房間裡面的人鹽化——和智也被關、而後逃出的白色牢房是一樣的。東京都裡恐怕還分布著好幾間同樣的實驗室，否則不可能生產出足夠的統計數據。

入江轉過頭去，對背著無線電機的野坂正說道：

「聯絡秋庭，他應該有一個專屬的傳令兵。你知道頻率吧。」

野坂正立即卸下背上的無線電機，開始操作。他很快就調好頻率，並將麥克風交給入江。

「喂？秋庭在不在呀？」

入江開口呼叫的第一句，只像在自家客廳打電話似的。

*

原為厚木基地第一五四戰鬥飛行隊（VF154 BLACK KNIGHTS）主力的Ｆ14Ａ雄貓戰機，曾經一度除役並全數撤回美國。經過改良之後，裝備升級為精密轟炸規格，數週前重新回到厚木基地服役。

搶奪其中的一架，便是秋庭所率領突擊部隊的第一階段目標。

重新佈署這一批Ｆ14時，美軍方面的解釋是做為支援友邦的緊急警戒，不過沒有人會善良到全盤相信這個說法。

若是單純只為強化警戒，美方不必大費周章地為全機體加裝低空導航／夜間紅外線標定系統（LANTIRN）和雷射導引炸彈裝置（GBU）——那些千磅級的ＧＢＵ—24彈頭就更不用說了。調來這種對地攻擊性能異常特化的機種，「強化警戒」的藉口畢竟是牽強了點。

因此，日本可能已被選為轟炸實驗的區域——這是秋庭和入江的一致判斷。美國現階段的鹽害防治方案主要有二，一是封鎖結晶所在的城市，其次是在結晶周圍設下防護壁，此二方案雖然單純，但在鹽害研究停滯的情況下，卻是最妥善的對策。日本若不是早在鹽害初期就失去了類似方案的實行能力，那麼就國內的實際受災情況而言，也會有同樣作為的。

話說回來，美國可不是一個只會把怪東西圍起來就滿意的國家，他們應該會想要決定性的解決之道才是。假設美國的鹽害研究已經進展到與入江的推論相當程度，下一步的選項想必也相去不遠——特別是他們還可以搬出家傳絕活來露兩手。

然而，選擇海外國家來做預行演習，足見美國還沒有像入江這樣確切的理論；沒有動員對地攻擊性能同樣優越的現行主力機F／A18大黃蜂，卻採用早就除役很久了的老爺機種，也是另一個但求保險的證據。

如今美軍仔細地將每一機都裝上新配備，十之八九是為了進行大範圍轟炸，只是執行的時機完全掌握在他們手中，是否已經妥善考慮到市容與老百姓的安置也是個莫大的疑問。對美國而言，一個已經失去半數以上人口的國家，也不過就是個現成的實驗場罷了。

在對方放肆之前先發制人——刻意去厚木基地劫機的另一個用意，就在於此。

中尉，你的F14駕駛經驗有多少？

某個隊員來問時，秋庭先是用聳肩代替回答。F14沒有被佈署在日本自衛隊裡。現行空自的主力是F15J鷹式戰機，而秋庭便是所謂的鷹式戰機駕駛員。

只有拿到外流的駕駛手冊，不過這幾天已經把整本都背起來就是了。

你會開嗎？

那人又問，語氣裡頗有不安。

當然啊。雖說機種不同，但基本操作還是大同小異，況且任務內容又簡單。那麼大的目標定在那兒動也不動的讓你打，沒必要小題大作的搞機種轉換訓練啦。

秋庭知道，這番話一說出口，四周的氣氛立刻轉為寬慰。

事實上，機種差異事小，對地攻擊的熟練度問題才大，秋庭只是故意不講。空自的鷹式戰機並沒有對地攻擊能力，理所當然的，一直在駕駛它的秋庭也幾乎沒有受過對地攻擊訓練。當然，具雷射引導性能的GBU如果也算在導彈類之列，那麼空對空的攻擊經驗應該就能派上用場。

秋庭向身旁的另一名隊員問道：

離進攻還有多久？

攻擊行動預定於預測的日落時間正式展開。突擊部隊已經在厚木基地四周佈署成包圍陣形，也已經進入待命狀態。也許是因為鹽害時期，在美軍看來，今日的日本完全不具有威脅性，所以基地的正門口只有象徵性的設了幾個步哨，不像是有部隊在戒守的樣子。

不過，對方畢竟是這世上最習於戰爭的軍隊，縱使遭到突擊，勢必很快就能展開反擊。

還有一小時左右。

我一起飛，你們馬上撤退。被抓到的就投降，之後只准說是奉營部司令的命令，其他的事一概不准提。這一關也許要好幾天，不過放心，入江會想辦法的。

下達最後命令後，秋庭扯下掛在頸上的其中一塊軍籍牌，將它交給方才發問的那一名隊員。

照計畫是依ＬＡＮＴＩＲＮ顯示去飛，所以不會看到結晶，不過——

萬一出事就幫我交給真奈。

見那名隊員哭喪著臉收下軍籍牌，秋庭笑了笑。

而且人家都說怕死的人會長命嘛。

玩笑話一出，周圍的氣氛又緩和起來。

入江的無線電呼叫就是在這時傳進來的。

『喂——？秋庭在不在呀？』

聽見那全無緊張感的聲音，氣得秋庭一把搶過麥克風，按下通話鈕便破口大罵：

「快行動了你呼叫個屁！少在那邊耍寶！降低士氣啊？」

『噢，我跟你說哦，我讓真奈進那個房間了。』

這個牛頭不對馬嘴的答覆，令秋庭愣了幾秒。

「……你說啥？」

『哎呀你知道的嘛，就是那裡嘛。』

秋庭當然知道，於是壓低了聲音：

「媽的，你真會選時間開爛玩笑……」

『啊，你以為我騙你？那我讓她來講。』

入江聲音遠離，取而代之的是——

『……嗯，我是真奈。』

一個秋庭怎麼也不會聽錯的聲音——虧他今天刻意躲起來，避了她一整天。

秋庭忍著不發作，一字一句的沉聲問道：

「真奈，妳現在在哪？」

知道真奈不會騙他，秋庭靜靜等待她的回答。他同時也知道周圍的隊員們都豎起了耳朵在旁邊聽，不過現在沒心情去顧慮那許多了。

『在府中看守所的……白牆壁的房間——很像智也先生說過的牢房。』

「馬上離開！不要看！」

秋庭大叫，再等回覆，但真奈沒有出聲。

「至少閉上眼睛！」

他激動的勸她，繼而聽見的卻是入江的聲音。

『就算在最差的心理狀態下，也沒有一天就會鹽化的案例——起碼這一點我可以保證啦。算不上什麼保障就是了，抱歉啊。』

「入江，你他媽……！」

秋庭痛苦地罵道，但是入江的話還沒講完，所以他的聲音傳不過去。對此刻的秋庭而言，這種單向式的無線通訊無異使人更加心焦。

『就把作戰行動好好的搞成功，然後回來，一切就圓滿啦。』

像是在說風涼話似的，入江輕鬆地說到這裡，聲音中止。

見秋庭靜默不語，傳令兵低聲提示道：「可以發話了。」

秋庭搥也似的重重按下通話鈕，幾乎沒將它敲壞：

「脖子洗乾淨等著！他媽的這次我一定要殺了你！」

然後他將麥克風塞到傳令兵懷裡，將自己剛才交出去的軍籍牌從那隊員手裡拉回來。

「算啦！煩死人！活著回去啦！」

＊

「哇哦——好恐怖。」

入江縮著脖子把麥克風還給野坂正。

「你們兩個行了，出去吧。」

野坂由美聞言便反駁道：

「請問為什麼？她已經累了一整天，屬下認為應該由同性的人在旁照料比較好。」

乍聽此言，入江只以詫異的神色看著她，隨即恍然大悟，喃喃自語道：噢，你們不知道嘛。

「你們聽好了，這牆上貼的全都是結晶的切片。」

野坂夫婦倒抽了一口氣。看結晶會感染鹽害的情報，立川的所有隊員都很清楚。

「這個房間是用來實驗的，看看人類在這裡待多久會被鹽化。妳的義氣我很欣賞，可惜不是個明智之舉。」

野坂由美的臉色變白了，這也難免。

「野坂姊……」

真奈向她微笑道：

「我不會有事的，請妳到外頭去吧。」

野坂由美望著真奈，表情從沒有那樣沮喪過。

「好不好？」

被真奈又勸了一聲，野坂由美終於低下頭去。野坂搭著她的肩，在心手暗暗施了一點力。

於是，在丈夫的護送下，野坂由美垂頭喪氣地被帶到了室外。

*

留下真奈和入江，野坂正關上房門，帶著妻子走開。他倆在廊上走了一會兒才停下腳步。在這段期間，由美始終垂著頭。

一滴水在她的鞋邊打散了。

「我沒有陪她。」

野坂由美喃喃道，聲音顫抖，像在壓抑著情緒。

想陪那女孩一起待著。她真的有這個念頭。這些日子以來，她和真奈已經變得要好，真奈對秋庭的用情也很令她感動。

可是，那個白房間更讓她害怕。

既知看了結晶就會變成鹽，要她在那房間裡待下去，她受不了。

那就像在嘴裡含一口致死性的劇毒，縱使短短數分鐘也一樣恐怖。含在嘴裡還可以吐出來，可以漱口幾百次，但是看進眼裡的可沒法去除掉。

「那麼可怕的房間——我卻把她一個人留下來。」

「她不是一個人啊，司令也在一起。」

野坂正安慰道，卻見由美倔強的抬起頭來：

「都一樣！都是我拋下她們，沒有不同啊！」

湧泉似的，那雙細長的眼睛裡不斷湧出淚水。由美瞪著丈夫，瞪著那雙眼瞳裡的自己。

「那孩子，她說我能幹又厲害呀，結果我——我卻被幾塊鹽結晶給嚇跑了，把那樣的小女孩丟在那兒！我是自衛官，怎能把老百姓丟在那麼危險的地方！我哪裡能幹厲害了，根本就是自私而已！我又軟弱又沒用——差勁透了！」

突然間，野坂正緊緊抱住妻子，打斷了她的哭喊。

「妳若是軟弱沒用又差勁，那麼我也一樣。我也是個自衛官，也把她一個老百姓給扔下了啊，我甚至慶幸我們能離開那個房間，還有妳肯跟我一起出來。我可以為妳死，但我還是希望我們兩個都能平安。」

不過，妳搞錯囉。野坂正在她耳邊輕聲道：

「自私的人可不會哭。他們才不會為了把別人丟下而哭著道歉。」

攀在丈夫的胸前，野坂由美囁嚅著「你不要寵壞我」，卻哭得像個小孩。

「中尉會回來吧？他一定會回來吧？」

能讓真奈走出那房間的只有秋庭。除非他回來，否則真奈絕對不肯出來的。

她知道真奈早有此心。

「會的。換作是我也一定會回來。若我不回來妳就會死，那我拚了命也非回來不可啊。」
中尉一定也是這麼想。
說著，野坂正再度抱緊妻子。

＊

野坂夫婦離開後，真奈訝異的看著入江。她沒想到他也會留下。
入江察覺，對她笑了笑。
「意外嗎？」
真奈沒回答他，逕自問道：
「照你剛才說的，我這麼做就能救他嗎？」
她指的是讓秋庭知道真奈進了這個實驗間。
「會啊……」
面對著真奈，入江又裝模作樣地伸展雙臂。
「畢竟我這個人沒信用，秋庭也知道我不會只是嚇嚇他。他沒有這麼樂觀的。這下子他不敢死了，他得回來把妳從這裡帶出去才行。」

「……怎麼講得這麼毒。」

真奈苦笑著輕聲道。入江又繼續說：

「妳就是應該做他的包袱，不要讓他覺得可以把妳丟下，或是可以託付給別人。妳得給他壓力，讓他不敢自己去死，不敢留下妳一個人。」

自己在秋庭心目中是不是真有這麼大的份量，真奈不敢確定，不過——假使秋庭會為了她這個包袱而無法赴死，她便願意讓自己成為重擔。

秋庭若能活著回來，那麼從來只為拖累秋庭而愧疚的真奈，今天將頭一次為此心存感激。

等到秋庭回來後，她再努力使這包袱減輕吧。

「哎，我只是騙騙秋庭，所以妳可以離開這房間了。怎麼樣？」

真奈靜靜地搖搖頭。

「我如果是會離開的那種人，你一開始就不會帶我來了，對吧？」

便見入江滿意的點點頭：

「依我的看法，你們的愛情就是美在這種自虐上。而且你們對彼此的牽掛就是一種過度自虐，更讓我發現這份美學的存在。」

「你的美學關我什麼事？」

這是真奈盡最大努力擠出的針鋒相對。入江也回敬一個微笑，以及令人脊背發涼的兩句話：

「況且妳若是那種會離開的女人，也許我就不必把妳還給秋庭了。」

剛才那個若無其事的質問，說不定其實是入江在考驗真奈的命運。真奈回想起初次相見時就被他拿槍抵著，她真覺得自己弄不懂這個人在想什麼，也不知道他在做什麼。這種人講的話真真假假，她猜不出哪些是打發時間的玩笑話，哪些又是認真的。

恐怕連秋庭也猜不透，所以才會怕入江吧。聽他在無線電裡和入江對話的聲音，那裡面有真奈從沒聽過的疑懼。

她甚至有一種感覺——入江剛才若不滿意她的答覆，恐怕會氣定神閒地還一具屍體給秋庭也不一定；他今天應該也帶著手槍。但不知怎的，儘管初見面時就在他的槍口下待過，但是真奈並不怕跟他同處一室，想來不可思議——這人滿奇妙的。

入江沒再開口，真奈也就不說話了。這麼一來，她能做的事情就只剩思考。

真奈挑釁似的凝視著雪白的牆壁。

秋庭一定會回來，她是如此相信的。假使信心就能使命運趨近於人的想望，那麼她若離開房間，就等於是懷疑秋庭的生還了。既然相信秋庭，她就沒必要離開。

況且，若是他沒有回來——真奈就更沒有走出房間的必要了。

沒有秋庭的世界，她也不想要了。

「入江先生，你不用陪我呀。」

真奈忽然想起來說道。卻見入江苦笑：

「哎，陪個一天還不成問題啦。若只是睡覺，這房間其實是無害的，我又是利用你們的人，道義上總說不過去。再說，我今晚也別回立川比較好。」

秋庭的突擊部隊衝進厚木之後，部隊所屬單位一定很快就會被查出來，防衛省或鄰近的自衛隊機關也就會有大批人馬殺到立川來興師問罪，與其一一應付還不如讓他們撲空找不到人，而且在這種情況下，通常防衛省會先跳上檯面處理風波，這樣還可以盡量延後資訊外流的時間。先著急的人就會先跳腳，人或組織都一樣。

入江叨叨絮絮地將這些事情講給真奈聽，一面走到牆邊的床鋪坐下。真奈也跟著走去坐下。

「以前啊……」

入江沒看她，自顧開口道：

「有個電視節目，每次開頭都會打一行噁心的標語『愛能拯救世界』。妳知道那節目嗎？」

這個話題聽來又是風馬牛不相及。真奈在模糊的記憶中搜尋著，同時小心回答：

「……我想想——小時候也許看過幾次。」

「我實在討厭死那個了。」

入江的臉上是極度的厭棄，真奈甚至光看他的側面都能感覺得出來。

「愛哪能拯救世界啊。我敢打賭，愛這玩意兒頂多只能拯救愛情裡的當事者，而且被拯救的一定是當事者在取捨之後選擇的對象。」

如此辛辣的觀點，很像是入江會有的。

「達成任務的雖然是秋庭，被拯救的卻不是這世界，而是他心裡那份利己的感情，還有那份感情投射的對象。因為他不想看妳先死，而妳又希望秋庭平安無事，等於是你們的戀情拯救了你們自己，而我們其他人都是順便沾光罷了。」

真奈吃吃笑道：

「入江先生，你其實是個浪漫主義者呢。」

「別跟秋庭說哦。」

入江把食指豎在唇上，像在逗小孩似的。真奈心想，怪不得人們怕他，卻沒法兒討厭他。她被引得又笑了起來，眼角卻滲出一絲淚水。

——原來我們之間算是戀情了啊。

她總覺得還不夠真切。秋庭流露的情感只有那一瞬間，然後他就走了，沒有給她足夠的時間去體會多少。

真奈開始想，她搆到的那雙唇，那個溫度——甚至是她在那一刻的驚怯和呼吸——會不會只是個夢呢？

就憑那些，怎教一個人明白戀愛已經實現了呢？胡來。

所以只有一半。真奈的這一半才是戀愛。

妳為什麼不懂！

他的呼喊猶在耳際——我才不要懂。

在你沒有清楚地讓我明白之前，我才不要懂。為什麼我先死會讓你受不了，你可要好好交待一番。

除非秋庭親口承認他的那一半也是戀愛，讓真奈明白完整的相戀是怎麼回事，而不只是只有一半。

她靜靜望著白色的牆面，雙手握在胸前，像是祈禱。

求求你，讓他平安的回來。

世界怎麼樣都無所謂，只要他能平安，我便別無所求。真的，所以求求你。

請把他給我。對我來說，他就是一切的意義。

這大概是全世界最自私、最任性的祈禱吧。

然後，真奈等著——等了很久。

*

衝進基地後，各員散開並尋找掩蔽。

到目前為止的進展順利得就像畫一樣，甚至可說是太過順利。

秋庭忍不住狐疑，從掩體後方打量著正在反擊的美軍部隊。一顆跳彈從他的腳邊掠過——等等，打從進攻開始，射向我方的就只有跳彈而已。

「聯絡全班，確認負傷者。人數跟程度。」

傳令兵立刻照辦。除了秋庭親自率領的A班以外，還有另外三個班在其他區域做誘餌。

「B班目前零負傷！C班二名，D班四名，都是輕傷！」

「……是這麼回事啊。」

秋庭狠狠嘖了一聲。

「命令全班，不准瞄準！統統射偏！」

聽見這道超乎常理的命令，射擊中的隊員都睜大了眼睛往秋庭看來，那名傳令大概也不能理解，愣在那兒沒發訊。秋庭向他吼道：

「還發什麼呆！打假球放水啦！對方也是故意不打中我們的！」

戰鬥開始至今已過了二十分鐘，連一名重傷者都沒有，不太可能。這種不可能的事通常都是事先套好招的。

是誰去套招的——想都不用想。

「——王八混帳！我要殺他兩遍！」

部隊的指揮層級早就談好了。來演鬧劇的秋庭等人被擺了一道。

「裝甲車開過來！直接衝跑道！」

「太危險了！」

身旁的副官反駁道，卻被秋庭更大聲的吼回去：

「那樣最快！聽著，美軍已經知情了！入江不知怎麼騙過他們的，總之跑道上一定有一架已經暖機的F14在等啦！」

只見副官傻在那兒，丈二金剛摸不著頭。

「知道了就快去開車！殺千刀的瘋狂科學家，任務結束後我就把搶來的戰機停到立川去！等著收爛攤子吧！」

秋庭搭著裝甲車在槍彈中衝鋒十數分鐘後，A班傳令收到無線電呼叫。那是事前設定好的共通頻率，地面支援部隊和營部也都收得到。

「『貓跳牆了』！重覆一次，『貓跳牆了』！」

發訊的傳令兵扯著嗓門報告時，低空中爆出一陣噴射引擎的轟隆巨響，驟然掩過他的聲音。

眾人一齊抬頭看去，只見一架低辨視性塗裝的F14在夜空下急速攀升。在升空途中，機翼還上下擺動一次，證明那是秋庭座機。

地面立刻爆出一陣驚天動地的歡呼聲。

萬歲。成功了。加油。衝啊。麻煩了。拜託你——各種激勵的話語激盪交疊著，一聲蓋過一聲，幾乎是聽不出意義的暴力聲浪。

即使在美軍的重重包圍下，隊員們仍沒有停止那狂熱的咆哮，美國大兵們也只能等他們自動冷靜下來。

就這樣，令人難以置信的，為時三十分鐘的戰鬥沒有造成任何重傷或死亡，在突擊隊員們的全體投降中落幕了。

＊

繃緊了的聽覺神經異常靈敏，在遙遠的空中接收到一個尖銳的穿刺音。

——由遠而近，雷鳴似的聲響急速迫來。

坐在床邊的真奈猛然站起。入江依自己聲稱的「只睡覺是無害的」躺平了睡著，聽見聲響時也醒了過來，但還是真奈快一步衝出房門。

見真奈奔出房外，坐在門外的野坂夫婦驚得跳起，只見她一個勁兒的跑在長長的走廊上。

像是在追隨那陣轟隆聲，真奈在建築物內四處急奔，最後從一樓的玄關跑出大樓外，來到漆黑的星空下。她仰頭望向天頂，聽著奔雷般的鳴聲一路持續，在至近距離重重的打在地面上，緊接著刮起一陣狂風。

然後——

三角形的鰭狀機翼從頭上掠過，她幾乎能數出機翼上的小燈有幾顆。

勁風瞬間呼嘯而過。

「——秋庭先生！」

黑夜中，兩道排氣燄拖著青白色的光影。

「啊——完蛋了，他火很大。」

跟著真奈走到外面來的入江喃喃道。

「搞這種低空迫降擺明了是威嚇……我明明叫他把機體丟在海上的。這下子恐怕不是挨一拳就能了事了。」

「——挨拳頭而已……」

真奈笑了，一面笑著，一面感受淚水的決堤。

「不過是挨拳頭而已，這點代價算便宜了吧？我們免費讓你沾光耶！」

聽得此言，入江更是苦笑。真奈又把視線移向夜空。

熄滅了人工光芒的城市上空，原來也有如此燦爛而密集的星光。

真奈明白，這並不代表一切已經結束。

結晶攻略還會有下一步行動。繼東京之後，各地，然後全世界。

大概要在那之後，才會有人著手重建這一度毀滅的世界。

縱使重建開始，像以前那樣怠惰、隨興而便利的世界，恐怕還要很久很久以後才會回來。真奈將來對自己的孩子講故事時，說不定會說出「媽媽年輕的時候，東京是個一二〇〇萬人口的大城市，而且電視頻道多得看不完」之類的話來。

世界的均衡瓦解了，許多事物有了許多不同的轉變，也有太多太多的失去和無法挽回。

那些事，她再也不在乎了。

從今以後，不管這世界將帶來多大的艱險，真奈都會活下去。

因為秋庭回來了——

再殘酷的世界，也不會比失去秋庭的日子更令人煎熬。

「真奈，進屋裡來等吧。」

入江喚道，真奈卻一逕望著前方搖頭。她不想再看見別人。

直到看見他為止。

「我要在這裡等他。」

他一定一下機就會馬上過來。然後呢？我要怎麼做，該說什麼呢？

先給他一個燦爛的臉，然後大聲說：

「歡迎回來」——

同樣是等待，此刻的等待卻突然變得不再漫長。

——然後他就出現了。

要給他一個燦爛的笑臉，然後——

大聲的歡迎他回來。

真奈是這麼想的，卻沒有做出來。

回過神時，她已經在他的懷抱中。秋庭緊緊抱著她，就這麼跪了下去，真奈也被他拖著坐在地上。

混帳。

那個聲音夾著喘息，低低罵道。

不是寬心，不是欣慰，也不是說喜歡或說愛，而是粗魯蠻橫，又沒好氣的——可是。

聽在真奈的耳裡，那竟像是在說「我愛妳」。

在令人喘不過氣的懷抱中，真奈只能擠出一點兒聲音。

——秋庭先生，歡迎回來。

Fin.

鹽之街，其後

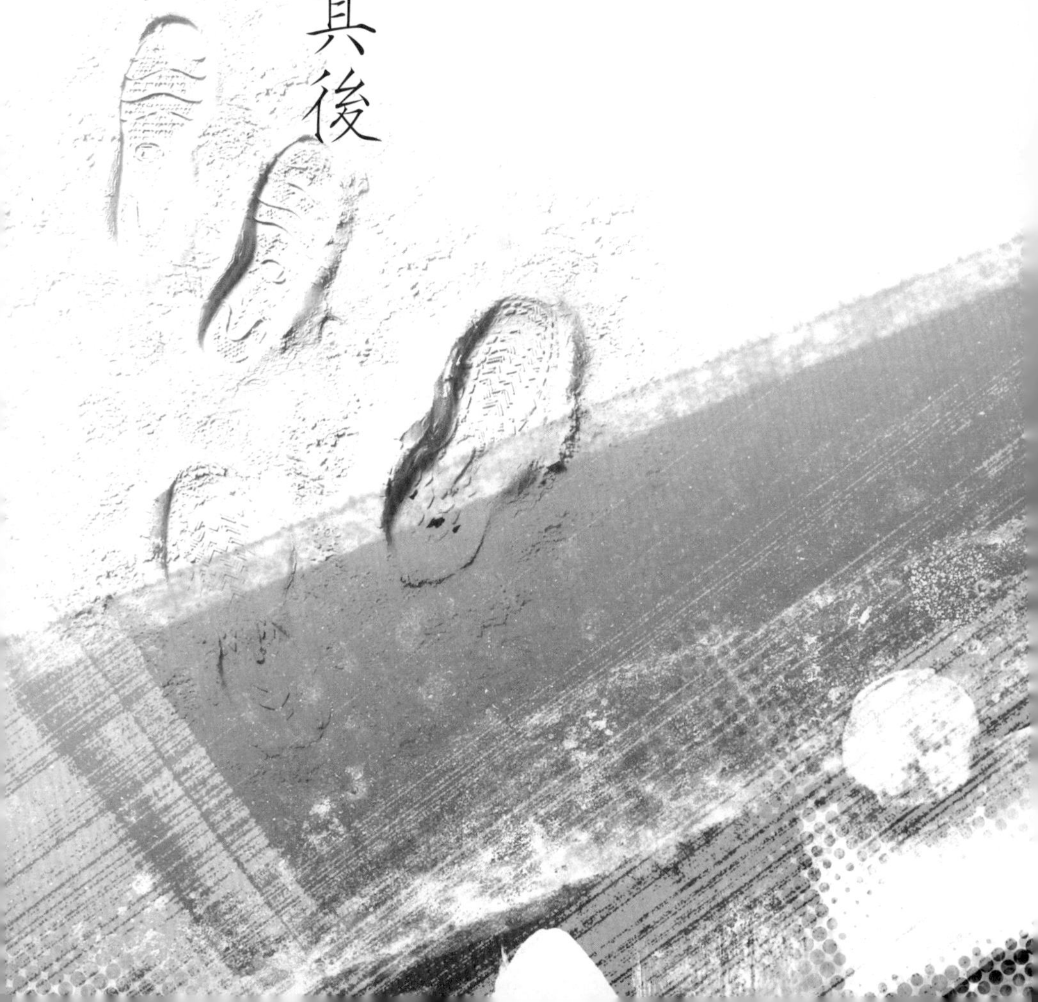

旅程的起點

＊

世界在一夕之間變色。

能處在經歷巨變世界的狹縫間，這機會可不常有。

聽旁人說，世界的變動即將進入尾聲。

所以我想，我應該出去見識見識這變色的山河。

＊

「哇！」

不預期地在路旁見到鹽柱，宣生慌忙移開視線。

通往鄰縣的聯外道路上，有一根高度及腰的鹽柱靜靜佇立在路邊，乍看就像是一柱鐘乳石。

被列為鹽害防治處理對象之一的鹽柱，早在清除工程展開之前就已被風雨沖刷泰半，只剩下極少數的漏網之魚會像這樣殘留在某處。

仔細看去，原來這根鹽柱旁邊有一小片坍塌的土堆，從土堆裡斜長出來的胡枝子灌木叢半覆在鹽柱上，多少替它遮擋了風雨。鹽柱的表面已經被風化得圓鈍，但從腰部以下的線條看來，的確能看得出它原本是個人。

「看起來果然不怎麼舒服——」

住在結晶影響區域以外的人，對鹽害一事比較不那麼神經質。宣生知道自己也有這樣的遲鈍，但是既知鹽柱也是導致鹽害的傳染源之一，他就算再好奇也不敢目不轉睛的直盯著看。

想起經過數位處理的影像便不會有傳染性，他從背包裡取出數位相機，戰戰兢兢的看著液晶螢幕，拍了一張照片。快門一按完，他馬上掉轉過身，背對著鹽柱檢視剛才拍下的影像。

「……哈，一出發就取得一張資料照，可見我在走好運。」

他大聲說給自己聽，努力平衡不小心看見鹽柱所造成的負面心情。個性單純的宣生，這一招用起來滿有效的。

「可是話說回來……」

宣生坐在滿是鹽粉的人行道水泥磚上，望著同樣佈滿鹽粒的路面——地上的小鹽粒反正避不掉，索性不去在意它了。

「怎麼都沒車啊。」

宣生從家裡走了十公里來到這條便道上，卻沒看見半個車子或人影，兩條腿也開始累了。

找出鹽害的主要原因之後，結晶的處理工作在全國展開，至今已過了數個月，但人們顯然還沒有樂天到願意出遠門遊玩的地步。看看這條便道，它是兩縣之間唯一的聯絡道路，如今竟然杳無人跡，由此可見一斑。

哼哼，我居然能做出這種分析，好酷。

宣生不禁自鳴得意，覺得自己年紀輕輕就有採訪記者的架勢。

得意歸得意，這一趟搭便車之旅卻頗有行將觸礁之勢，不免令人失望。外國電影裡演的徒步背包客都是搭便車出外旅行，看起來明明是那樣率性又瀟灑的。

膽小鬼，你們要怕鹽怕到幾時啊？宣生不滿的嘀咕。

結晶清除的大工程進行到現在，人口逾百萬的城市已經清得差不多了，其下的中小城市正在陸續進行中。鹽柱和路面鹽粒都在清除項目之列。清洗車前幾天也開來宣生所住的城市，將馬路上殘餘的鹽都沖進了下水道，所以市區內已經完全看不到鹽害的痕跡，只有來到這種郊區的聯外道路才會看見。

嚴格說來，宣生的周圍沒有人死於鹽害，以致他對鹽害的可怕之處沒什麼概念。聽說他就讀的中學有好幾個同屆的學生遇害，但都跟他不同班，他也不認識，而且那都是學校停課之後才傳出來的消息，感覺上畢竟不那麼真實。

對此刻的宣生而言，鹽害直接造成的最大問題就是害他沒有便車可搭。然而不知道的是，由於鹽害重創物流體系，使得燃油供應至今仍陷於停滯，街上在跑的其實都是公家單位的車。

「我要快點離開這一帶啦——」

留在書桌上的那封信應該快要被發現了。自從停課以來，宣生每天都在家懶散貪睡，不過母親還是每天去房間叫他起床。算算時間，她差不多要去敲門了。

見到那封給爸媽的信，對孩子一向過度保護的母親大概會瘋掉。宣生完全可以想像她那歇斯底里的模樣。

他立志要成為一個採訪記者，親眼見證這歷經巨變的世界，但他也知道母親絕對不會接受這番說法。宣生雖然在留書裡寫得很清楚，只是以母親的個性，到頭來勢必還是會在小鎮裡掀起一陣風波。

「拜託不要讓我被抓回去啊……」

那會是全天下外加這輩子最丟臉的事。

就在宣生無奈的嘆氣時——

國道遠處出現一輛草綠色的吉普車。

「來啦！」

更幸運的是，那輛車正往縣外的方向行駛。

宣生衝到車道中間，高舉著速描簿，上頭大大的寫著「請載我一程」。

走下車的是一個高個兒男人，眼神銳氣逼人，瞪得宣生講不出下一句話來。

見宣生不語，男子便兇巴巴的開口：

「你是要搭便車還是要自殺？搭便車就站到路邊去，要自殺就選別的車，不要來給我撞。」

那人的聲音也很可怕。宣生越來越心驚，但想到這是自己走了大半個早上才見到的第一輛車，而且又成功攔下了，說什麼也不能在此放棄。

「呃……那個，我是要搭便車！我想到縣外去，請你載我一程！」

心想這麼兇的人大概不會答應，宣生幾乎是不抱希望的喊道。卻見男子默默的盯著他，目不轉睛的看了好一會兒，宣生趕緊端出好孩子的模樣，不敢再放肆。

男子這才用大姆指朝吉普車指了指。

「謝謝你！」

男子走回駕駛座旁，宣生立刻小跑步跟上去，這才發現副駕駛座上已經坐了一個人。那是個雙眼被繃帶矇住的少女。

見宣生在車窗外興味盎然的對著少女打量，男子不客氣的咆哮起來：

「你坐後頭去，小朋友！不上車我就開走囉！」

宣生一驚，縮縮脖子往後座鑽去。

「是一個中學年紀的小男生。他說要搭便車，所以我讓他坐一程。」

吉普車重新上路時，男子如此說道。宣生知道他是在跟少女講話。

少女聽了便半轉過頭，向後座微微點頭，嘴角掛著微笑。

「你好，我叫真奈。幸會呀。」

她講話時咬字輕快，聽起來十分可愛，可惜眼睛被繃帶遮住了，不然長相一定也不錯。看那乖巧文靜的氣質，正好是宣生中意的類型。

「妳……妳好，我叫宣生。」

宣生難為情的回應道，心裡暗自慶幸少女看不見，否則這丟臉的害羞表情就會變成少女對他的第一印象了。

「真奈，妳的名字好可愛哦。妳眼睛受傷了嗎？」

宣生問道，卻聽得駕駛座傳來男子的回答：

「她不是眼睛不好，而是最近在短期內看結晶看得太密集了。我們這陣子都在未清除的地區移動，所以讓她把眼睛遮起來，免得不小心又看到鹽結晶。」

有關鹽害的傳染途徑，宣生其實是最近才從社區的鎮公所公告看到的，只不過他沒有親身接觸過鹽害，對那些訊息也就沒什麼警覺心了。

話說回來——

「叔叔，我又不是問你，我是在問真奈耶。」

「你叫我叔叔？」

宣生的餘光掃到男子投來的怒目。

「臭小鬼，你搭我便車還這麼不識相，好大的狗膽。」

聽到這裡，副駕駛座上的真奈忍不住噗嗤一笑。

「秋庭先生一碰到小孩子就動肝火呢！」

「少囉嗦，反正你們都把我當老頭啦！」

被喚作秋庭的男子轉回頭看向前方，嘀咕著大表不滿——不過宣生也有點不平。

一碰到小孩子就動肝火。

真奈的年紀看起來雖然年長一些，但跟宣生應該也差不了多少歲才是。

「宣生，這個人姓秋庭，你應該叫他秋庭先生才行。」

真奈轉過臉來說道，嘴角又是笑意盈盈，當場把宣生心中的不平都給吹跑了。

「嗯，好！不過，幸好妳不是眼睛不好。」

見真奈歪頭不解，宣生又說：

「妳長得這麼可愛，要是眼睛看不見，豈不是很可憐？」

真奈像是做了一個苦笑，沒有答腔。

「你這小鬼真是腦袋短路。那萬一她長得不可愛，你這話不就傷人了嗎？」

聽見秋庭的揶揄，宣生不高興的嘟起嘴巴。

「我又不是那個意思！」

「那以後話講出口前先想個十秒。講話不經大腦，小心被人當成傻瓜。」

幹嘛在真奈的面前害我出洋相——

討厭，討厭，討厭！

宣生對著秋庭的背影猛吐舌頭。

「喂喂——秋庭先生，你們要去哪？」

聽見宣生在後座問，秋庭不耐煩的皺起了眉頭。

「反正是往關西方向，途中會去幾個地方繞一繞。」

「我可以跟你們走一陣子嗎？」

照後鏡裡，秋庭正在瞪他。宣生覺得對方好像看穿了——看出他是因為對真奈有好感才要求同行的。

隨你便。秋庭沒好氣的丟出這麼一句。既然如此，那就隨便我了。

「真奈是秋庭先生的妹妹嗎？」

「不是。」

答話的仍是秋庭。

「那是什麼？」

宣生又追問，便見秋庭側過臉來邪邪一笑。

「你看呢？」

「……表妹。」

宣生按自己的願望回答，卻見秋庭笑而不答——好討厭。

他一個人在後座氣鼓鼓。

接近中午的時候，秋庭在一座關閉的加油站前停下車子。

「這一帶還沒有洗到啊……」

秋庭喃喃道，開車門伸出一腳，用鞋底在路面上擦了幾下。宣生也往地面看，見道路上仍是處處白鹽。

「真奈，抱歉，先休息吧，不過還不能讓妳看外面。等等恐怕還要再開一會兒才能離開未處理地區。」

「好。」

真奈點頭應道，一面摸索著解下安全帶，看起來已經頗熟練了。

「小朋友，那邊的行囊……不，背包，拿一個下來。」

見宣生依言從後座的雜亂物品堆拿起最上層的一只登山袋，秋庭便也走出車外，繞到副駕駛座旁，打開車門，牽起真奈的手，抱也似的領她下車。

——哇塞，這樣……

宣生不由自主的直盯著這一幕。

好像把她當公主還是千金大小姐似的。

秋庭讓真奈勾著他的左手臂，領著她慢步走向加油站的辦公室。

「要是沒有鹽，這裡倒是滿漂亮的。山就在旁邊，馬路對面有田地和菜園，大部分都荒廢了，但也有一些種著東西。看來還是有農家已經開始復耕。」

一面走，秋庭一面把四周的風景講給真奈聽。

「哇……菜園啊。我好想看哦，有種什麼？」

「太遠了不是很清楚，不知是什麼菜葉，不過葉菜類對鹽害的耐性不強……」

「啊，你說的是農業上的那種鹽害吧？那你看到的說不定是白蘿蔔的葉子。」

從後面遠遠看去，他們就像是一對手挽著手的情侶。在秋庭的攙扶下，真奈的步伐沒有一絲遲疑或害怕，看起來完全不像是眼睛被矇住的人。他們兩人這樣熟悉，可見已經在一起很長一段時間了。

真沒意思。

走在兩人身後的宣生跑過去插嘴道：

「喂——去辦公室之後呢？門一定是鎖上的啊。」

「我會開。」

秋庭回答得若無其事，隨即從口袋裡掏出兩根鐵絲，掏掏弄弄花了不到五分鐘就打開了辦公室的門鎖。

大概是猜出宣生的驚訝，真奈開口道：

「嚇一跳嗎？秋庭先生會很多事情哦。」

秋庭讓真奈坐在圓桌旁的椅子上，然後開始拉下室內的百葉窗簾。

對哦，關上窗戶，真奈就可以拆繃帶了。

想到之後，宣生便也跑去幫忙。

所有的百葉窗簾都拉下來後，秋庭開始解開真奈臉上的繃帶。上頭的結可能打的太緊，看得出他的十指都在用力。

好不容易解開，白色的繃帶一圈一圈拆下，宣生馬上跑到真奈的正面。

繃帶之下的眼睛原是閉著的，這時才漸漸睜開。

「——你好哇。」

真奈抬頭看著宣生，笑得十分親切——她的長相屬於鄰家女孩那一型，雖然平凡，卻完全對中了宣生的胃口，害他必須死命的收緊嘴角，否則笑容鐵定會憨傻起來；收緊了才勉強像個普通的笑容。

「小朋友，看傻了啊？」

被秋庭調侃，宣生這才回話。

「妳好啊。」

午飯是秋庭從背包中拿出來的行軍糧。一人一個卡其色的鋁箔包，裡面有餅乾和熟菜類，還有湯粉。

真奈用辦公室裡附設的丙烷簡易爐煮開水，把熟菜包拿出來燙一下，再用那些熱水沖湯粉。

「秋庭先生，你是自衛隊的人嗎？」

宣生咬著餅乾問道，秋庭卻回答「現在還算是」。

「這東西不怎麼好吃耶。自衛隊的人每天都吃這種東西嗎？」

「哪可能每天吃啊，這是緊急口糧。自衛隊的戰鬥口糧味道更好，比較起來，美軍那種加熱式的根本像是隨便亂煮，有人嫌臭說不敢吃。」

大概是食量小，真奈一開始就把餅乾和少許熟菜都分給秋庭，所以她很快就吃完了，便和宣生聊起來。

「宣生，你為什麼出來搭便車旅行呢？」

真奈的語氣像是在質問他為什麼選這種時候外出。果然女孩子就是女孩子，雖然看起來年長一些，還是一樣怕事又愛擔心，這一點就跟班上的女生沒兩樣。當然啦，那些女生很臭屁，真奈可完全不會。光是想到停課可以不再聽到那幫女生的吱吱喳喳，宣生就覺得耳根子清淨真是好，她們跟真奈根本不能比。

宣生決定表現出自己最好的一面，於是挺起了胸膛回答：

「我啊，正在旅行。我要看遍這世界的現況。」

雖然今天早上才剛出發就是了——這一點就不要講。

「我將來想當採訪記者。對一個記者來說，能親身經歷這些情勢是很難得的機會，所以我要趁現在到全國走一趟，親眼見識各種景象，這對我將來寫書都會有幫助。」

真奈看著他，眼睛睜得好大。

「好棒哦，你這麼有想法。」

那單純讚賞的聲音聽來真舒服。宣生洋洋得意。

「那你一定要寫一本好書哦。」

看見真奈的笑容，宣生也不由得笑開了。

當記者要想牢牢抓住讀者的心，一生中果然需要一位繆斯女神——一個有魅力的異性。真奈就很有這個資格。她不像班上的女生那樣愛嘮叨，脾氣又好，各方面都是宣生最喜歡的類型。

「算啦，不要只是小朋友遠足就好啦。」

秋庭潑來的冷水，令宣生鼓起雙頰。

「年輕人的熱情你才不懂啦。」

「是是是，反正我就是老頭啦。嘿。」

秋庭將杯裡的湯一飲而盡，然後把紙杯揉成一團，不偏不倚的投進自動販賣機旁的垃圾筒。

上過廁所，他們又要出發。走出辦公室前，秋庭重新仔細的用繃帶包好真奈的眼睛。

「你先上車，去放行李。」

秋庭說著，把車鑰匙拋向宣生，宣生的神情馬上亮起來。聽見他問「我可以發動嗎？」無疑正是對機械感興趣的年紀。結果秋庭不准，他大概有點不滿，但還是老實的帶著背囊先跑向吉普車去。

「那個年紀的小孩好有活力哦。」

想像宣生跑開的方向，真奈面朝屋外吃吃的笑道。宣生在吃飯時表情一下變來變去的，彷彿腦子裡在想什麼都寫在臉上。

還有，跟他一搭一唱的秋庭也變得多話，更有趣。

「妳倒是很會擺大姊姊的架子嘛。」

被秋庭取笑，真奈嘛起嘴。

「我才沒有擺架子……他如果是中學生，不就正好小我三、四歲？我本來就是姊姊啊。」

說是這麼說，心裡卻有一絲絲不安。真奈只是懷著平常心將宣生當做一個年紀小的弟弟看待，但在秋庭看來，會不會覺得滑稽呢？在他看來，是不是覺得兩個都是小毛頭，真奈還故意裝老成呢？

「會奇怪嗎？」

她裝做隨口問問。秋庭「嗯？」了一聲，便說：

「——不會。像個好姊姊也不錯啊。」

聽起來像是不經意的回答，也是真奈想聽的。只不過，實際聽在耳裡的感覺又有點不一樣。

會不會只是為了順我的意思？好想看看他現在的臉色，否則總覺得不放心。

可是，光是有這個念頭，真奈在心情上就已經差他一截了。

「不過那個年紀的小孩最想長大了，妳也別太把人家當小孩子看哦。」

真奈點點頭，心中卻隱約覺得尷尬。秋庭這麼說，好像在講她還不夠成熟，不夠資格把宣生當小孩子看待似的。

幸虧眼睛遮起來了，否則現在的表情會被秋庭看見。她不想讓他看見這幼稚的不甘願。

不知秋庭是否把自己和宣生歸為一類——想到自己會為這種事情介懷，甚至會怕被秋庭發現這份介懷，真奈就覺得心目中的理想自我離她又遠了一寸，不由得懊惱。

＊

「晚上大概就可以拆繃帶了。」

一如秋庭所說，路面上的鹽粒已經變少了。

他們在路肩停車，秋庭把地圖打開來看：

「二十公里前方有國道休息站……不知道能不能洗澡。」

有些國道休息站設有沐浴設備和臥鋪，但要視休息站的規模和位置條件而定。

「昨天洗過了，今天不洗也沒關係。」

見真奈這麼說，秋庭便合上地圖。

「好，那就去吧。今晚就睡那裡。」

繼續往前開不到一小時，他們抵達了休息站。這間休息站的規模相當大，停車場少說可以容納百來輛汽車。

「真奈，我幫妳拆繃帶！這裡沒有鹽了，不用怕。」

宣生說完，便見真奈把臉轉向秋庭，像在徵詢他的意見。

「可以，讓他拆吧。」

「那就麻煩你了，宣生。」

都說沒問題了，幹嘛還要看秋庭的臉色呢？宣生覺得有點兒沒趣，一面把手伸向真奈的頭。

碰到她的頭髮時，他的心臟猛然跳了一下。

怎麼會這麼軟又這麼柔順啊。

剛才沒想太多，忘了拆繃帶就會碰到她的頭，仔細想想，這是他頭一次碰女孩子的頭髮——還有這是什麼香味，是洗髮精還是潤髮乳呢？

秋庭到底是把結打得多緊，結頭硬得要用指甲尖才能解開。宣生一面和布結頭奮鬥，一面深深地吸氣。

晚餐在餐廳的廚房裡煮，三個人一起忙。水和電都來了，唯獨瓦斯還沒有恢復，所以就在後門外頭生火烹調。

既是野炊，當然吃咖哩飯。

「好像露營一樣耶，好好玩——！」

「手不要停，小朋友。要是你只能顧一邊，那就閉嘴別講話。」

三人都在削皮，想不到秋庭是最會削的。真奈削得仔細，但比秋庭慢一些，只有宣生一個人要用削皮器才會削。

「肉呢？」

秋庭準備的咖哩料都是蔬菜，愛吃肉的小孩子當然嫌不夠。

「太陽這麼大，難道帶著生肉到處跑？我只有帶白米和可以久放的蔬菜而已。今天沒時間去打獵，路上又沒經過農家，要不然也許能要一隻雞來。」

見他說得輕鬆，後面那幾句卻令宣生愣住了。打獵？打鳥或兔子嗎？魚不知道算不算；跟農家要雞，那誰來殺？

像是讀出他的心事，秋庭又若無其事的添了幾句：

「出門在外要吃肉，哪可能等著別人替你宰好了處理好？除非是運氣好，經過配給所。」

「……這我當然知道。」

用抗議的語調——宣生說了一個謊。

宣生所見過的肉，以前是在超級市場，現在是在配給所，統統是用保麗龍盤盛著，事先已經宰殺處理乾淨了的，不僅毫無血糊，而且一塊塊都切得整齊。雞腿、豬五花、魚肉都一樣，完全不是它們本來的形狀。

在聽到秋庭的這番話之前，宣生從沒發現生活中有這麼多其他人的勞力貢獻，同時也是那些勞力使他的生活過得輕鬆方便。

事實上，大環境若此，早已容不得人們享受那些輕鬆方便了，而自己誇口說要出來見識這改變後的世界，卻也只有他一個人連這點事實都沒察覺。

宣生偷偷瞄了真奈一眼。真奈見宣生在看，依舊和氣地笑了笑，像是沒聽見剛才的對話。

——她的笑容，是不讓宣生尷尬。

在真奈面前丟臉，宣生只覺得不甘心。

這間民營休息站原本是以天然溫泉為號召，站區內不只有兩處氣派的大浴場，甚至還有一座露天的檜木浴池。

汲泉的幫浦好像始終沒關閉過，天然的泉水因此源源不絕地湧進浴池，水位總是滿溢。浴場看起來也不髒，可能常常有這附近的居民過來使用。秋庭檢查了幫浦，再把存有燃料的熱水器點起來，淋浴間就有熱水可以用了。

「全體洗完就要關閉熱水器，所以洗完的人都在大廳待命。完畢，解散！」

秋庭說完，立刻轉身走進男湯的布簾。

宣生也要跟上去，卻見真奈偷偷招手，然後湊到他的耳邊說：

「宣生，我跟你說，你要寫關於鹽害的書，可以去問秋庭先生。」

「為、為什麼？」

聽她竊竊的說，耳邊絲絲癢的，宣生心臟狂跳。「雀躍」一詞指的一定就是這種感覺。如果她輕聲說的不是秋庭的名字，那就更棒了。

「最先在東京攻擊結晶的人就是秋庭先生啊。你從他口中一定能問出很多有用的事。」

宣生張著嘴看著真奈，滿臉的怔然就像在說「怎麼可能」，卻見真奈一本正經的點頭。

「就這樣啦，待會見。」

真奈揮揮手，宣生也反射性的揮手。

有用的事——能幫助他寫下鹽害紀實的事。

想做採訪記者的這份志向，真奈不只聽進去了，還很認真的當成一回事。

宣生無法壓抑臉上洋溢的喜悅。

宣生匆匆走進男湯區，卻為了拿毛巾和換洗衣褲花了好多時間，等到進入浴場時，秋庭已經淋浴完畢，正準備進浴池泡澡。

「啊——還有我還有我。」

宣生隨便潑幾盆水胡亂洗刷一下，馬上從秋庭的旁邊跳進浴池。

「不要跳啦，笨蛋！」

縮縮脖子任他罵，宣生立刻切入正題。

「對了——秋庭先生，東京結晶真的是你攻擊的嗎？」

「……真奈說的？」

秋庭微微皺起眉頭。看來真奈說的話不假。

「所以是真的囉？」

「先聲明，官方以外的消息我可不會透露。我在職務上有保密的義務。」

被對方先設下防火牆，宣生嘟起嘴巴——原以為能打聽出驚天動地的大秘密。

不過，當一個記者可不能為這點小事就敗下陣去，況且真奈那樣認真的看待這個夢想，宣生說什麼都要撐著。

「在官方聲明範圍內的就可以吧？也行啊，跟我說嘛。」

「……七月上旬，陸上自衛隊立川營區取得鹽害研究的機密報告，防衛省臨時幕僚連接獲報告後判斷該研究可信度極高，並確定鹽害的原因為結晶的暗示性形質傳播物質，因此展開全國境內的結晶破壞作戰，同時命令立川營區負責執行作戰的第一階段。立川營取得美軍厚木基地的協助後即執行任務——所以，我就開著從厚木借來的戰鬥機去破壞東京灣的結晶，就這樣。」

宣生把大大的不滿全寫在臉上，因為秋庭活像在背誦官方新聞稿似的。想不到他的口風這麼緊，不僅全沒說溜嘴，還講出一大串硬梆梆的名詞，有些根本聽也沒聽過。那些名詞可以之後再查出意思，不過宣生還是要抱怨。

「這麼難我聽不懂啦，到底是怎樣？」

「那我換成兒童版的好了。自衛隊找出鹽害的原因就是結晶，偉大的哥哥爸爸就說：好，那我們去攻擊它吧。然後美軍就說我們來幫你，飛機借你炸彈也借你，然後立川部隊就開著人家的飛機去轟炸了。磅啊——」

「咦，那為什麼會選你去開呢？」

「大概只是資歷問題吧。當時在立川，只有我的飛行時間最長嘛。」

「唉唷——這樣一點都沒有戲劇性。」

「寫作者要自己去找出切入點才對吧？」

這倒是。要讓故事產生戲劇性，就該有個吸引讀者的切入點。那會是什麼呢？中心思想——吧？宣生沒信心，不過反正問問又不要錢。

「秋庭先生，你接到命令時有什麼想法？你為什麼會接下這個任務？」

秋庭揚起一邊的眉毛，大概頗感意外。

「你說說看嘛。是不是像──我要拯救世界！諸如此類熱血的信念？」

宣生不斷追問，引得秋庭苦笑：

「一個人會去拚命時，通常不是為了那麼冠冕堂皇又抽象的目標。」

「什麼……」

又被他潑了冷水，宣生失望地沉進浴池裡，聽得秋庭繼續說道：

「我認識一個研究鹽害的專家，他說他的研究動機就只是不甘心敗給那種鹽巴塊而已。至於我──」

見秋庭收聲不語，宣生抬頭望去。

秋庭的視線游移在熱氣蒸騰的天花板上，神情中有些苦澀。苦澀──是心情複雜嗎？不，不一樣。

隔了一會兒，秋庭才開口：

「我只是不想看著我喜歡的女人變成鹽。剛好有這樣一個機會落到我頭上，我就去把握，如此而已。」

說完這些，他又換上一副不情願的口氣，責怪宣生追問太多，然後就不再開口了。

這些話和秋庭給人的印象太不相符，宣生愣了半晌才終於能反應過來。

「……什麼————！等等等一下！那是怎樣，聽起來很棒啊！講詳細一點嘛！」

「吵死了，我才不要再說一次！」

秋庭怒喝一聲，撇開頭做出冷漠狀，不過宣生可不吃這一招。

「唉唷——還以為你有什麼難言之隱，結果根本只是害羞嘛。」

宣生開心的鬧起來，朝秋庭潑水，結果換來腦袋上毫不留情的一記拳頭。沒關係，這麼一點採訪費算是便宜了。

「我懂了——原來攻擊結晶的飛行員是為了愛而奮鬥！愛可以拯救世界！哇塞，這個動機夠感人啦！」

「再講那種沒水準的話試試。臭小鬼！」

秋庭又在宣生的腦門敲了一拳，然後走出浴池。

「快點洗一洗起來了。我讓你幫忙關熱水器，你趕快去擦頭髮，免得剛洗完就著涼。」

「什麼『讓我幫忙』，是『請我幫忙』才對吧。」

見宣生又鼓著雙頰不滿，秋庭苦笑起來，只說了聲「小鬼」。

留下宣生，秋庭先走去大廳，正好看見真奈也走出來。

「這麼快？」

「你都洗得很快，我也就習慣洗快了。」

自衛官的戰鬥澡也是一項絕活兒。

真奈在沙發上坐下，打量著空無一人的販賣部。秋庭靠在沙發旁的柱子上，也望著同樣的方向。幽暗的櫃台上積了一層灰，天花板結著蜘蛛網。

「以前我們全家一起到這種地方來洗溫泉時，我每次都要喝水果牛奶，我媽都喝咖啡牛奶。我爸只喝鮮奶，就會說我跟我媽是旁門左道。」

近來，真奈開始會在閒聊時隨意提起她家裡的事情了，就像現在這樣。可能是聊著聊著不經意想起吧，所幸見她沒怎麼勉強自己，只像是懷念往事那般。

「廢話，當然是旁門左道。剛洗完熱水澡就喝那麼甜的牛奶，不會覺得噁心嗎？」

「可是很好喝呀——啊，不過搞不好你跟我爸會談得來。」

「談牛奶合得來做啥？一個說『嗯，還是玻璃瓶最正統』，另一個說『不不，利樂包也有它的好處啊』這樣哦？莫名其妙。」

被這番話引得想像起那副情景來，真奈噗嗤大笑。

笑過頭了——就當做是笑過頭吧——覺得眼角泛出淚水，真奈便用指尖將它拭去，然後低聲說道：

「——好想讓你們見見面哦。」

這當然是個不可能實現的假設。假若真奈的父母親沒有遭受鹽害，她和秋庭便不會相遇。他倆邂逅的前提，是一場人生的重大損失、是生命中突如其來的不完整。對秋庭而言也是，他也付出了某些代價。

因一場不幸而促成的邂逅，箇中滋味除了苦甜參半，也難免有辛酸。

「見了面八成會被妳爸殺吧。我若是做老爸的也會想砍人。妳爸可能會大罵『滾出去』，然後一個菸灰缸飛過來。」

「哪有這麼誇張。」

「不會嗎？妳仔細想想，真的不會嗎？」

「不會……吧，應該……嗯……」

真奈很認真的思考起來，然後像是想起了什麼，又抬起頭：

「放心啦，而且我家沒有那麼重的菸灰缸！我爸的菸癮不重，所以家裡的菸灰缸都是小的，不會造成致命傷。」

「等一下！所以妳會讓他丟我啊？」

想不到這女孩還挺少根筋的。

「——算了，拐跑人家家的小女兒，就讓老爸打到氣消為止好了。」

「不好意思囉。」

嘴上道歉，真奈卻笑得羞紅了臉。如此單純無私的喜悅，為什麼她能表現得這般坦率——為什麼？

真奈不假思索地抬起臉。

「真奈，妳看上面。」

「嗯？」

宣生往大廳走去時，遠遠看見真奈也已經洗好澡，正坐在沙發上和站在一旁的秋庭聊天。從她的肩膀抖動，看得出她是在笑，而秋庭的表情也十分柔和，氣氛相當溫馨。

——秋庭先生平常要是也都這樣，看起來就不會那麼兇了嘛，真是。

宣生如是想著，突然起了戲謔心，於是放輕了腳步躲到牆邊去，想趁兩人不注意時跳出去嚇他們。

真奈要是叫起來，那聲音一定很可愛；還有秋庭先生被嚇到的表情一定也很好玩。宣生在腦中想像著，一面探頭去偷看。要是秋庭正好面朝這個方向，那就嚇不到他了。

哎，都沒有好機會。

正在觀望時，卻見秋庭輕輕彎下腰去，就這麼覆在真奈的臉前。

直到秋庭的臉再度移開，宣生才發現自己剛才目睹的那一幕是接吻。

宣生怔住了，站在牆後緊抱著懷中的背包，覺得心口好像給人重重搥了一下。

妹妹？不是——你看呢？

秋庭不想看到他喜歡的女人變成鹽——所以他那麼小心，堅持不讓真奈多看見鹽一秒鐘，就連走到加油站辦公室的短短幾十公尺都不讓她拆下繃帶，硬是要護送她進到室內。

「……什麼嘛！」

看起來根本就不像情侶嘛——悄聲的，宣生又說了一個謊。

「怎麼，你已經洗好啦？」

秋庭突然從走廊轉角探出頭去，正好跟宣生四目相對。但看宣生的樣子，竟像是準備走回男子浴池似的。

「東西放真奈那邊，我們去鍋爐室。」

秋庭邊說邊用大姆指朝肩後比了比——早就知道真奈在大廳裡了啦——宣生對秋庭吐舌頭做鬼臉，然後跑進大廳。見秋庭一臉莫名，宣生只覺得他活該。

「真奈，幫我顧一下。」

宣生跑了過去，真奈也笑著把臉轉向他；那微紅的雙頰是因為剛泡完溫泉，還是因為秋庭的吻——妒意令他的心思都扭曲了。

「你們是不是要去關熱水器？別著涼囉。」

真奈在說話時，宣生忍不住一直盯著那雙嘴唇。淡淡的粉紅色，看起來好柔軟，而且在數十秒前，這雙嘴唇才和秋庭的重疊——

心頭竟湧現一股想用自己的嘴唇抹去那痕跡的衝動。當然，他沒有那個膽量去實踐。

宣生不發一語地將背包塞到真奈手裡，便往秋庭的方向跑去。

＊

第二天早上，秋庭在駕駛座上把地圖攤開。

「上午要先去一個結晶區域查看。」

「這附近也有嗎？」

真奈應道，眼睛上已經纏好了繃帶。宣生說要幫她弄，秋庭卻死也不肯，堅持要自己動手，而且又是牢牢的把繃帶纏上。

「清單上面寫的。好像不大，掉在一處台地上，可能是從名古屋或哪邊的大結晶裂掉，在墜落中途飛到這兒來的吧。」

「明明帶著真奈，為什麼你還要特地跑去看結晶？」

宣生的口氣頗有責難意味，秋庭卻沒特別在意，仍舊盯著地圖，只是聳了聳肩膀道：

「沒辦法，這也是工作。有個成天亂使喚人的混帳上司就是這樣。他叫我在調任的途中順便去查看結晶的處理狀況。」

「工作比較重要嗎？」

「你在說什麼啊，小鬼。」

秋庭根本沒理他，看完了地圖就踩油門出發。宣生卻緊咬不放：

「原來工作比真奈重要啊？」

從氣氛感覺起來，真奈好像比秋庭更感困擾，卻見秋庭那廂只是一臉的厭煩：

「你是哪根筋不對勁？心情不好就去睡個回籠覺。」

那口氣顯然是在聲明他沒有回答的必要。宣生賭氣地往旁邊倒去。

既然你不把我當一回事——那我也有我的想法。

車子開了一會兒就進入市區。在集合住宅與林木相間的台地上，微微反射著陽光的白色固體時隱時現。

秋庭隨便找了一處有小路的斜坡開上去，果然順利的往台地頂端前進，一次也沒有碰著死路，可見他看路的眼光相當熟練。

抵達台地頂端之前，秋庭在路肩停下車子。

「我去拍照，你們兩個都在車子裡等。我很快就回來。」

秋庭從儀表板拿出一台小型數位相機，隨即走出車外。關車門之前，他還探頭對著真奈說：

「繃帶絕不可以拆哦。」

「好。」

「好，很乖。」

像是知道秋庭說這話時會露出的笑意，真奈也笑著向他擺擺手。

宣生耍起性子，覺得他們這樣稀鬆平常的交談，光是看著就不愉快。早知要這樣千叮嚀萬叮嚀，一開始何必把她帶到這種地方來？故意帶她去危險的地方，又裝做關心她的樣子，偏偏真奈也夠傻，那樣的表面工夫還高興個什麼勁兒。

宣生一路看著秋庭的背影往上坡爬，然後再往前走，直到坡道完全擋住秋庭的背影。

就是現在。

他打開車門往外跳，接著將副駕駛座的車門完全打開。

「真奈，來一下。」

「咦？」

「我有話跟妳說，來這邊！」

見真奈遲疑，宣生抓起她的手臂往外拉，她的身體卻被安全帶擋著。隱約覺得那似乎象徵著真奈不願下車的意志，宣生急躁起來，擅自替她解開。

「呃，等等，宣生！」

不顧真奈責備地叫著，宣生一個勁兒的猛拉。若論力氣，他是不會輸給真奈的，兩人的身高也幾乎相當，而且學校明年若是復課，他就是國中三年級生了。果然，禁不住他一番拉扯，真奈跨出了車外。

走下坡道，他們彎過第一個轉角。宣生緊抓著真奈的手臂，卻覺得她越來越緊張，走起路來的步伐又小又遲緩，重心也完全往後拖。宣生想走快一點，於是又使勁拉了幾下，令得真奈腳步踉蹌。

「宣生，拜託你，回車上吧！」

「我不要！」

宣生逕自走著，想趁秋庭回來之前盡量走遠一點，讓秋庭多花點時間找他們，好讓他能跟真奈多點時間講話。他要讓她知道自己喜歡她，比秋庭的喜歡更多，而且他會更珍惜她，這都需要時間說明。

可是，步調慢的真奈卻像個重物，拖在後頭不讓他前進。

為什麼？她平常總是走得那樣輕快。明明可以走那麼快，現在是故意的嗎？宣生越來越不耐煩了。

突然間，扯著真奈的那隻手完全拉不動了。回頭一看，只見真奈癱坐在路上，像是在說她再也不能走了。

「真奈，怎麼了？」

聽見宣生不高興的問道，真奈抬起臉對著他，嘴角癟得好像快哭出來似的。

「對不起，我不敢。」

她邊說邊屈起身子，用全身抗拒宣生的拉扯。

「不行，我不敢走了啦，我會怕！」

「為什麼？妳跟秋庭先生一起走時就沒事！妳明明敢矇著眼睛走的！」

「那是因為有秋庭先生啊！」

真奈的叫聲像是關鍵性的一擊，打得宣生只能呆立在那兒。

「只有秋庭先生在旁邊時，我才敢那樣走路，其他人不行嘛！」

有秋庭在她就敢，換了宣生就不敢——從她口中道出的事實，令宣生的思緒沸騰。

「為什麼？為什麼妳就喜歡秋庭先生？他根本不管妳在旁邊還到處去看結晶，不是嗎？」

「那是他的工作呀。」

「這表示他重視工作更勝於妳吧！萬一不小心讓妳看到結晶怎麼辦？他根本一點都沒考慮到

妳嘛！」

雖然真奈的眼睛被矇著，宣生仍看得出她的表情悲傷。

「宣生，這種事不是你說了算吧？是我覺得跟秋庭先生在一起就萬無一失，我覺得跟他去到哪兒都沒問題，這個理由就夠了吧？」

「為什麼就非要他不可！」

宣生氣起來吼道。

「我也一樣喜歡妳啊！」

真奈不出聲了。他看得出她非常困擾，害他越來越急。

「要是我，我一定隨時隨地都把妳放在第一！我就不能當妳的男朋友嗎？我現在開始追，就追不上嗎？就因為妳先認識秋庭先生？因為我年紀比較小，又是剛認識嗎？」

我也能像秋庭先生那樣親妳的。宣生放低了聲音，伸手去摸真奈的臉頰。

真奈的語氣卻嚴厲得令他害怕。

「——你再這樣，我真的會討厭你哦。」

宣生心中一驚，立刻把手抽回去。彷彿看見他神色膽怯，真奈的表情才稍微緩和下來。

「對不起。這跟誰先誰後沒有關係，跟年紀大小也沒有關係。是我只想跟秋庭先生接吻，如此而已。」

因為我喜歡秋庭先生。

被如此堅定的心情拒絕，宣生沮喪到了極點。年齡也好，相識多久也好，她都說不是理由，而是非秋庭不可。

就在這時，那個令人膽戰的聲音在叫真奈的名字，真奈的表情立刻開朗起來，朝著聲音的來向轉過頭去。低著頭的宣生也偷偷瞟了一眼。

只見秋庭站在路彎處，肩膀大幅起伏，像是全力奔跑過的樣子，而且一看見真奈回過頭來，臉上的表情就不再那麼兇狠了。

以為他會衝過來，結果只是大跨步走過來，然後半跪在真奈前面。

「——沒事吧？」

宣生從不知道，極短的一句話裡也可以包含這麼多情感，相比之下，剛才那些催促和責怪真奈的言詞裡只有一時的情感衝動，多麼空虛。

「沒事，我什麼也沒看見——只是不敢走路，腿就軟了而已。」

真奈刻意說得輕鬆，八成是在包庇宣生。秋庭聽見那清朗的語調，這才長長的舒了一口氣，然後輕輕地用額頭去貼真奈的前額，彷彿想確定真奈的確在那兒。

「好，回去吧。」

好。真奈點頭應道，便要自己站起來。宣生見狀，於是蹲跪下去扶她的手。

「你別碰她！」

他的手才剛伸出去，就被秋庭從旁用力的拂開。

宣生嚇得抽回那隻手，為這一拂的毫不留情——甚至是不理性的勁道——愕然不已。活像臉上給人狠狠打了一拳似的，宣生竟覺得自己站不起來。

只見秋庭輕輕抱起真奈，對蹲在地上的宣生看也不看一眼——那是公主抱，姿勢好帥氣，卻不是宣生做得到的。宣生只會蠻橫的拉她，嫌她不肯跟來和走得太慢而硬扯硬拖，忘了那樣子也會弄痛她的手臂。

秋庭頭也不回的邁步走開，似乎當真要丟下宣生，也不因為他還是個小孩子就原諒他。無語的尷尬令宣生找不到台階可下，只能呆坐在那兒。

就在這時，走了幾步秋庭停了下來，轉頭向他瞥來。那是令人膽寒的一記白眼。

「還要我牽啊？自己跟上來。」

有台階可下了。宣生搖搖晃晃的站起身，跟上秋庭的腳步。見秋庭抱著真奈，步伐卻與平常無異，再想起他領著真奈走路時的一步步謹慎，宣生終於恍然大悟，那是秋庭留心地面些微的高低差、細碎小石，避開每一個絆腳處。

只會強拉女孩子的手臂，怎麼能跟人家比！

將真奈放上副駕駛座後，秋庭走向宣生。

被秋庭正面瞪著，宣生連頭都不敢抬，心中再度明白，原來認真瞪起人來的秋庭是這麼恐怖的狠角色。想起自己有眼不識泰山，也難怪會被別人當成不懂事的小孩。

「……你不揍我嗎？」

秋庭回答時的口氣很衝。

「你想挨揍也行，那至少要讓我覺得揍你有價值。」

連挨揍也不值得。秋庭的言外之意竟然在心裡刺得這麼深，宣生萬萬沒有料到。

「你若只知道用自己的喜好去擺佈對方，不必找活生生的女人，更不必選上真奈。」

模樣可愛，恰巧是他中意的類型，寫進書裡既戲劇化又威風。宣生心裡想的只是這些。然後是不甘心。為什麼她如此可愛又親切，近在眼前卻已名花有主？他只想把她從那個吻底下搶過來而已。

都是他一個人的喜好，都是他一個人在擺佈，就連真奈矇著眼睛被牽走時多麼害怕，他也沒去體諒。這樣有什麼資格說喜歡人家。

尤其是在看見他們剛才的互動之後。

喜歡一個人，就是願意看重對方、珍惜對方。

「——對不起。」

宣生想不出別的話可說，也不敢直視秋庭，就連看他落在地上的影子都覺得慚愧。

突然間，頭頂上落下一個拳頭，又快又猛又狠又重，打得他眼冒金星。宣生雙手抱著頭差點兒叫出來。

「便宜你了。」

宣生嘻皮笑臉地抬起頭，知道自己其實很丟臉的快哭了，但還是努力擠出笑容。難看就難看吧，他想。

因為秋庭像是在對他說：算啦，小事一樁。

——事實上，真奈的情況並沒有危險到完全不能看見鹽。

某位鹽害專家也說，他們不須要那麼提心吊膽的。

堅持不肯讓她看見鹽結晶的，好像反而是秋庭。

因為我會怕。秋庭率直的說道。

我會怕，所以妳別看。既然秋庭這麼要求，真奈就笑著答應了。

沒有期限。除非全日本的鹽都清除了，否則凡是去到未知的地方，真奈都必須閉著眼睛。其實她也不知這麼做是否有幫助，也許根本就不必這麼麻煩，根本就只是秋庭蠻橫又多餘的要求。

這大概就叫做「任性」吧。

不反駁也不抗議，只當是天經地義；不覺得是任性，只是欣然接受，這是多難做到的事。

也因為如此，秋庭努力不讓真奈為此感到不便。她既已被迫接受視覺的不自由，秋庭便不要她再承受其他任何的不便或恐懼。宣生只和他們相處了短短的時間，已經充分體會秋庭在這一點上是多麼卯足了全力，

大概也因為秋庭如此付出，真奈才會接受這鹵莽的要求吧。

所以我才氣啊！秋庭找了一個真奈聽不到的空檔對宣生說道。

沒想到中途出了這樣一個差錯，讓她嚇到了。

宣生無話可答，難堪地抓了抓頭。妄想介入他兩人之間，實在是輕率之舉。

*

在那之後，宣生跟著他們又走了一天。

相遇後的第四天早上。在擅闖借宿的便利商店裡醒來後，三人吃完了早餐，宣生就說了：

「從今天起，我要自己走了。」

秋庭只是點了點頭，真奈則是有點擔心的問「你行嗎？」宣生便笑著回答：

「放心。熱水鍋爐和電路的配線我都會一點了。」

不過，他就是不肯說那是秋庭教的。

學會那些事情，對一個隻身旅行的人大有幫助，秋庭使喚宣生幫忙做這做那的就是這個用意。這個道理也淺顯易懂，但他就是不明講，也許是覺得沒必要。

駑鈍的人就一輩子駑鈍下去好了，不必浪費唇舌。

有些人就是得要別人鉅細靡遺的講清楚才行；對這種人而言，秋庭大概就是個難懂的人。話又說回來，真要遲鈍到這種地步也未免太遜了，宣生暗想，幸好自己有長進了。

「真奈我跟妳說，我現在知道妳為什麼喜歡秋庭先生了。」

宣生促狹的笑道，便見真奈立刻紅了臉。

「哎唷，討厭，幹嘛現在講這個？」

「這有什麼好害羞的？妳真可愛。」

「討厭啦——你很壞耶！」

真奈在他的肩頭打了好幾下。

宣生突然覺得他們是同一國的了。其實不必硬說自己和真奈的年紀差不多，也不必裝大人。自然就好。

能像現在這樣自然的聊天，反而比叫她事事都順他的意更開心。可惜這樣的感情不能發展成戀愛，但也只好隨緣。

「託妳的福，我採訪到好資料，所以我要跟妳說一個好消息。」

宣生邊說邊朝秋庭偷瞄，見秋庭自顧在那兒喝咖啡，顯然是故意忽視他和真奈的笑鬧，心裡便想：你再裝酷也只有現在了。

「妳知道嗎？秋庭先生說，他當初接受任務的理由只是為了他喜歡的人，還說他才不管什麼世界或人類的，他只在乎妳耶。」

秋庭的咖啡噴得好遠。炸彈的威力果真如預期。

「死小鬼，你！」

一個喝乾了的鋁杯隨即飛過來。宣生縮縮脖子躲開攻擊，聽著它掉在地上的匡噹聲。

「我去關電源——！」

宣生跳起來往辦公室的機電房逃，不去看身後。

站在馬路旁，宣生看著他們坐進吉普車。秋庭關起車門後，從窗裡扔了一本小冊子出來。

「這什麼？」

「全國配給所的地圖。其實到處都有得拿，不過給你帶著吧。」

「謝啦，太棒了。」

宣生收下地圖冊，一轉念又跑到駕駛座旁。

「秋庭先生，我跟你說……」

他把頭伸進車窗裡，跟秋庭咬耳朵：

「我一定馬上就會交到女朋友。到時我要找一個比真奈更可愛更好的女孩子，談一場大戀愛，保證比你厲害。」

聽得此言，秋庭竟然挑釁似的笑了起來，並且說：

「Go ahead, make my day（去啊，讓我見識見識啊）。」（註：美國電影「撥雲見日（Sudden Impact）」中的名對白。）

「等一下！你說什麼？你在笑我對不對？聽起來好像在說我不可能還是把我當傻瓜。」

「自己去查。離家出走也要記得用功，否則那才是對不起你爸媽。」

聽到「離家出走」這幾個字，宣生不由得愣住。

「——你早發現了哦？」

「誰會在這年頭放一個未成年的小鬼出來自助旅行？你爸媽說不定已經去請求協尋了，小心點別被逮到。」

明知秋庭是言語捉弄，宣生還是不服氣。

「那你為什麼不把我抓去警察局？」

「我也當過小鬼啊。況且我還沒有老到忘記小鬼的行為模式——雖然我是叔叔啦。」

宣生不禁笑出來。看來秋庭一直對這個稱謂耿耿於懷。

「對不起啦，我把你叫老了。不過你雖然是叔叔，跟真奈還是很相配，所以不用怕啦。」

「要你多嘴。」

腦袋又挨了一記拳頭。

秋庭發動引擎時，真奈突然對著宣生大喊。

「宣生！名字！跟我講你的全名！」

宣生不解其意。見真奈笑得燦爛，他又忍不住想，繃帶下的那雙眼睛一定也滿是惹人憐愛的笑意吧。

「或者是你將來要用的筆名？兩個都說好了，不然我怕會找不到。」

胸口又是一緊。她怎麼可以這樣——怎麼可以一直如此認真地看待這個夢想？

打從一開始，到這臨別的一刻，真奈對宣生當上採訪記者的志向從沒有懷疑過，也深信著這樣的將來。

唉——氣死了，為什麼已經是人家的了。小小的恨意在心中一閃而過。

「高橋宣生。宣傳的宣，生命的生。」

他想過要給自己起一個又酷又好聽的筆名——但為了避免真奈將來找不到書，還是用本名寫好了。

「我還不會這麼快寫，也會花很多時間，不過我一定會寫出來的。妳可以等我嗎？」

真奈笑著點頭。

「我已經記住你的名字了，你慢慢寫沒關係。」

——看著吉普車開走，宣生揮手道別。直到車子消失在馬路盡頭的那一刻，他才讓淚水溢出眼眶。

坦白說，記者或作家之類的志願中，有很大的成分只是為了虛榮心，因為這是個人人都會誇讚的偉大志向，說出口又顯得很成熟很有地位。

但在這一刻，他彷彿有一種告別虛榮的心情。

有真奈那樣誠摯的相信和等待，他得全力實踐夢想，可不能玩玩而已。

就連秋庭也是那樣正經地對他談論鹽害，教導他許多事物；這樣的付出，絕不是為了在旅途中打發時間。

是他們讓他發覺自己的天真和輕浮。鹽害沒有從他身邊奪走什麼人，所以他把這場天災當成了餘興節目，甚至樂在其中。

在便道旁見到那半尊鹽柱時，他只是背過身不敢正視，甚至單純的視它為壞兆頭。騙自己說是幸運的拍到資料照，根本沒想過那尊鹽柱可能牽繫著多少人的思念。

對當時的他而言，鹽柱只是不吉利的象徵——只是一個「物體」。

驚覺自己曾有那樣過分的念頭，現在的他簡直慚愧到無地自容。大言不慚地端出客觀性，結果裡面包著的只是惡質的狗仔精神，還被別人點出他的幸災樂禍。起碼也該由他自己發現才不丟臉。

不過，套用秋庭的口氣，至少他們認為他仍有被點醒的價值，而這一點還是幸運的；他們相信他是孺子可教，略經提點便會懂得自我更正——現在他覺得自豪了些。

從今以後，他決心好好的看這世界，寫下他用雙眼見證的鹽害，以感謝命運讓他在旅程的起點即與那兩人相遇。

開卷第一句，他一定要這麼寫：

人們相愛，直到世界終結的那一刻。

這世上一定有很多人是相愛到最後一分一秒的。

在這之中，有一段愛情救了這個世界。它的確不是因拯救世界的使命感而被激發，只是單純地想要保護心愛的人。

守護所愛——這樣的心願一定勝過一切。絕對沒有人只會為了保護世界就去保護世界的。

因為心愛的人活在這個世界裡。

想要徹底地保護所愛，最後順便拯救了世界，這一定才是世界得救的原因。

啊，還有一件事忘了問——他朝兩人離去的方向抬頭望。

真奈、秋庭先生，你們經歷了什麼樣的愛情呢？

算了，也許根本不用問。

因為他們的愛情一定是幸福的。

*

「唉，囉哩叭嗦的小鬼。」

聽秋庭一副如釋重負的口吻，真奈笑了起來。

「秋庭先生，你就是不肯老實承認，又講這種話。」

秋庭不吭聲了。通常這就表示有人說中了他的心思。真奈覺得好玩，於是更進一步的試著戳戳看。

「其實你還滿喜歡他的吧？」

這句話絕對是說中的，可是秋庭賭氣不回答。

暗忖他是隨便聽過就算了，大概不當回事，真奈便也不語，想不到過了好一會兒，竟然聽見秋庭開口：

「他對妳認真也害我火大就是了。」

「……呃，這個嘛……」

宣生只是鬧孩子脾氣不懂事，真奈尋思著替他緩頰。

「我想，他那個大概不是認真啦。喏，小男生不是都會對大姊姊有憧憬嗎？應該是像那樣。不過那只是一種錯覺嘛。」

「妳連人家認真了都看不出來，哪有資格談男人？應該說妳要談男人還早得很，再等十年吧。」

「十……十年會不會太過分啦？你這樣講也太狠了吧。」

真奈盡量讓語調平靜，卻是相當堅定的表達了自己的抗議，仍被秋庭沒好氣的駁了回來：

「那年紀的小鬼頭連錯覺也會當真的。嚮往談戀愛的青春期才最恐怖。」

——怎麼了？踩到他的地雷了嗎？

真奈悄悄去感覺秋庭現在的情緒。她看不見他的表情，但能感覺到氣氛火爆，又帶一點捉摸不著的複雜微妙。

就在這時，秋庭忽然拉開嗓門大罵：

「我是氣炸了又急又火大！都是現在的死小鬼發育太早！」

「……火大跟氣炸應該是同樣的意思哦。」

「隨便啦！幹嘛挑我語病！」

兇巴巴地打斷了真奈的更正，秋庭又陷入沉默。

真奈想了一下，再偷偷觀望了一次。

「……對不起，你該不是因為太擔心我吧？」

「當然是啊，而且還亂擔心一把的。都是某位小姐只顧著幫臭小鬼打圓場，卻把我丟在一旁不管。」

難不成他在鬧彆扭？

這樣的言行完全無法和平日的秋庭扯在一塊兒，令真奈也不得其解。這時又聽秋庭說：

「哎，我承認是我自己大意，太小看那個年紀的爆發力跟愚蠢跟不識相……可是！」

說到這裡，秋庭突然把車停下。他的煞車踩得很急，幸好安全帶有防勒緊的彈性預留，擋在身體前面才不覺得痛。

真奈嚇了一大跳，把臉轉向秋庭那邊，立刻聽見他連珠炮似的罵了起來——從聲音的位置和音量判斷，她知道秋庭是朝副駕駛座探出了上半身。

「我怎麼看都覺得是妳被那種小鬼的迷戀攪得暈陶陶！不要把對方當小鬼就不提防人家！妳也有點自覺好不好，大妳十歲的男人都有本事拐跑，更年輕的根本就是手到擒來！放電也要點到為止啦笨蛋！」

「……呃，原來是我拐跑了你嗎？」

「啊——對啦對啦，就是被妳拐的啦！本來妳這種乳臭未乾的小女生根本就不在我的目標內，都是妳太遲鈍，連空域以外的男人都擊墜了還不知道！妳這魔女！」

「魔……？等一等，秋庭先生，你是不是昏頭啦？你要對宣生發的脾氣該不是都發到我頭上來了吧！」

「我一個大男人怎麼可能跟那種小鬼計較！難道我還為了這點小事去教訓他嗎？」

「你這不是自相矛盾嗎？根本就矛盾嘛。你剛剛還叫我要提防那個年紀的小男生，難道是我聽錯了？」

「跟一個氣到失去理智的人還正經八百的講道理？欠打！」

「你會說自己失去理智，可見還是保有客觀性，不是嗎？」

「討厭鬼，吵架時講道理抓別人語病的女人最討厭！」

秋庭好像氣鼓鼓的把頭撇開，不再理她了。這樣子實在有點幼稚，一點也不像平常的他。

這也算吵架的話，究竟是幾時吵起來的？真奈也搞不清楚是否該順著他的意思講下去，兩人之間就這麼沉默了片刻。

半晌之後，秋庭自己開口了：

「……那小子要是敢怎樣，看我不把他綁在大石頭上推到海裡去。我能體會妳爸的心情了，要是摔菸灰缸就能把人家趕走，就算摔上幾百個我也會摔的。」

「……那你來的時候，我就先把它統統換成鋁製的好了。」

「妳這樣算是在打圓場嗎？」

秋庭苦笑。看來是奏效了。

真奈暗暗鬆了口氣，心頭卻同時湧現一股笑意。

原來秋庭先生這麼可愛——雖然這個念頭來得有點不識相就是了。

真奈努力不笑出聲，忍不住還想逗他，於是說道：

「大男人也會鬧彆扭呀？」

她故意逗秋庭難為情，不料秋庭卻理直氣壯的應道：

「連這妳都不知道？就說妳還要再等十年嘛，真是！」

車子再次往前開。真奈還是覺得有趣，看來這趁乘追擊是玩得過頭了點，現在秋庭故意不把她當一回事，故意拿她當小孩子看待了。

話雖如此，她曾經以為自己和宣生處在同樣的立場，此刻心中卻沒有當時的那份忐忑。

在剛才鬥嘴的過程中，真奈回想起「反正你們都把我當老頭」一語，才明白秋庭其實比她更在意這十歲的差距。當然，這樣的差距絕不是嘴巴說在意就能彌補的。

不知還要多久，她才能縮短他的「再等十年」？不可預見的未來，真的會如人所願嗎？當那一天到來時，他們會有何等改變，而秋庭是否也同樣期盼著那一天呢？

她想問，最後還是沒問出口，總覺得一本正經的問這個有點丟臉——眼前就先算了吧。

秋庭應該會等的，她想。

Fin.

鹽之街 briefing

天地變色之前與之後

讓他們邂逅的，是一罐咖啡歐蕾。

*

坐在午餐爭霸戰即將揭幕的福利社裡，關口由美正在發呆。

「啊！」

聽見販賣機的方向傳來一個錯愕的叫聲，她轉頭看去，便見到一名男隊員伸手在取出口拿東西，從那不知所措的表情看來，那人顯然是買錯了。

她只是隨便打量一下，那人卻也不經意的往這兒看來，結果視線就這麼對上——正想移開視線的那一剎那，那人竟然和氣地笑了，害她沒法兒不回笑一下。那人的氣質、模樣與神態倒像是個民間企業的職員，以自衛官而言算是少見。起碼不是戰鬥單位的。

「喂……」

那人走向由美，把手上的罐裝飲料擺在她面前的桌子上。

「不嫌棄的話，這給妳吧？我不喜歡喝甜的。」

原來是矮罐裝的咖啡歐蕾。由美也沒有那麼愛喝甜的，但也不討厭就是了。

習慣性地朝對方的襟章瞥了一眼，原來是個下士。比由美這個上兵高了一階。

「哦，那——」

由美從作業服的口袋裡掏出零錢包。

「這個當做我買的好了。」

「不用了。」

下士作勢按下由美的手。

「我做事情常常這樣不小心，總要付點代價才會受到教訓。」

不過是一百二十圓的飲料，怎麼用到「代價」來形容呢？由美忍不住笑了。

「好吧，那就謝囉。」

她輕輕舉起罐子向他敬一敬，下士便笑著走回販賣機重新買過。這一回大概買對了，見他向由美揮揮手，走出了福利社。

故事本來應該到這裡結束的。這兒是多達二千名隊員常駐的練馬營區，偶然在福利社擦肩而過的兩個陌生人不太可能再次巧遇。

所以，第二次的偶然真的很讓她吃驚。

「不嫌棄的話，請妳。」

面前又多了一罐咖啡歐蕾，只不過這一次是在午餐爭霸熱戰方酣的隊員餐廳裡。抬頭一看，就是那位模樣斯文的下士。

「又買錯？」

「我又恍神。」

八成是買錯時剛好又見到她也在場。下士在由美對面坐下，打開手上的另一罐黑咖啡。

「這次要考？」

下士指著她擺在餐盤旁的陸上自衛隊士官考試題庫本。

「啊，是呀。」

在自衛隊裡，只有升到士官以上才有前途可言；二兵到上兵的地位其實和工讀生差不多。想在自衛隊待久一點的，正常途徑就是先考進士官階層；況且由美是以預備士官的身分入隊，這一關升級考更是非過不可，否則離職時連退休金都領不到。

「好拚啊，很少看到人現在就開始準備。」

這位下士的年紀看起來和由美相仿，如果同樣是從預備士官昇上來的，那麼他一定更拚，而且還相當優秀才是。

由美聽著有點兒不是滋味，答起話來便也少了幾分客氣。

「光會拚也沒什麼好自豪的，況且我已經落榜過一次了。」

「第一次就考上才嚇人啊。我也是第一次時沒考過。」

這麼說來，他是第二次時考上的囉？還是很厲害。由美的心中掠過一絲消沉，不知道自己要考幾次才會通過。

午餐吃完，由美打開那罐咖啡歐蕾。這種飲料在餐後入喉，格外有一股化不開的甜膩，但既然是別人請的，將就點就算了。

「真希望今年能考上……」

近乎自言自語的呢喃，還是引得下士問道：

「妳有設定什麼目標嗎？」

「我不想被隊裡同梯的超過。」

反正不是熟人，不用在人家面前撿好聽的話來說，由美便直率地講出她不服輸的理由。

「我們隊上有個跟我同梯的，又輕浮又白癡又色，要是讓那種蠢貨當上長官把我呼來喚去，我會氣死。」

聽到由美如此口無遮攔，下士噗嗤笑出。

「這怎麼說……妳這理由還挺積極的。」

顯然是一番思索後的用字遣詞。

「啊，滿不錯的啊，有個明確的目標。」

忍著笑意講這種話，聽在耳裡就少了點誇讚的感覺，不過由美還是草草點頭說了聲「哪裡」，接著一口氣喝光了那罐咖啡。

她將空罐放到餐桌上，卻見下士逕自取走它。

「我拿去丟。」

正想婉拒，他已經大步走開了。

由美收完了餐盤才想起，她都沒去看那個下士的名牌。

所以在那之後，他有好一陣子都只是個單位不詳、姓名也不詳的神秘下士。

看名字的機會再度出現在福利社。

出操完，由美決定在回宿舍前找個地方看一下考古題，便選了福利社。

「不嫌棄的話？」

又是一罐咖啡歐蕾。由美抬頭看去，還是那張斯文的笑臉。

再看他右胸前的名牌，上頭寫著「野坂」，是通訊隊的。

「天啊，第三次了耶。」

她又驚又厭的說道，便見野坂下士難為情的苦笑。

「好像故意要我請妳喝咖啡似的。」

聽起來有點像是在刻意解釋，說這一切完全只是巧合。

「這麼用功啊。」

野坂的眼光落在由美面前的題庫上。

「在這種地方看書不會分心嗎？」

訓練課程結束後的福利社當然談不上安靜。隊員們都在回宿舍前來這兒放鬆心情、喘口氣。

「我想在回去之前隨便看一下，否則回寢室反而就懶散了。」

主要是因為回寢室免不了會和室友聊天，而她們放在寢室裡的那些雜誌零食也是一大誘惑。自修室永遠都是先到先贏，通常都是那些只剩最後一次應試機會的老鳥隊員們佔去了大部分的位子，像由美這樣的菜鳥考生不太容易搶得到。再者，宿舍裡的女隊員們總是吱吱喳喳，也不會為了誰已經開始用功讀書就安靜下來。

反正再過一個月，宿舍裡就會是清一色的考前氣氛了。

「關口小姐，妳很早就開始準備啊？」

「啊，是呀。」

這麼唐突的開問其實還滿引人不快的，幸虧這人態度和善。

初選的通過雖是出乎意料之外，筆試落榜的打擊還是不小，這一點才是由美積極準備考試的真正理由。在這種選考制度裡被評定為「不需要」的感受，不管活到幾歲都難免激發心底的負面情緒。

由美天生是個不服輸的人，怎麼也不肯用「反正沒幾個人是考第一次就通過的」來自我安慰，明知這種個性是吃虧多過佔便宜，偏偏她就是改不了。

「不嫌棄的話，要不要我幫妳看看學科？」

這樣的要求也是一個唐突。由美再次望向野坂的臉。

「學科部分其實還滿需要訣竅的，我也是有前輩指點過才知道。所以，妳不嫌棄的話……」

不嫌棄的話——他每次拿咖啡歐蕾來都是講這一句。

「呃，可是……」

她覺得自己隱約看得出對方心裡在打什麼算盤，卻又覺得這個念頭像是往自己臉上貼金，總之腦中有各種思緒交錯，搞得她一時竟答不出來。

「如果妳覺得不妥，直說也沒關係。」

這時來上這麼一句又是另一種高明。由美確實想找一個肯為她指導學科的長官，女子宿舍的下士對她們這些菜鳥還是劍拔弩張的，彼此之間的關係更不到可以攀交情問功課的程度。

通常再過一陣子，隊上自然而然就會出現讀書會，由美原打算到時就選一個鑽進去，不過若能先抓到一個家教，心裡當然更踏實。

「啊……那就先謝囉。」

「就這麼決定？」

若無其事的這一聲追問，不知怎地竟有些催促意味。

「嗯，算是吧。」

順水推舟。

「請多指教。」

這麼說完，便見野坂下士拿起他的黑咖啡罐略略一舉，由美這才拉開咖啡歐蕾的拉環。

就結果而言，野坂這個家教做得十分稱職，學生一遇到瓶頸，他馬上就停下來處理到問題完全解決為止，並且也從不急躁、不硬逼她死背解答，追根究柢的耐性甚至比學生還好，這一點倒是令人心生好感。

坦白說，他的指導並不是由美原先預期的「考前必勝講座」，可是他教的都是基礎重點，教法又紮實。由美甚至覺得，就算這一回又落榜（當然最好不要），下次也一定勝券在握。

她算是撿到一個寶了。

訓練課程結束後的福利社家教，就這麼上了一陣子。

野坂偶爾還是會帶著一再買錯的咖啡歐蕾出現。不知為什麼，由美也不好意思明說自己不愛喝甜的。

某天中午，她在餐廳外的販賣機前看到野坂和他的同袍們在一起。野坂在替其他人按飲料按鈕。由美看見的是他的背影，所以他並沒有察覺，而由美自己也很意外，怎麼有辦法只憑背影就知道是他。

她也要買飲料，所以就站在遠處等他們買完。

男人們的談笑聲隱約傳了過來，大概是在聊各人喜歡的女明星之類。野坂也講了幾個名字，聽不清楚，但是立刻引發周遭一陣議論，只見野坂辯解似的說：「我就是喜歡有點霸氣的女生嘛……」

是哦，這麼說來不外乎誰誰誰跟誰誰誰那一型的囉。由美腦中浮現二、三個走霸氣風格又受男人歡迎的女明星，忽而想起曾經有人說她就滿像其中的那個誰誰誰……不對，下士中意哪個女明星是他的事，有什麼好在意的。

野坂最後才買自己的。先幫大家買，自己排最後，說是他為人處世的風格也相去不遠。由美不經意地觀望了一會兒——

你怎麼會去按那邊？

黑咖啡在上排左側，野坂要按的卻是在下排的中間。

匡噹一聲，鐵罐落下，野坂將它取出，竟是一只白色的矮罐——正是他常買錯的那一種。

但野坂卻神色自若，笑著拉開拉環，就這麼和同袍們一起走開了。

等他們走遠，由美在販賣機前站定。

「原來哦……」

野坂剛才按的這一區只有一種白色矮罐。由美從沒想過要買甜飲類，不清楚各種飲料的排列方式，但這兩個口味隔得這麼遠，真有可能三番兩次的買錯嗎？也許就是有人這麼糊塗，眼前這情況卻無疑是——該說是工於心計嗎？不，也許不是。

是我頭腦簡單。

由美不情願地噘起嘴。

操課後的福利社，一樣的喧嘩。他通常都比由美遲一點才出現。

「久等了。」

說著，白鐵罐又被擺在由美面前。

「我要那個。」

由美指著野坂手裡的黑鐵罐。

「反正你愛喝的好像不是黑咖啡。」

野坂的手指頭停在黑鐵罐的拉環上不動。他愣了好久。

「……服了妳。是哪兒穿幫的啊？」

一面說著，野坂乖乖拿黑罐換了白罐。倒是個乾脆的男人。

「是你頭腦太簡單啦，選這種做法。」

上鉤的我才是頭腦簡單，心中的這份懊惱令由美的口氣也尖酸起來。野坂苦笑著喝了一口咖啡歐蕾，便道：

「其實啊……」

「我沒打算問。」

由美不讓他講下去。她低頭盯著考古題冊，堅決不抬頭。

「我只想通過陸上自衛隊士官考試，考完之前不打算想別的事——你若想說什麼，麻煩等我考上下士再說。」

「好，多謝。」

可惡。

由美的筆尖都陷進了筆記本的紙頁裡。

在這種時候只說一句多謝，實在是太對我的胃口了。

「在接續昨天的進度之前……」

野坂開口道：

「妳喜歡黑咖啡？不是因為只能二選一？」

「對。」

「嗯，那我記住了。」

從此以後，野坂都改帶黑咖啡來給由美。

就在隊裡開始瀰漫起考試氣氛時，考古題也都複習完了。

「之後差不多就是這樣，有不懂的地方再來問我就好。」

來問我——聽這語氣，他從明天起就不會再固定到這兒來了。

心裡突然有某種計畫取消的失落感。

「術科項目沒問題？」

「嗯。」

考試快到時，大部分的長官都會稍微指導自己隊上的人，由美所待的武器隊也一樣。

「關口小姐滿擅長術科項目的嘛？」

由美的運動神經本來就好，術科的正步和各種敬禮等基本動作都能做得標準。以女性而言，她的舉槍敬禮或背槍之類的持槍動作也十分俐落。

「放心吧！」

見由美沒怎麼答腔，野坂大概看出了她的不安，於是故作輕鬆地說：

「學科保證沒問題。我也不是只為了佔妳便宜才來的。」

廢話，我當然知道。白癡。

由美越想越煩躁。若不是為了階級之差，她好想這麼回敬對方。

野坂教得很認真。他若是表現出醉翁之意不在酒的態度，那麼由美老早就主動喊停了。

「加油。」

稀鬆平常的這麼一句，結束了最後一堂家教課。

雖然她自知有望，陸上自衛隊士官考試的放榜日還是等得人心焦。

有話就等我升上了下士再說——期限雖是由美自己設的，話出口時也許太衝動了點。且不管野坂對由美的想法如何，如今心急的反而是由美；焦急的一方反而讓情況陷於膠著，顯然是她用錯了戰略。

也罷。要是整件事在這段期間就自動煙消雲散，那她也就當做沒發生過這回事了。

偶爾讓他請幾罐黑咖啡、偶爾在相遇時打聲招呼聊幾句。別人大概常見到他們在福利社坐在一起，但若不是為了指導學科這理由，分屬不同部隊的他們原本是不會有交集的。

想東想西的過了半年，一線一櫻的階級章交到了她的手上。

不知道野坂是不是還有話想說？

別著新階級章出勤的第一天中午。

「恭喜。」

準備去販賣機買飲料的由美被一聲道賀給叫住。是野坂。

這時機巧妙得超出了巧合的範圍，顯然他想說的話還在心裡。

由美按了下排中間的按鈕，白色鐵罐滾出來。

「妳不是不喝咖啡歐蕾的嗎？」

野坂打趣道。由美逕自把白罐子塞給他：

「家教費。我是託你的福才考上的，謝啦。你要是有話想說，我現在可以聽。要講嗎？」

野坂接過鐵罐，抓了抓頭。

「在這裡講？」

「你不是本來就這麼打算的嗎？」

說是這麼說，他們還是走到離販賣機稍遠的地方。那裡有許多隊員站著聊天，比較不那麼引人注目。

「——唉，都是藉口太早被妳發現了。」

「所以一開始的那次也不是買錯的吧？」

只是裝得非常像是不小心買錯而已。

野坂思索了一下，然後開口：

「關口小姐，妳知道自己在男性隊員裡還滿受歡迎的嗎？」

「這種環境嘛。」

在這種女性佔絕對少數的環境中，大多數的女隊員都處於熱賣市場。來跟由美提交往的人也不只一個兩個了。

「跟環境無關，是我自己為了妳而越來越緊張。我們不同部隊，平時沒有交集，我卻一天到晚聽別人說起有關妳的事，好比武器隊的哪個誰已經看上妳了之類的。」

這種現象在女隊員裡也差不多，只差在買賣方市場的立場不同，以及某些要釣金龜婿的女隊員專把目光集中在單身長官的身上，如此而已。

附帶一提，野坂自己也是女隊員們口中的「潛力股」。在同梯的預備士官之中，他算是很早就昇上下士的，所以女隊員們私下總是自顧想像起來，說野坂若是就這麼平步青雲，趁早跟他攀交情也不錯。

「剛好就在那時候，我看到妳一個人坐在福利社，想說要製造機會就只有現在了！所以，我就想了一個妙計……」

「那樣也算妙計？」

由美不假思索地用跟同性之間聊天的語氣叫了起來，只見野坂苦笑。

「別這麼說嘛，那已經是我的能力極限了。反正就是那樣，後來剛好看到妳在準備陸上自衛隊士官考試的事，又讓我抓到一個機會，況且學科算是我的拿手項目。」

「也對，你教得的確很好。謝謝。」

然後呢？被她這麼一催，野坂像是困擾已極仰頭望天。

「……關口下士，妳實在太敏銳了。」

「開什麼玩笑呀你，跟女人講這種事情還打馬虎眼，像什麼話。別以為可以混過去。」

「幹嘛這樣逼供？」

「你不是喜歡兇女人嗎？」

「哇啊，妳從哪裡聽到的？我還真不能大意啊。」

別囉哩叭嗦了，快講。由美邊催邊瞪他。

「你不快點講，那我要怎麼點頭說『嗯』啊？」

看他那副恍然大悟的驚愕樣，是少根筋？這一點也很對她的味——可惡。

「坦白說，我很早以前就注意妳了。跟我交往好不好？」

帶著有點難為情、又有點傻乎乎的表情，這段話就成了野坂正的表白之詞。想不到他自己過不了半年就忘了，還辯解說當時太緊張哪有辦法記得住。瞧他一直擔心的追問「我當時是怎麼說的？」由美就是想欺負他，硬是不肯講。

好啊，那我也不跟妳講了。阿正——由美後來就改口這麼喊他了——也這麼說道。他還得意的說，反正妳也記不得自己是怎麼回答的吧？

由美確實不記得了。

他總是主張由美先講他才要講，也不知是在打什麼算盤，不過這種交換條件通常只得到一句「想得美」。對由美來說，重要的是逼阿正先開口，這就是整件事情該有的結果；至於她當時有沒有在他面前出洋相，這一點她可很有自信。

再加上阿正每次大嘆「當時我到底是說了什麼啊？」時總是一臉苦惱，那副仰天興嘆的模樣完全就像當時，可愛得不得了。

「妳還滿穩健派的嘛。」

同寢的一個室友這麼說她。另一個室友是個包打聽，也說曾有階級更高的人放話想追由美，連哪個隊什麼人的名字都列舉出來，階級不是中士就是上士等等。只不過由美本來就嫌這種事麻煩，現在當然更不感興趣了。那位包打聽平常就愛嚷嚷著要找乘龍快婿，這會兒便肆無忌憚的慶幸少了一名競爭者。

「其實我也想追妳啊——」

也有男性同袍對她說過這種話。等到她已經被人追走了才講，顯然是在放馬後炮，安心地存著「被拒絕也是理所當然」的心態，讓由美覺得很無聊。

被異性用「我已經有對象了」以外的理由拒絕，通常表示對方對告白的人興趣缺缺，所以大多數人都寧可接受這種藉口，也不想承認自己在對方眼中缺少身為異性的吸引力。

少了這一層顧慮之後，有些人甚至跑來問「如果我先表白，妳會考慮我嗎？」

「這麼窩囊的話也講得出來，難怪你們沒有女人緣啦！不可能！你們講出口的那一剎那就完全失去男性魅力了。」

「呃啊，講得這麼過分！」

就這樣，她先發制人的給自己建立起潑辣女下士的形象。

畢竟她完全不想聽這一群不成材的傢伙說「野坂哪裡好」、「他跟我們有什麼不同」之類的蠢話。

至少阿正努力了那麼久，還假裝他不愛喝咖啡歐蕾。當時說什麼「我不喜歡喝甜的」，現在回想起來，那是多麼的低聲下氣啊；就為了找機會和她講話，拚著將來遲早拆穿的丟臉也要假裝，教她一想起來就好笑得忍不住眼角泛淚。

該死。想不到我這麼黏他。

究竟是誰先喜歡上誰，早就沒有意義了。

其實她早就料到阿正偏愛甜食，只是沒想到會愛到這個地步，甚至每次約會都要買聖代來吃。剛開始還不那麼熟，他也沒有提，是約會幾次之後才心虛的問「我可以吃甜的嗎」，恐怕也是在乎她的觀感，特地算好了時機才提出來的。

她就喜歡他這一點，喜歡為此捉弄他——也許他也是故意的。

點餐都是由阿正開口，服務生端來時必定將聖代放在由美面前，然後他倆再偷偷交換，阿正吃聖代，由美喝她的黑咖啡。

跟他交往之後，由美才發現許多情侶也都是男方偏愛甜食。

「蛋糕或冰淇淋之類的還好，男人吃起來不會引人側目。聖代就不一樣了。一個大男人坐在那兒吃聖代實在很難看，跟普通朋友一起時更不好意思開口。」

經他這麼一說，吃聖代好像成了交女友之後才能享受的特權了。他說帶著女朋友去吃聖代是一大夢想，說得可愛兮兮的。

「那你當時還騙說自己不愛吃甜的。要是沒被我拆穿，你不就得一直假裝下去？」

「我想，等到我們夠熟，妳就會笑著原諒我，我再向妳賠不是就好。而且那時情況緊急，我一時實在想不到別的藉口啊。反過來說，一個男人拿著黑咖啡說『我不愛喝這個』，看起來不也滿遜的嗎？」

「你要是那麼做，我反而才高興呢。我喜歡喝黑咖啡嘛。」

「妳也體諒一下啊，男人遇到喜歡的女生都會裝模作樣的。」

不經意的這麼一句，聽得她心中小鹿亂撞。

「我問你……」

你喜歡我呀？

其實她從沒想過這句話會從自己嘴裡說出來，若是換作別人，她一定也不好意思問出口。

可是，她就是愛看他一臉苦惱的樣子。

兩人在外頭租了一間小套房，外宿時會在那裡過夜，也算是互許了終身，就這樣過了三年。

不知不覺間，她開始想，這段感情是不是變成例行公事了。

情場職場兩得意，也有了一點積蓄，可以買買喜歡的東西或去哪裡遊玩。宿舍規定其實不嚴，習慣了也能在其中逍遙自在，覺得太悶了就逃到他們租的小套房去喘口氣。

這樣的日子就已經夠愜意、夠輕鬆快活了，她不覺得還有什麼積極改變的需要。

某個假日的前一天，他們申請了外宿，她在天快亮時冷醒。

倒不是氣溫下降的緣故，而是前一晚親熱後就這麼睡著，身上沒有穿衣服。她懶得下床找衣服穿，於是縮起身子，便覺得背後溫溫的籠上一股暖意。是阿正伸手來抱她。

「……冷不冷？」

帶著濃濃睡意的聲音問道，一面為她蓋被。

「嗯，暖了。」

「那就好……」

阿正又沉沉睡去。她翻個身面向他，阿正也無意識地挪了挪手臂，好讓她睡起來舒服一點。裸著身子感受到的體溫格外有一分安詳感。

在寒冷時會來為她取暖的情人，或許在各方面也都合得來，她也覺得自己是被愛的，有時甚至心想，嫁給他應該也不壞。

可是，只要一離開這個兩人的小天地，回到營隊的生活步調，她在心情上似乎就會比這時更放鬆，他倆會是一對互不干涉且行事低調的男女朋友，軍營裡的集體生活讓他們不必擔心每天的生活瑣事，而她也能和一幫同性朋友們開心出遊，不必為對方遷就什麼。

對現狀沒有不滿，她因而跨不出結婚那一步。她問自己，結了婚會比現在更好嗎？開始了兩人生活之後就會有家務分擔種種問題，豈不是很麻煩？私人時間會減少，又得兼顧家庭與工作，面對生活再也不能像現在這樣隨性，也不知道阿正會體貼到什麼程度，萬一反而增加兩人之間的摩擦，結婚就毫無意義了。

「我的老家在和歌山，下次休假時要不要跟我一起回去走走？」

聽見他在小套房裡提出這個要求時，她只覺得忽然有一絲怯意。始終用逍遙的日子掩飾的這個問題，終於要來逼她做出決定了。

「你這是……唷？就是要帶我給你的爸媽看囉？」

她也知道是明知故問，但還是問出口了。只見阿正一臉訝異。

「不然妳覺得是什麼？」

「哎呀，原來你腦子裡是打這個主意呀。」

看見他的神色猛地一沉，她就知道自己講錯話了。

「妳要是沒想過，我才覺得意外呢。」

阿正的口氣難得這麼兇。

「不是，等等，我不是那個意思啦。」

要是老實告訴他，他會接受嗎？說她只是想再快活一陣子，現在的感覺太好了她不想有任何改變等等。

「我當然不是沒想過，只是……」

阿正的表情突然變了，像是有點受傷似的。

「跟妳在一起之後，我可是常常都在想哦。」

你以為我不是嗎？由美這麼想著，突然有點想發脾氣。她找不到適當的言詞，總覺得分明就是自己懶散，還有什麼好包裝的。

阿正個性溫柔，心態總是正面，她不好意思坦白說出自己怠惰和膽怯的理由。

誰能保證結了婚不會使兩人的關係惡化呢？

「我只是害怕改變嘛。因為現在這樣太好了。」

想了又想，她總算想出一個比較溫和的說法，阿正果然也用正面的心態去解讀。

「我是覺得，如果是我們兩個，其實是不用擔心這個問題的，我以為妳也跟我一樣。大概是我太急了，抱歉。」

你幹嘛抱歉，根本不是你的錯，是你對我夠認真，願意相信我，也相信你自己。

只不過，我不敢相信自己。我不敢相信婚後的一切都會跟現在一樣，更不敢相信它會變得更好。等我們開始生活在同一屋簷下、等我做了你的妻子，我的缺點就統統攤在你面前了，你一定會嫌棄我、討厭我的。

因為我是個貪圖安逸、只顧眼前而不肯改變的懶惰鬼啊。

阿正抓住由美的手腕，輕輕將她拉過去，把她擁在懷裡。

「──好啦好啦，我不是故意要惹妳哭的。」

她只知道自己坐在地上，雙膝無力，不知道自己原來在掉眼淚。

「我不知道妳在怕什麼，只是我覺得，妳大概是擔心太多了。沒關係，我們不急，妳就慢慢考慮吧。」

慢慢考慮只是拉長了做決定的期限，但那期限還是會來的。她開始害怕，不知何時會超出這段感情的極限。

因為害怕，她有意無意地減少了兩人見面的次數。就在這時……

——異變發生了。

*

一種會使人變成鹽的怪病，瞬間在城市中蔓延。

致病原因和傳染途徑不詳，甚至有人懷疑是空氣傳染。但就算是空氣傳染，自衛隊還是得出動救災，到大街小巷去清除滿街的遺骸、事故車輛成了陸自的主要任務，協助安置災民，設置避難所也是當務之急。

人人都說自衛隊就是為了這種時候存在的，她也知道實話如此，心裡卻還是不由得憤慨。怪病帶來的恐懼令人心大變，災民們只覺得自衛隊所做的一切都是天經地義，每個人都嫌不夠，辛勤付出得不到多少回報，無從宣洩的壓力只能用笑容忍下。

這股壓力也在隊裡擴散開來。在長官看不見的地方，傾軋或管教過當的現象開始發生。

那場名為鹽害的天災耗去了上級的大半精神，隊內的風紀只能完全委由各隊的下士管理。由美也是其中之一。

名曰管理，一個人的耳目總不可能那麼靈通，在大多數案件中，她都只能在事情發生後喝斥那些加害人，卻做不到事前預防，這又令她無比抑鬱。更嚴重的是，他們越是想導正風氣，這些見不得人的行為就越隱密、越不容易被發現。

該怎麼辦才好？沒有一個方法可以根本的紓解強者發洩在弱者身上的那些壓力，隊裡的人心抵擋不了巨大災變，只能任由劣根性侵蝕。

阿正現在不知如何？換作是他，又會怎麼做呢？由美常這麼想，他們卻忙得連私下碰面的時間也擠不出來。之前她明明想要躲他，遇上這種事卻反而格外想念他，有幾次勉強用手機互相聯繫，但也沒法兒久聊，工作多到逼得他們只能匆匆掛斷。

就在隊裡士氣大跌之際——怪病的魔掌開始伸向隊員。

就像梳子落齒似的，出席朝會的人數一天比一天少。鹽害一旦發病就無藥可醫，染病的人還是會被送往自衛隊醫院，卻是一個也沒有回來。

「我只做到今天了。」

隔壁寢室的隊員來由美的寢室向她們辭行，說她要回鄉下老家。

防衛省幾乎只剩一個空殼子之後，各屯駐地的管理階級再也擋不住基層隊員的離職潮，許多人都是逕自填了退隊申請書就走得不見蹤影。

由美的寢室也只剩下她和另一名室友。三個女孩就這麼開了一個小小的餞別酒會。

「我老家太遠，我怕拖晚了就回不去了，趕快趁現在走。」

鄰室的隊員搖著空啤酒罐說道。由美記得她是東北人。

飛機和火車都已經停駛，她一個女人要怎麼回到東北？由美不敢問也不敢想，因為問了也幫不上忙。現在的她沒有多餘的心力去想這趟歸鄉之旅有多麼辛苦，因為留下來的人還有剩下的工作要做。

「宿舍變得好冷清哦。」

這裡曾經住著幾百個女孩子，永遠都像個吵翻天的麻雀籠，那段日子彷彿是遙遠的過去。她們曾經一群人湊在一起聊金龜婿，搬弄著誰中意誰、競爭率又是多少之類的蠢話，但那樣的日子大概也不會再來了。

「妳們兩個要怎麼打算？」

「我暫時沒打算辭職。」

聽得由美答道，鄰室的她便直勾勾盯來。

「我說，妳們留在這種地方死纏爛打又能怎樣？現在誰能保證什麼。再怎麼賣力，那些老百姓還不是一天到晚罵我們不夠盡力？留在這裡還有什麼樂趣啊？」

她大概在藉酒發牢騷了。由美苦笑著打圓場：

「哎，這裡起碼能保障衣食住嘛。」

「回去家裡也不會沒飯吃吧？現在又有配給。我勸妳們還是快逃吧，而且妳家又在關東，不像我家這麼遠。還是說，妳不捨得跟妳男朋友分開？哎唷，真幸福。」

「妳夠了沒！」

怒吼的竟是由美的室友。

「妳要逃跑就自己逃啊，沒人攔著妳！我們幹嘛聽妳這種不負責任的人冷言冷語啊！妳是想炫耀什麼？逃跑才是對的嗎？捲著尾巴落荒而逃的喪家犬，少在這兒耀武揚威啦！」

「別這樣。」

室友的老家情況有點複雜，她和家裡關係不好，幾乎等於是無家可歸。當然，鄰室的隊員並不知情。

由美也知道，鄰室的她其實只是極度不安。在這樣混亂的情勢中，她有辦法隻身平安的回到東北嗎？她不顧一切要回家，可見故鄉是令她牽掛的，而這份牽掛令由美的室友嫉妒，也令有家可歸卻遲遲不歸的由美內心焦慮。

「反正妳要走了，我也不怕妳難堪了。」

由美向鄰室的她說道：

「妳不過是個上兵。打工的本來就是這樣。」

上兵以下不過是臨時工，這就是隊內對他們的私下評語。由美現在故意拉到檯面上來講。

「我們拚上來做下士，可不是抱著出了事就腳底抹油的心態。正職有正職的責任感，打零工的大概不會懂什麼叫做敬業精神吧？」

她聽見兩個聲音在說「過分」。

「想逃跑的儘管逃跑，誰也不必去責怪誰。時局這麼差，我們本來就不指望打零工的能多麼堅守崗位。不逃跑的就算不逃跑，也不過就是個有骨氣的工讀生罷了，妳們愛打什麼工隨妳們高興，反正只是一份薪水。」

「有什麼了不起……」

語帶不滿的是室友。

「是呀，別的不說，我在階級上也確實比妳們了不起呀。」

由美大剌剌的直言。

「都要分別了，開心一點吧，大家要好聚好散。」

規則規則的讓人心煩，走到哪兒都沒有隱私的團體生活也曾令人厭倦，但她們的確在這棟宿舍裡共同度過快樂時光。她不希望連這一點回憶都給破壞了。

放下情緒之後，三人重新舉杯。

「祝妳一路平安。」

這話也許只是口頭安慰。相識一場，能夠互相安慰，交情也不算淺。她希望她們彼此都記得這一點。

把酒言歡的氣氛稍微回來了一點時，由美忽然起了歸去的念頭。歸去哪兒？

最先浮現在腦中的，是那個與他一起租下、卻在天災與忙亂中幾近被遺忘的小套房。

由美那晚所說的話雖是義正詞嚴，意志上卻不是百分之百的堅定。

她只是把自衛隊的義務當成一種依靠或寄託罷了。這世界一天比一天更不穩定，能獲得這樣的一分使命感實屬可貴。

只要克盡職責，他們就站得住腳，也沒有人可以詆毀他們。無論世界會不會恢復原樣，他們沒有義務去想到那麼遠，只要一心一意處理眼前堆積如山的工作就好——只要執行任務就好。被做不完的事情追著跑，讓日子一天過一天，她就覺得生活有意義，生活是滿足的。

鄰室的同袍逃回老家，由美逃進工作。說穿了就是這樣。

「妳比較豁達吧。豁達的人膽子大。」

阿正在手機裡這麼說道，還問她為什麼能活得這樣積極。她在電話這頭暗想：不是的，我仍然只是在逃避。

就在那次聊天之後，通訊狀況惡化，不久手機就不通了。

有事可做，心理上就沒負擔；盡了義務，心情上就沒負擔。這恐怕是當前世上最怠惰、最不用腦筋也最幸福的選擇。

就跟逃離你的求婚那時一樣，什麼也沒改變。

「你就會講好聽的來寵我。」

下意識的，她在聲音裡使了一點點性子，便聽得阿正在電話那頭笑起來。

「好久沒聽到妳這種聲音了。最近的妳都好有男子氣慨。」

有點高興，這個聲音只有我聽得到呢。

就像人在累的時候會想吃點糖，他的話正是一股及時的甜意。他們果然就是這麼合得來。

由美心目中的最佳生活伴侶非他莫屬，而且她打從一開始就知道。是她自己貪圖別的安逸而避之不談，如今她再也開不了口。

這事也就這麼束之高閣。

老是喊著無家可歸的室友有點兒不對勁，氣色變差了，而且總是愁眉苦臉。

「妳是哪裡不舒服吧？去醫務室看看吧。」

有天晚上，由美隨口這麼勸道。

「不要！」室友坐在床上，竟然倔強的反抗。

「哎，妳怎麼了嘛。」

由美便從矮桌爬出來，想到她身旁去關心一下。

當她用手撐著桌面站起來，掌心卻有異樣的感覺。

由美盯著手掌看，然後再看看室友，只見她驚怯地往後退，在床鋪上縮成一團。

掌心沾著幾顆鹽粒，小小的幾顆。

「……幾時開始的？」

沒救了。真可憐。鹽害好可怕。這人是在哪兒傳染的？她居然瞞著我。明知這病也許會傳染給別人。

缺乏整合的思緒片段在腦中盤旋起來，其中最大的一塊是——幸好不是我。

窮途末路的人類原就是自私。由美甚至還有閒工夫可以為發現這個事實的自己哀憐一番。

「求求妳，不要把我帶走。」

室友的哭訴絲毫動搖不了她的心。

「好不好？我們是朋友吧？」

打從察覺事態的那一刻起，由美就在情感外佈下一層過濾網，不讓理智隨感情漂流。

沒有人知道鹽害的傳染途徑為何，已經發病的人絕不可以留置在隊裡，甚至令宿舍的全體曝露於危險之下。

更何況若是就這麼放任妳，最危險的豈不是跟妳同寢室的我嗎？

最不想察覺的那個聲音卻嚷嚷得最大聲。頭好痛。頭蓋骨下好像有一口鐘不停的被敲響。

「拜託，妳也知道我就像沒有親人一樣，進了醫院也是孤伶伶一個，不會有人要陪在我身邊的。好不好？難道妳要我一個人死嗎？我只想在最後有個人陪啊。拜託，我們朋友一場，妳能體諒吧？」

所以妳就想拖著我一起死？萬一傳染給我怎麼辦？別開玩笑了，我們的交情哪有好到一起死呀。既然是朋友就該識相，別把我拖下水。天曉得妳發病多久了，這幾天我都跟妳同處一室，耍任性也要有個限度。

——吵死了。住口。住口。住口。住口。自私的聲音別這麼大、別吞沒我、別讓我發現自己有多骯髒。

「住院去吧，早點就醫說不定有辦法可治。」

「妳說謊！明明就是絕症，妳不要因為想趕我走就胡說八道！」

「妳就不能識相點聽出我就是要說謊趕妳出去嗎？」

由美怒吼道。

「妳以為誰想跟發病的人一起生活呀？我可不記得我跟妳的交情有好到要陪著妳一塊兒死！寧可被傳染也要陪著死在一起？我又不是妳親人！」

別恨我，是妳逼我說狠話的，要是妳一開始就識相的退讓，我就不用把話說到這麼絕了。我也是不得已的。

聽見這陣突如其來的叫罵，其他寢室的女隊員都跑出來看。

「妳明知道我家的情況還故意這樣講……？」

室友的嘴唇發顫。

「那是妳家的事。我也為妳難過，但那關我什麼事？」

「虧我還把妳當朋友！」

別擺出這種弱者姿態來傷害我。要不是發生這種事，我們會一直是朋友的，所以妳要恨就恨妳的命、恨妳受到鹽害吧！又不是我讓妳落入這種命運的。

害我們不能好聚好散的也是妳。妳大可以哀傷的向我道再見，那麼我將永遠記著妳這個人。我又何嘗不想有個美好的惜別呢？

少說蠢話了。

美好的惜別，然後呢？要感謝室友的深明大義嗎？

膚淺醜陋污穢的結局是必然的，然後她們會互相推卸責任，說事情本不該這麼收場。

對不起，我比較珍惜我自己。

「呃，關口下士……」

在房門外觀望的隊員們終於出聲喚她，由美轉向面對她們。

「聯絡醫務室。她發病了。」

我有保護隊員的義務。我有保護隊員的義務。我有保護隊員的義務。

我不是拋棄她，而是為了保護其他隊員。

由美努力轉換心態，但沒有人比她更清楚那被代換掉的另一種心態是什麼。

室友被抬走時叫得聲嘶力竭，像是要赴刑場。

不要把我帶走，讓我留下來，讓我留下來，讓我留下來。

沒有人回應她那詛咒似的求饒。

「關口下士，這不是妳的錯。」

隊員們紛紛說道，臉上都是關切神色。

「我們也不想和鹽害的人一起生活呀。」

是啊，由美茫然點頭。

可是妳們說的是「不是我的錯」，卻不說我「做對了」，不是嗎？指著哭喊的朋友大罵，鐵了心把她掃地出門，妳們在旁邊看著也覺得很過分很不應該，所以才會說這過錯「不是我的」，是吧？

是我的自私救了妳們，讓妳們不必和鹽害患者一起生活，所以妳們用這種話來安慰我，用這種方式來感謝我這雙髒手。

因為——也許明天就輪到妳們站在我這個立場了。

我想問妳們——

萬一今天發病的人是我，妳們會做出同樣的事嗎？也許我明天就發病，到時妳們也會只顧著自救，所以現在才來安慰我嗎？

「抱歉，我出去一下。」

由美邊說邊走向玄關，沒有交待幾時回來。隊員們也體諒她，沒有人過來問，反正門禁早就形同虛設了。

她穿了拖鞋就往外走。呼氣都是白的。

「抱歉，我跑來了。」

連續劇或漫畫裡的女主角這麼說時，通常都是夜深人靜在情人獨居的住處，不會是眼前這種粗枝大葉毫不浪漫的軍隊宿舍大門前，旁邊更不會有一個個聞風前來看熱鬧的好事者。

在這裡，女生在入夜後跑來找人，跟浪漫八竿子打不著關係。

「妳怎麼沒穿外套？小心感冒了。」

走出玄關的阿正急急地踩著拖鞋跑來，把他身上的短棉襖脫下來披在由美身上。在宿舍附近可以穿短襖來代替長大衣或軍用夾克，勉強算是服裝規定上的極限。

他大概在寢室裡也一直穿著這件短襖，衣服上有他的味道。就是那間小套房裡的味道。

「突然有點想見你。可以陪我聊一下嗎？」

「好啊。」

阿正向圍觀群眾徵收了一件刷毛外套，然後陪著她一起走到屋外。

「我室友發病了。醫務室剛剛來接走她了。」

「……哦，女生那邊也有病例了啊。」

看來男隊員裡已經不罕見了。隊員數量畢竟差得多。

「她叫我不要說出去。她跟她家裡處不好，進了醫院後恐怕也是孤伶伶的死。她鬧脾氣，說她不想走，可是我硬是把她轟出去了。」

和室友的對罵還在耳邊迴盪。由美沒有權利說自己受傷害。

「我隨便打發她說也許有辦法治，她很生氣的說我不夠朋友。」

輕輕地，肩上多了一隻手。

「虧得妳忍下來了。」

他那肯定的語調聽來好舒服。由美知道，這個聲音不管到哪兒都會認同她、肯定她的，她便試探性地繼續說：

「大難來時各自飛，職場上的朋友也一樣吧。我自己也嚇了一跳，當時腦子裡想到的淨是些殘忍的話，好想罵她，萬一傳染給我了她要怎麼賠之類的。我只想著先顧自己，不想被她傳染，就叫她趕快滾出去，別傳染給我。然後……」

趕她走的人明明是由美。

「我不想像她那樣被帶走。」

只希望有人陪著走到最後。由美抹殺了她的渺小心願，卻無法不承認自己也有同樣的期望。

明天也許會有另一個我，把我像她那樣趕出去。

「如果我現在說想嫁給你呢？」

也許會傳染，也許會死，但她還是希望有人給她送終，而這種事只能向自己的親人拜託。朋友或情人都不夠親。

「搞不好會是我傳給你，也說不定是我被你傳染，可是——不論如何，我就是想跟你在一起走到最後。」

阿正沒有答腔。

「抱歉。是我自己想要找避風港。都是我一直只想過輕鬆的日子。」

在這種時候，身旁有個人總是輕鬆些。有寄託、有依靠的日子，心頭一定會輕鬆些。

正當她做好了被輕蔑的心理準備時，阿正卻從背後輕輕抱住了她。他的臂彎總是那麼溫柔，就像在那間小套房裡為她取暖時一樣。

礙事的衣服，傳來的體溫都淡掉了。

「挑在這種時候說我是妳的避風港，妳還真狠。」

我們什麼時候可以一起住？

阿正這麼問時，由美毫不遲疑就答了「明天」。

結婚證書已經沒處可繳交，他們姑且先向基地司令報備，隨即得到批准。與立川營隊合併的消息傳來時，上級也批了一間家庭宿舍給他們。

二十五年的老房子，破舊得令人瞠目，跟新婚氣息完全沾不上邊，所以他們搬進去之後的第一件事就是驚天動地的大翻修。就在無數個休假都花在敲敲打打中、而每一扇門窗終於都可以像樣的開闔時，已經是好一陣子以後的事。

「唉——我以前還想，結婚後要把新家的日用品全換成Francfranc（註：日本知名居家生活品牌）的呢。」

「不可能，跟這房子風格不合啦。頂多用無印良品的吧？」

他們聊起這些話時，大環境早已不容得人們隨喜好自由消費了。

「況且打從做自衛官的那天起，我們就沒資格擺譜囉。妳自己想想，我們決定要結婚的那天晚上穿的是什麼玩意兒？」

舊短襖和起毛球的刷毛外套。

死心吧，我們自衛官就是這麼回事。

被他這麼一解嘲，由美心底對不能在和平時期成婚的那份歉疚好像都變得不足掛齒了。他又說道：

「反正我們過得幸福不就好了？外在環境不重要啦。」

這是他在提醒妻子——能在這種局勢中得到幸福，已經是最大的幸福。

……然後，由美的面前坐著昔日的自己。

少女說她的咖啡裡只要加奶精就好，這顯然不是她原本的喜好。由美看得出少女的心思，便依著她的要求沖了咖啡。

雖然只是這個歲數，那神情卻已經是個女人了。她對由美說，她不要可愛也不要人勸慰，強調著稚氣的形容詞統統不要。

思慕著一個年長她十歲的中尉，少女為情所苦的模樣令由美印象深刻。由美明白，少女也在煎熬與解脫之間掙扎著——反正年紀相差這麼多，對方不會理睬一個小女孩，也許早點死心才好，省得弄到雙方都尷尬。

少女想從這個念頭裡尋求解脫，卻割捨不下，於是掙扎。

耽於安逸有什麼錯？惶惶於未知的明日又有什麼錯？我的男人就是要這樣的我。

差點兒淡出的一段姻緣，到頭來竟是在鹽害的壓力下圓滿的；世間就是有這種事，而且那也不是壞事。

把結婚的動機推給鹽害，也許只是在為自己的膽怯找藉口——如今面對一個同樣膽怯的少女，由美決定多聊聊其他不相干的事，當年的逃避就含糊帶過吧。少女把由美看做一個能幹又厲害的姊姊，讓她忍不住也想威風一下。

於是少女稍稍打起精神，點頭微笑——這一步是如何使世界改變的，當時的由美還不知道。

在可能改變世界的那一場行動第二天，顧人怨司令的左臉頰大剌剌地貼了一塊ＯＫ繃。

除了當事者以外，司令受傷的理由就只有正巧在旁的由美和阿正知道。暴怒的中尉畢竟不可能單憑阿正一個人攔住。

你們說他狠不狠？有必要下那麼重的手嗎？

不好意思，當時在場默許的恰巧都是沒人性的傢伙。由美和阿正笑得曖昧。

「不過我好意外唷，想不到竟然是中尉黏著人家。」

他們當然不會在人前卿卿我我，不過處處護著少女的中尉像是變了個人，經常流露出縱容的態度。

「哪有──他不早就是那樣了嗎？我倒覺得只是他一直在裝模作樣。啊，這個好好吃。妳的手藝進步了。」

「真的？萬歲。」

「教我做，我要學。」

小倆口很久沒在家裡吃晚飯了。兩人平常都是在隊員餐廳裡各自吃過飯才回家。

「他們現在不知道走到哪兒了。」

奉司令之命，中尉在今天啟程往西日本出發。當然也帶著少女一起走。

臨別之際，少女抱著由美哭了起來，經過一番安撫才上了車。

中尉看著這一幕也沒說話，只是舉起一隻手向由美作勢致歉。由美還是覺得他在寵那女孩，只是這感覺就像阿正在寵她時一樣，可見中尉和少女也沉浸在幸福中。

「也」沉浸在幸福中。由美沒多想，自然而然將自己的幸福公式套在那對情侶的身上。

「喂，我去弄洗衣機，待會兒你去晾。」

「妳這勞務分配不平均吧？」阿正苦笑道，結果還是乖乖去晾。

沒問題的。

我們會過得好好的。真奈，你們一定也會。

儘管時局如此，你們還是可以過得幸福，所以盡量去掌握幸福吧，不必去想自己虧欠了誰。

我衷心希望，那個小小的女孩子也能和她心愛的男人過得幸福，就像我現在和這個男人攜手共渡的人生一樣的幸福。

「妳怎麼啦？」

阿正忽然問道。

「妳剛才的表情好棒哦。」

「哦？有那麼棒？」

「嗯，害我差點又愛上妳了。妳在想什麼啊？」

不告訴你，由美笑道，然後又說，你就乖乖的再次愛上我吧。結果阿正也笑了。

「妳就是這樣。」

至於這話是什麼意思，她決定不去多想了。

Fin.

鹽之街　debriefing

如夢幻泡影

＊

意識在隱隱痛楚中清醒，痛楚的來源是後腦勺。

「唔哇……怎麼搞的？」

想要伸右手去摸腦後的痛處，左手竟也跟著一起動了。定睛一看，原來雙手銬在一起。

「……這又是幹啥？」

咕噥著爬起來，四周卻是陌生景象。除了一張大床以外，這個寬敞的房間裡完全沒有其他傢俱，有的只是整片地毯和雕刻精美的天花板與牆壁，一看就知道價值不斐，就連床鋪也是營舍遠不能及的高級貨。

後腦一個勁兒主張它的疼痛。用銬著的手伸過去摸了摸，果然在頭髮裡摸到乾掉的血塊。看樣子是破皮了。

「呃啊，真是。」

該說是報應吧。想起從前也有過類似的誤會，不過發生在自己身上的這一次恐怕不是誤會。

「誤會不至於用手銬吧——」

將自由的雙腳挪到床邊，卻見鞋子好好擺在床邊。可以在室內穿鞋，難道這裡是旅館？

房間裡有兩扇門，一扇通往衛浴間，另一扇被人從外面反鎖，在房內的人無法打開。軍營裡的某些房門也有這種構造，但在民間房舍之中應該不多。仔細一看，整個房間就只有這扇門顯得特別新，恐怕是之後特別改裝的。

浴室裡擺著全新的毛巾和盥洗用品，上頭沒有商標或特殊圖案，那麼旅館的可能性就低了。應該是私人宅邸。

窗戶是敞開的，房間卻是在三樓。牆外只有藤蔓爬著，幾乎沒有可以探足的地方。想起某個在這種困境下也有辦法可想的友人，自己既沒有效仿他的意願，當然也沒有那人的好身手。

「用來軟禁一個頭腦發達又優雅的男士，倒是不錯的環境。」

將雙肘撐在窗台上，隨口喃喃自語。天色微明，四下靜謐，看出去像是在一處別墅區，而且地勢相當高，庭園裡又長著好幾棵頗有樹齡的老杉，顯見此間佔地之廣，讓屋主敢種下這麼多參天巨木還不至於令左鄰右舍困擾。

「外加這屋子裡的人都沒有花粉症。」

姑且拿這一類無關痛癢的小推理來打發打發時間。話說回來，這棟房屋也太氣派了些。

「我最——討厭這種屋子了。」

皺皺鼻子講完這話，便聽見有人敲門。敲得挺溫和客氣的。

「要進來就進來啊——反正我既不能開門又不能關門。」

聽到這兩句諷刺已極的回應，門外的人才打開房門。這也是客氣。

來者是個年輕男人，個子既高且瘦，穿著一身看得出是手工製做的合身西服，還在門口先鞠躬才進屋來。弱不禁風嘛——一時在心底五十步笑百步的評論起來。

「您醒了嗎？」

「你不就是知道我醒了才來的嗎？還問。我還以為你會等我洗完臉再來呢。哪有人待客這麼急躁的。」

對不起。男子恭敬地道歉，又鞠了一個躬。

「我是來向您確認身分的。」

「媽啊，不確定身分的你們也這樣銬？一點也不好笑。」

言語揶揄之外還甩著手銬讓鍊子發出聲響，卻見那人臉上也沒有一絲動搖，以那年紀而言倒是極有自制力。

「敢問您是陸上自衛隊立川營部臨時司令，入江慎吾先生嗎？」

聽著男子爾雅溫文的語調，入江沒好氣的給了一個白眼，冷哼道：

「我說不是你就會放人？拜託你別再問這種無聊的問題了。」

*

「臨時司令」的怪頭銜會落到入江身上，據說是重建後的陸上自衛隊幕僚部基於各種考量所搞出來的；簡單的說，就是肥水不落外人田——在鹽害後續處理完全結束之前，這麼一號鹽害專家要盡量留在隊裡。於是那些偽造文書、假冒身分，連同在立川期間擅自進行人體實驗等等罪名，都因時制宜地不予過問。

不予過問可不是一筆勾銷，入江當然不會天真到從此沒了戒心。他的存在無疑證明著自衛隊的種種疏忽，欲除之而後快的高層將領大有人在，誰曉得幕僚部幾時翻臉不認人。

所以眼前的這件事情，他也認為是那一派人士所為。

和美軍開完鹽害的研討會，當時他正準備回營。由於會議結束時間比預定的要遲，美軍便送他一程。那個人衝到大馬路中間差不多是出發後二十分鐘左右的事。駕駛緊急煞車還是來不及，被撞上的那人好像是個上了年紀的男性。

負責開車的是個日裔美軍，一路上都用流利的日語和入江閒聊，只有在煞車的那一刻用他的母語大罵。

坐在後座的入江探出頭打量，見倒在車前的男子一動也不動，忍不住皺起眉頭。惹出麻煩來了。

——算了，反正責任是美軍要扛。

「總之你們快點聯絡基地。」

急救系統雖然已在部分地區復甦，卻還不到以前那樣完善的程度，先送基地醫院比較妥當。

丟下指示後，入江就走出車外。他雖然沒有臨床經驗，卻擁有醫師執照，現場若是沒有人會診察就罷了，既然他在，不去看看總是說不過去。

俯臥在地上的男子看來沒有明顯外傷，也沒有出血。入江在他身旁蹲下，把手指伸進泥污的襯衫領子裡探找頸動脈。

——怎麼搞的。

脈搏略快卻十分穩定，一點也不像是剛被車撞飛的人。

才這麼想，卻見男子驀地睜開眼睛，壓在身體下面的右手握著一把槍，槍口正對著入江。

「小哥，頭一次遇到假車禍嗎？」

那人邪邪笑道。入江聳了聳肩：

「對啊，頭一次親眼看到。」

入江朝車子瞄去，早有一隊持槍人馬圍在車旁，正在脅迫美軍駕駛及護衛下車。

「不好意思。我們無怨無仇，只不過有人花了大把美金要找你。」

黑市自鹽害以後就更加活躍，美元行情一路飆高，歐元其次，日圓則一落千丈。

「抱歉得讓你睡一下囉。」

這就是入江當時聽到的最後一句話。

＊

「在那種情況下可以用麻醉劑，你們是不會教他們嗎？叫他們把人打暈，這是那來的上流屁主啊。現在好了，打破了我的頭，害我一覺醒來都還會痛。」

入江也對別人做過同樣的事，如今卻只顧說別人。他瞪著那名年輕男子，男子看來教養良好，這會兒卻只是低頭致意，隻字未答。

媽呀我最討厭這種的。入江撇過臉去，大皺眉頭。

「你以為你還有資格抱怨嗎？」

忽聽一個聲音陰陰地說道。轉頭看去，原來是個坐著輪椅的少女，正讓女傭推著進屋。

少女大約是中學年紀，長相令人聯想到高貴的小動物，笑起來肯定惹人憐愛，此刻卻用滿是敵意的眼神瞪向入江。要在這種表情裡找出任何魅力都是難上加難，況且入江又不喜歡小孩。

將輪椅推進屋內之後，女傭就告退了。

「大小姐……」

男子有些緊張地擋在入江和少女之間。

「不用擔心，我不會對那位小姐怎麼樣的。挾持人質逃命的這種事我嫌麻煩，肉體勞動也不適合我。」

入江直指男子的疑慮，少女也對男子抬了抬下巴，高傲地說道：

「讓開，柏木。你站在那兒會擋到我說話。」

喚作柏木的男子依言退回原位，退開前還不忘向少女一鞠躬。障礙消失，少女的兇狠眼神便直接刺向入江。

知道對方懷恨入骨，入江對她卻一點印象也沒有。惹人怨向來是他的拿手絕活，但他一時也想不起自己幾時連素未謀面的人都得罪過。

「我是江崎樹里。你對這個姓氏有印象吧？」

那語氣顯然容不得他回答「不」——入江卻想，要是在這種場合下老實答「不」又會怎樣呢？對方八成會發飆吧？

話雖如此，他卻也沒別的答案可選。

「不，沒聽過。我也不認識姓江崎的。」

江崎樹里的臉色一陣白。有的人在發怒時會血氣上沖，樹里大概是血氣頓退的那一種。

「……你不知道我家的姓氏，是什麼意思？」

「初次見面就要求我知道妳家姓什麼，會不會太神啦？」

入江的毒舌從來不會因為對方年紀小就留情。見柏木投來責難的眼神，入江便將掛著手銬的雙腕伸到他面前：

「受這種待遇還要我顧慮主謀者的心情？開什麼玩笑。」

柏木默默地垂下眼去。他不否定入江的話，可見這樁綁架案確實是樹里主謀。從她敢對大人頤指氣使的那動作看來，這小姑娘是十足的世家千金。

「殺人犯還一副被害者的姿態，你是什麼意思？就是你用鹽害實驗殺了我父親江崎定和！」

聽見那鞭子似的尖銳喊聲，入江心中一驚，但是——

「抱歉，那我就更不可能知道了。」

他爽快地道歉，見樹里一臉無法接受，又道：

「妳覺得我殺了多少實驗對象呢？要累積到那種數量的資料，一、兩千次實驗會夠嗎？全國加起來少說也有好幾萬次，妳叫我每一個都記得？」

在成千上萬的實驗體中，入江只記得其中一個人的名字，而且還是因為那人在實驗中途逃走、又在逃亡途中牽連到他的朋友。若只是中途逃走，入江根本也不會去記得什麼。

「通常我會看到的只有實驗結果，也就是成串的數字而已，」

入江挑高了眉毛放膽直言，只見樹里的臉色越發鐵青。

「妳在看圖表的時候會對每個數據產生感情嗎？不會吧。」

對他而言，用這種比喻已經夠體貼了，但對樹里而言似乎不是。

「閉嘴！住口！」

樹里突然咆哮，甚至作勢要站起來——隨即往前仆倒。柏木臉色大變，一個箭步衝向在地毯上蜷縮成一團的樹里。

多感人的主僕關係。入江在一旁冷眼看著。

樹里被柏木抱起，散亂髮絲間透出的眼神閃著淚光，直朝入江射來。

「你殺了……我的父親，還——說什麼數值……」

她那過度激動的叫喊完全失了音階，還伴隨著過度換氣的症狀。

「大小姐，冷靜點！慢慢呼吸！」

柏木耐心地撫著樹里的背。唉，真麻煩——入江一面心想，一面往床邊的垃圾筒裡看。沒人用過的垃圾筒裡套著全新的塑膠袋，他便將袋子一把抽起，走到兩人身旁蹲下。

柏木反射性地想要護住樹里，入江卻蠻橫地將他擋開，揪著樹里的頭髮就往垃圾袋裡塞。

「你做什麼……！」

「沒本事擺平你家的古怪大小姐就給我閉嘴。」

說時，入江手中的塑膠袋已經完全套在樹里的頭上。只聽得異樣的呼吸聲，樹里呼出來的氣立刻令袋內一片霧白，就這麼呼吸了一會兒，氣息便穩定下來。柏木和樹里都是一臉狐疑，以為入江在耍他們。

「心因性的過度換氣症候群啦，把呼出來的氣再吸回去就好了。要侍候這麼歇斯底里的千金小姐，與其處處提防她生氣，還不如多學點這一類的急救術。」

聽得入江這麼嘲諷，樹里滿臉通紅地扯掉頭上的袋子。既然她生氣時臉色會白，那麼這會兒應該是羞恥吧。

「……總之，兩位待會兒再談吧。」

柏木將樹里抱回輪椅，轉身打算推她離開房間，這時入江又將他叫住。

「待會兒可不可以帶個刮鬍刀給我？軟禁一個成年男人卻不替他準備刮鬍子的工具，會不會有點那個？」

入江邊說邊朝浴室努了努嘴。他之前已經檢視過。

「要是怕剃刀不安全，電鬍刀也行。」

柏木沒有轉身，而是半側過臉，隔著肩膀點頭答了一聲「是」，樹里立刻扯著嗓子高叫：

「別用對我講話的口氣跟這種人回話！」

她才差點兒休克，這會兒又激動起來。柏木無措，只好改口向入江說「好」。

主僕兩人離開之後，房門隨即被反鎖。

數小時後，電鬍刀和早餐一起被送了進來。送來的人是柏木。

入江戴著手銬洗臉刮鬍，走出來時看見房裡的小桌上已經擺好了西式早餐。在一旁等著的柏木說「麻煩借一下您的手」，入江便依言將雙手舉到他面前，看著他從口袋掏出鑰匙，就這麼解開了手銬。

「怎麼？」

入江頗感意外，柏木也沒看他逕答：

「府內設有警衛。待會兒還會再給您戴上。」

這樣的待遇有一種說不上來的奇怪，不過入江還是大方坐到餐桌前。不知是為了監視還是做僕人的習性，柏木始終站在不遠處守著，而入江倒是很久沒在有傭人候著的環境下用餐了。

料想柏木不會聽從吩咐退下，入江也就不管他的存在，自顧動手剝起了餐包。看著桌上的烤吐司、蛋包和水果，樣式都簡單清淡，但以這年頭而言，已經很豐盛了。

差不多快吃完時，柏木開始沖紅茶，事前還先問過他的口味。入江只要了不加任何調味的普通紅茶。這家人雖然財力雄厚，時局卻容不得人們隨喜好指定茶葉。

接過茶來啜了一口，是純正的大吉嶺。

「定和先生的事……您真的不清楚嗎？」

選了一個杯子離口的時機，柏木謹慎地問道。入江輕輕聳肩。

「很遺憾，事情就像我剛才所說的。我知道你們有權利逼問我，但我的確也無能為力。」

入江的回答令柏木的臉上出現一絲不情願。這大概已經是他盡力克制之下的不滿表情。

「我想你們可能有點誤會。並不是每一個實驗對象的挑選都跟我有關。我剛才也說了，實驗做了幾萬次，不可能用那種沒效率的方式挑選對象。況且我們必須在短時間內滿足最低採樣。」

為了解開鹽害形成的機制，他們用服刑中的囚犯做為實驗對象，但只有訂出篩選準則，其他就完全由臨時內閣決定。當時的行政體系已經半毀，充當法務機構的暫時組織是用什麼標準去檢選，入江無從知悉。

聽著入江的量化本位論調，柏木的眉毛略微皺起，含蓄表達他的不悅。

「能不能請您考慮換個說法呢？至少……」

他大概是要入江顧慮樹里的心情。

「為了殺害她的父親而感到內疚？」

入江的態度又在柏木頭上潑了一盆冷水。

「我說過好幾次，實驗案例對我而言只是單純的數據。為了統計出數據而消耗個幾萬人，然後要我說我對他們每一個都懷抱歉意——抱歉，我不做這種表面工夫。我知道人體實驗有違倫理道德，但若是對此有罪惡感，我根本一開始就不會幹這種事了。嘴巴上道歉啊謝罪啊的拚命講，想做什麼又照樣做，不要說聽的人覺得噁心了，做的人也不會高興到哪兒去，不是嗎？」

入江本來就是個嘴碎話多的人，碰上一個不太開口表達意見的聽眾，儼然就是一大段的獨白。柏木聽了好一會兒才開口回應：

「您的意思是不做辯解，是嗎？」

「這番解釋還真友善哪。」

見入江大皺其眉，柏木又問：「您不滿意？」

「沒有，只是以為你會把我的話換個簡單的說法，勸那位大小姐化解仇恨。」

入江說著又聳聳肩。

站在監護人的立場，與其任一個未成年的孩子長久被仇恨和痛苦所束縛，當然寧可她在一個適當的時機解脫這種負面情緒。

「我這人沒有良心，你們卻硬要逼我把良心挖出來，這是你們的誤判，我實在愛莫能助。不負責任的鬧劇我可不奉陪。」

入江邊說邊將涼掉的紅茶飲盡。

「反正我做了我想做的事，你們也儘管做你們想做的好了。綁我來不就是為了這個嗎？」

「假使……我只是假設，如果大小姐說她想要殺了您以報殺父之仇，您仍然願意讓她做想做的事嗎？」

「當然。」

入江一點頭，又說：

「只不過到那時候，我想做的事情就是活下去罷了。只要我不認為自己虧欠你們家大小姐，那麼她要阻撓我活下去，我就不能放過她了。」

對入江而言，這是再明快不過的道理，柏木卻聽得一臉困頓，還疲倦地嘆了一口氣——遇上一個軟硬都不吃的對手。

「大小姐把您抓來，並不是為了加害於您，請您別這麼快就想到這一點。」

「把我打暈了抓來還不叫加害？」

「那是我的疏忽，沒有妥善傳達。請您海涵。」

了不起的大忠臣哪——入江自言自語的挖苦了一句，姑且當做對方沒聽到。

「那孩子的父親是怎麼入獄的？」

面對這個帶點兒打探意味的問題，柏木措詞含蓄的答道：

「定和先生原本是春日井商事的董事。」

說到這個企業名稱，入江就有印象了。大約在鹽害發生的一年前，這家公司爆發內線交易醜聞，在社會上引起相當大的騷動，檢調單位抓了好幾個高層經營者，樹里的父親大概就在其中。

「那個案子後來有判。」

入江隨口應道，便見柏木眉頭一皺。大概是說到了痛處。

「跟蜥蜴斷尾差不多。」只說了這麼一句，柏木就沒再開口。

簡單的說，就是被企業當成了棄卒。

「所以那孩子就落到今天這個遭遇？」

「判決後，大小姐就搬來與外祖父同住；定和先生與夫人離異，所以……而且由於媒體報導曝光，大小姐在原來的學校也讀不下去了。」

「所以這棟豪宅就是她外公的囉？那外公呢？」

「因鹽害而過世了。」

柏木沒再說下去，但他的口氣有點兒變了，聽得出幾分掩飾後的恨意。祖父因鹽害而死，服刑中的父親也算是被入江所安排的鹽害奪走，幼小的心靈想必十分痛苦。可是，入江說來說去也只有一句「抱歉我不認識妳爸爸」——如果那也可以算是抱歉之辭的話。

鹽害實驗是國家機密，不過入江的強勢和做法惹來許多部隊內外的反彈，消息走漏的途徑只怕多不勝數，追究了也沒用。

「你是那孩子的誰？」

「家父長年在江崎府上任職，我是接他的位子。大小姐投奔外祖父家之後，江崎家的僕役們也一併移到這兒來，接受老爺的照料。」

「主人死了，你們還這麼有情有義啊。」

入江的譏諷只得到一個禮貌性的頷首和沉默。

「既然有情有義，為什麼放縱那孩子胡作非為？綁架我這種沒道德的人是另外一回事，要是事跡敗露，我想你大概不會置身事外，不過這樣還能叫做忠義嗎？」

柏木的臉上剎那間閃過一絲煎熬，但那表情很快就被壓抑下去。

「大小姐年紀還小，又無依無靠，她也只是為了生存而掙扎，何罪之有？我向您的人身自由受到侵害一事致歉，但這項罪名由我來擔就夠了。」

那沉著與堅決的聲調無異於頑固，也許那就是這名老練自持的青年流露最多情感的表現。

入江再度被銬住雙手，是樹里差柏木來把他叫去的時候。兩人走出「客房」，一路上都沒有開口，既沒有提起早餐時的話題，也不說為什麼之前都不戴手銬。入江想得出來，那應該是柏木瞞著樹里自作主張。

樹里的房間在一樓，方便輪椅進出。房門雖是厚重的橡木製成，房內卻佈置得頗有少女氣息，粉嫩的青春色調與宅邸內沉重的深色裝潢落差之大，令人不由得瞠目結舌。

「坐那邊。」

樹里說著，朝粉紅布面的長沙發努了努下巴。入江依言坐下，將銬著的雙手擱在扶手上，不經意地摸到一些鹽粒。

「柏木，你退下。」

聽到這個命令，柏木顯得有些不情願。

「有事時我會叫的，讓警衛在外頭待命就好。」

柏木這才勉強應允。不過他大概會自己站在外頭待命。

這小姑娘倒是擺起女王的架子來了。入江正在一旁想風涼時，樹里開口了：

「早上的話沒說完，我本來要說明綁架你的理由。」

「噢，我已經聽說了。」

「妳得了鹽害，是吧？」

入江直截了當地切入結論。

樹里狠狠皺起眉頭，嘀咕道「是柏木吧」。無辜的柏木待會兒大概就要揹黑鍋，但那反正不關入江的事。

「既然這樣，我也不囉嗦了。你犧牲我父親而得到研究成果，應該也有義務把它交給我。」

樹里的態度始終高高在上，入江也不遑多讓。

「不可能啦。」

他滿不在乎的丟出結論，繼而說明：

「我研究的只是鹽害的感染途徑，並不是如何治療已經發作的病症。實驗數據雖多，不可能馬上轉用在治療上。若依照原本的發病速度來看，就算有辦法可治，只怕妳的鹽化會比治療效果進展得還快。」

聽到這令人絕望的宣告，樹里卻彷彿一點兒也沒受到打擊，反而從容地冷笑道：

「既然如此，我更不可能放你走了。你就陪我一起死吧。柏木會忠實服從我的命令。是要救我還是跟我同歸於盡，你自己選吧。」

「哈哈，好一個女暴君。侍候妳這種人，柏木老弟也真可憐。」

他只是隨口胡說，沒想到竟像是說中了什麼，令少女的白皙臉頰突然轉紅。入江冷靜地觀察，料想這又是相對於發怒的另一個反應。

「你沒資格說這種話。像你這種人，殺了那麼多無辜的人……」

「不算無辜吧？好歹也都是囚犯嘛。」

隨口指出一個語病，便見樹里的臉更紅了。

「囚犯又不是全都死刑！況且你又有什麼權利殺他們！我父親也是，他只要服滿刑期就可以回來了……！」

咆哮的樹里表情扭曲。她大概不想讓入江看到那種表情，於是猛然把頭往旁邊扭，又不想承認自己在哭，所以也不舉手拭淚，只是一個勁兒的忍住。

頭一次見她有這麼坦率的悲傷神情，入江不知不覺脫口問道：

「有那麼難過嗎？」

「你什麼意思！」

樹里回嘴得極快。

「親人死了怎麼會不難過？你白癡啊？」

「是哦，這麼幸福。」

這番直言更觸怒了樹里。

「是你殺了我父親——這是你該講的話嗎？」

入江想了想，倒也老實點頭：

「說得也是，我的確沒資格這麼說。抱歉哦。」

見他爽快道歉，樹里反而訝異。她不再發作，靜了一會兒，然後帶著餘怒低聲說道：

「他在公司裡也許做了壞事，卻是個愛我的父親。」

這話顯然不容反駁，入江便沒回應。

「我母親說不要我的時候，我父親說他要。我不是兒子，就算要繼承他的事業，親戚也一定會反對，可是他還是要我。這一點就證明他是愛我的。」

這話大概是在講她的父母離異。看來當時的樹里已經懂事了。

「總之，你奪走了我的父親，就要負起責任！」

少女的聲音忽又陰狠起來，為自己向入江吐露心事而不甘。

「話是這麼說，但妳把我從研究機構抓走，我在這裡能幹什麼呢？連資料都沒有。」

眼見入江依舊一派輕鬆，樹里哼了一聲。

「別以為小孩子都好騙。像你這樣心腸惡毒的人，樹敵又多，不可能沒有人把研究資料備份後私藏起來。」

「您過獎了。」

「看你能裝蒜到幾時。」

樹里的笑意中有一絲猙獰。

「你要是不聽我的話，我可不保證你家人的下場。」

這大概是她極盡惡毒之能事所想出來的台詞，聽在入江耳裡，卻成了一陣想忍都來不及的噗嗤笑意。

「你、你幹嘛！」

樹里失措起來。入江想答話，卻止不住笑。

「幹嘛，有什麼好笑的！不准笑！」

這廂氣急敗壞，那廂卻是笑到眼淚都流出來。

「啊呀——抱歉，我沒想到妳把我想成那種人。」

「你……你這話什麼意思。」

「反正那種恐嚇對我的效果有限啦。妳要不要想點別的手段？」

其實入江全無惡意，樹里卻認定入江的笑是在愚弄她。

「等著瞧，我一定會讓你後悔！」

見她一副咬牙切齒的模樣，入江這才止住了笑意，頷首道：

「手下留情啊。」

得理不饒人是入江的天性，但在樹里聽來，恐怕被解讀成了嘲弄加挑釁。

回到房間，解下手銬，入江獨自看著手掌。

朝那些大小均一的鹽粒凝視了一會兒，他將鹽粒拍掉，自言自語道「反正跟我無關」，便往床上躺去。

對方拿家人來威脅他，他也不會動搖，全是因為生長環境所致。

「實在搞不懂……」

——親人死了會那麼難過？

考上大學之後，入江便沒再見過家人，不知道他們有沒有熬過鹽害，總之他們在他心目中還不夠格當人質。入江甚至有自信，就算他們在自己面前被殺，他也不會受到打擊；相對的，入江若受到同樣遭遇，他的家人也不會特別難過。

「真要找一個的話……」

苦思了一會兒，他只想到一個不甚理想的人。那個姓秋庭的男人大概勉強可說是入江唯一的朋友，但入江怎麼也無法想像那人被抓來當人質的畫面，反而是樹里若將歪主意打到秋庭身上，她自己的安危才教人擔心。

再進一步想，假使他們改用秋庭的弱點作為人質要脅他，那麼秋庭也許會「勉強」看在長年的損友之誼上「勉強」同意，否則——誰敢拿那種事要脅秋庭，根本就是在跟他玩命。入江以前曾用過這一招，秋庭當時還拿監護人的責任當幌子；這會兒那兩人早就不只是監護人和被監護人了，若還要秋庭再為了損友而犧牲所愛，他恐怕會先趕來斃了自己。

「所以啦，就算他們把目標放在真奈身上，秋庭也會自行解決的。」

大致把樹里可能下手的線索想過一遍，沒一個可行的。

得到結論後，他終於發現這大白天裡實在沒事可做，奢侈的清閒頓時化為睡魔，不一會兒便將他擄了去。

＊

入江在高二時和秋庭分到同一班。兩人在班上都有些特殊，所以入江一開始認識秋庭時，也只把他當做自己之外的另一個怪小孩。

秋庭好像也有同樣的觀感，不過兩人都不把這一點當回事，所以直到很久以後才知道彼此的這個想法。

秋庭天生一張臭臉，同學們都有點怕他，入江雖然沒到那個地步，但大部分人也不會主動親近他。當時的入江已經擁有今日這般惹人怨的口才與性格，加上課業等各方面表現令周遭的人產生距離感，便把他當成高高在上的神明，敬而遠之。

秋庭第一次跟他講話時，大概只是因為他們坐得近。

「別把事情搞大。」

所謂的「事情」，是從一個學妹的告白開始的。入江拒絕那學妹的方式太冷淡，引來別班女生們莫名其妙的抗議，結果入江將她們全都罵哭了趕走。

剛被那一群女生煩完，又被秋庭這麼一說，入江的口氣馬上惡劣起來。

「你這是忠告？還是教訓？你有資格管我嗎？」

入江以為他是看不順眼才多嘴，心想要是他接下來就講什麼別讓女孩子哭之類的狗屁話，自己就要狠狠削回去。結果秋庭的回答大出入江意料之外，令他愣了一下。

「不是耶？只是拜託你而已。」

這麼答時，秋庭仍舊讀著手中那本包著書套的新書，只在語氣裡流露出些許厭煩。入江後來才知道，那是一本跟航空學有關的書。

「你們在旁邊叫啊吵的鬧成那樣會影響到我。你總沒資格要求我離座吧？」

秋庭一派淡然地主張著自己的權利，聽得入江直點頭。

「原來如此，有道理。」

在入江的經驗裡，很少有人事物會令他心生「意料之外」的感覺。

「人跟人起糾紛當然很吵啊，我又不能去關教室的門。你們要不就去外面吵，不然就別讓她們吵，隨你便。」

「你說得對。是我不好，我以後會注意的。」

站在秋庭的立場，他只是不耐煩自己一再受到干擾而已，要是他知道此刻的言詞讓入江覺得與他意氣相投，他大概寧可一直被煩也不會開口講這麼多話。

說來一直都是入江覺得欣賞對方，所以三天兩頭地找他攀談。但兩人一聊起來，秋庭倒也不像他外表那般沉默寡言，且他們的話題極廣，幾乎是什麼都能聊，除了家庭的話題以外。

照秋庭自己的說法，他家裡只有一個老爸，而父子之間似乎正在冷戰。做兒子的想進航空自衛隊開飛機，同樣是航空自衛隊飛官的老爸卻極力反對，反對的理由則是妻子因車禍身亡時自己正在進行飛航訓練，連妻子的最後一面也來不及見到。

「他還不是繼續幹航空自衛隊？話都是他在講。」

就這麼一次，秋庭講了一句勉強算是抱怨父親的話，這段父子之情看來是滿複雜的。自衛官常常調任，所以秋庭從高中起就在外頭住宿，幾乎不跟父親聯絡，父親也都沒來找他。

自家關係不好，秋庭因此也不主動問起入江的家庭，這一點反而讓入江覺得很自在。

在入江的心目中，從他懂事開始，家庭就是「表面敵人」、「潛在敵人」或是「非善意中立者」的代名詞。並不是他對家庭觀念有任何曲解，而是單純的家風問題。

豪門必有恩怨，血緣關係往往只是猜疑和鬥爭的溫床，不是溫暖的親情。假使只有血緣因素，爭議也許不至那麼大，偏偏入江的母親是繼室，父親卻是名正言順的當家繼承人，這一切令他對血緣之親完全失去了幻想。

入江沒別的優點，就只有成績優異和那一副足以向任何人誇耀的外貌，不只讓父親把這個兒子放進眼裡，也讓他成為家族中最顯眼的攻擊目標。

除了極少數的例外，入江與親族們從不做非必要的互動，所以他對周遭的其他人也是如此，對朋友更是不多奢望。

從這樣的成長背景出身，秋庭幾乎是他第一個看得上的外人。

秋庭在學校裡表現出來的那種冷漠與疏離，加上刻意與人劃清界線的性格，對入江而言反而成了一樁美德，畢竟他身邊多的是執著於世俗的人，秋庭的這種淡泊反而難得。

連同往後發生的事，秋庭大概會把這段緣分認定成麻煩吧，但是入江才不管這麼多。這是他頭一次對別人產生興趣，比起對方的意願或苦樂，他覺得追求這份樂趣比較重要。

脫口就說樹里幸福，也不是為了諷刺她。

那純粹只是一個發自內心的率直感想。當然，入江不懂那份幸福的崇高，自然也不了解樹里的失落。

既然無法體會她的失落，要入江為此背負罪惡感就更不可能；要他為自己隨性的行為編織一個冠冕堂皇的理由，於他的美學觀點更不相容。

說到底，入江只會動手做自己想做的事。如此而已。

＊

兩天後，樹里真正明白入江有多麼難應付。

拿家人威脅他好像真的行不通。向他提起某些免於蠱害的親戚，他只是瞪大了眼睛反問「什麼？那些人還活著啊？」暗示要加害於他們時，他也面不改色。假使他是佯裝平靜，那倒還有救，但從許多反應和態度看來，入江顯然是真的不感興趣，一點兒也不想知道那些親戚的安危。

這個人到底有什麼弱點呢？

唯一見他面色有異，只有在提起某個高中友人的時候。入江神情嚴肅的這麼說道：

「看在妳爸是因我而死的份上，我有責任給妳忠告，唯獨對那小子，妳千萬不要隨便打歪腦筋。我想你們早查到了真奈的事，不過就某種意義而言，那女孩等於是核彈發射器的開關。若要搞非法私鬥，秋庭絕對比你們在行，還會整到你們每一個都倒下為止。話又說回來，就算你們敢冒險這麼幹，也一樣威脅不了我，因為真奈對我而言也沒有那個價值。」

「你要害死朋友的情人還敢說這種話？」

「妳在胡說什麼？殺她的人是妳又不是我。秋庭可能會恨我，但那是我個人的問題，而那傢伙在罵我之前就會先把真兇揪出來掐死的，我想。啊，不過他有點濫情主義，大概不會對小孩動手，柏木老弟就肯定逃不過了。不如這樣吧，妳自己衡量一下，看看是拿真奈當人質的好處多，還是讓柏木頂罪的風險大？」

最後反而變成入江在恐嚇他們了。嚴格說來也不算恐嚇，入江只是點出事實，根本沒有阻止他們的意思，是樹里自己被他講出來的那一番理論給嚇著而已。

「大小姐，我們是不是改變談判方式比較好？」

柏木含蓄地建議道。

「我想他是個吃軟不吃硬的人。我們不如先為限制自由的事向他道歉，再請求他的協助，您看如何？」

「別搞錯了！」

樹里遷怒似的對柏木大吼：

「你聽好，我根本沒什麼好去求他的。我只是要折磨他，可不是為了要他屈服。」

「但就現況而言，我看他一點兒也不痛苦。」

「所以才要找出能令他痛苦的弱點啊！」

樹里急躁地反駁，柏木的眼神忽地陰沉起來，嚇得她心頭一涼——我是不是惹他生氣了？戰戰兢兢地打量著，她發現柏木只是皺起眉頭，表情卻是悲傷的。

「您還這麼說。萬一耽誤了治療怎麼辦？」

柏木那打心底憂慮的神情令樹里有些掙扎，但她就是說不出讓步的話。

「反正早就來不及了。就算馬上開始研究也不可能找到治療法。反正我就是要在死以前看到那傢伙受折磨，而且……」

說到這裡，她猶豫了——在那之前，只要你肯待在我身旁就好——但她沒有勇氣說出口。

「而且？」

柏木催促道，卻被樹里瞪了一眼。

「沒有啦，我不想說！」

柏木沒再追問，只是以一副沉痛的眼神望著她。

從懂事開始，柏木就在家裡了。

柏木的父親是江崎家的傭人總管，聽說柏木從孩提時就常在江崎家出入。

聽大人們說，樹里出生後很黏柏木，父母親也覺得並無不妥，便順理成章地將他當成小女兒的玩伴兼保母。

他們離婚時，樹里才十歲，只知道是母親喜歡上父親以外的人，想要離開這個家。他們沒有為監護權而爭執，因為母親不想讓樹里妨礙她的新生活，只是兩人在分手前的激辯還是不小心傳進了樹里的耳裡。

「媽媽說她不要我。她是不是討厭我呢？」

大人們都避著她，她只能找柏木講。

「不會的。」

當時柏木已經是大學生，懂得對這位小小的千金用詞恭謙。也或許是柏木的父親指點過。

「大小姐出生的時候，夫人非常高興啊，還一再吩咐我，要我跟小姐當好朋友。要是她不疼愛您，她就不會那麼交待了，對不對？」

「可是她現在要把我丟下啊。如果她喜歡我，不會想帶我走嗎？」

事實上，定和很堅決地要女兒的監護權，只是做母親的沒有表現出不捨，讓樹里很受打擊。

「夫人現在正為了自己的事情煩惱，大概顧不到其他吧，我想她不會討厭您的，只是眼下只能先顧好自己而已。所以我想，您就不要多指望她了吧。」

這樣的道理對一個稚齡的孩子而言實在殘酷，但樹里也因此明白自己不得不放棄母愛。懷著心中的疑惑和對失去的恐懼，她的心情越發往悲傷的方向去，淚水也止不住的流下。

「柏木，你喜歡我嗎？你會不會像媽媽那樣丟下我不管？」

當時的樹里年紀太小，不知道自己是在要求柏木來彌補自己被母親捨棄的痛苦，也不懂這麼做是不合情理的。

柏木單膝跪在地上，靜靜地抱住小小的樹里。

「喜歡啊。只要大小姐也喜歡，我就會一直待在您身旁。」

現在的樹里已不敢像當年那樣向他撒嬌。她想講的話其實和當年一樣，心情卻是完全不同。她再也不能毫不介意地攀在他身上，被他抱起時也總是不免多心。

所以樹里只能把一切都賭在入江身上。

*

賭局進入戲劇性的尾聲，是在綁架入江的第五天時。

拿到王牌時，樹里覺得自己贏定了。這下子她就能隨心所欲的擺布入江了。卻在亮出王牌之後，她發現自己把事情想得太簡單。

入江始終沒有屈服的跡象，也無意抵抗或加害樹里，所以他從第三天起就沒再戴手銬了。反正樹里已經知道柏木總是偷偷的替他解開，這樣被瞞著的感覺更不愉快。

把入江叫進房裡，照例讓柏木退出去後，樹里立刻拿出剛弄到手的王牌。

「看你還敢不敢不聽我的。」

一張照片遞到入江的面前。

入江的臉色變了。應該說，他的表情忽然淡了。

贏了。她想。

「聽說你喜歡這個人？」

照片裡是個端莊文靜的女性，模樣卻不怎麼起眼。

她是入江的遠房親戚，比入江年長兩歲——調查報告裡寫著她的基本資料，也寫了她和入江之間的一段過去。

「你們是兩情相悅，可是你父親硬是為了拆散你們而逼她嫁人？真可憐。」

入江的父親是大房當家，女方家無從拒絕當家的安排。在那個講究門第的世界裡，一個人的戀愛或婚姻都由不得當事人做主，以家族利益為優先也是天經地義。不要說適婚年齡的人了，就連樹里都有親戚上門來談過；當然，自從她父親被捕入獄後，這種話題就跟她無關了。親族中願意接納她的，後來只剩下外公一人。

「人家現在有個美滿的家庭，要是為了你而毀於一旦，你打算怎麼賠人家？」

見入江沒答腔，知道他心中正在煎熬，樹里覺得好痛快。這種沉默往往意味著被抓到把柄的焦躁，要不就是舊傷疤被揭開的痛楚，反正只要能折磨到他就行。

接連失去外公和父親，樹里當時痛苦過，現在也該讓入江嘗嘗同樣的滋味。

「說句話吧？」

樹里的語氣裡挾帶著勝利者的從容，而這也是入江自見到照片後的首度回應——他抬起頭看著樹里，臉上顯現前所未見的溫暖笑容。

「啊呀，厲害厲害。真沒想到你們有本事連那麼久以前的事情都挖出來哪。」

一面打哈哈，入江一面將照片放進自己的上衣口袋。

「到我家走動的那些人之中，我只跟她談得來，也只對她坦誠。也許是因為她家是整個家族中最旁支的吧，總之家族鬥爭之類的事不會找上她，所以跟她在一起會讓我感到平靜。我們也沒有多麼要好，是我比較依賴她而已，只有我父親不高興，覺得她配不上我們家，就趁我還沒一頭栽進去之前先下手收拾人家。他們大概以為把她嫁給別人就能讓我死心，卻用這種理由左右一個女人的一生，我父親真不是個東西，妳說對吧？」

入江的饒舌猶如怒濤，樹里連插嘴的空檔也找不到。

「當然啦，我就跟老頭子說，只要你不逼她嫁人，我就不再跟她見面，只不過男未婚女未嫁的，老頭怕我意氣用事跟她私奔，所以最後還是沒答應我。囂張吧？算啦，她現在過得幸福，我心裡也就過得去了。話說回來，難得她熬過了鹽害，要是這會兒為了我而打亂她的生活，我就算死一百次也賠不了人家。」

說到這時，那一抹笑容中的暖意漸漸褪去——褪盡溫情之後的笑容，只有殘酷的氣息流露。

「既然人質是她，那麼我只好聽妳的了。」

這雖是入江頭一次展現服從的意志，樹里卻反射性地將輪椅往後推。然而，入江的腳步比她更快。

「不要……！」

在她的腳邊蹲下，入江毫無顧忌地掀開她的裙子和蓋腳毯，另一手捏上她的右腳腳踝。

「你做什麼？住手！」

樹里拚命按住裙子，卻見入江冷笑。

「妳這種洗衣板才激不起我的情欲呢，別往自己臉上貼金了。妳的鹽害不是已經發病了嗎？我總要先看看鹽化的程度啊。鹽害都是從四肢末梢開始的。」

入江的手從她的膝下一路往大腿上移，到處都摸遍捏遍，像是十足的例行公事。也不知是不是他的體溫特別低，那隻手格外冰涼。

「妳說症狀是從十個月前開始出現的？那這邊怎麼還這麼軟呢？這裡也是。」

他的手繼續往大腿內側伸去，忍耐的極限突然到來。

「放手！我叫柏木來哦！」

「叫啊！」

見他應得乾脆，樹里愣住了。入江知道樹里不可能在這種時候把柏木叫進來，因為她不願意自己的這副模樣被他看見——至少得讓她整理一下儀容。

「再來左腳。妳鹽化到哪裡，自己有感覺嗎？」

聽得此問，樹里卻沒法回答。在下肢移動的那雙手雖然不帶一點感情，卻也全不顧慮她的感受，光是要忍住那份羞赧就令樹里無暇他顧了。

「換手臂。上衣脫掉。」

樹里活像被當成一具人偶，任入江草率地撥來擺去，身上穿著的短外套也被三兩下剝掉。他的手勢又快又狠。

「雖說鹽害無法可治，其實我有想過幾種可能方式，只是沒試過，也就談不上心得……」

無視於樹里的抗拒，入江輕而易舉地將她按在輪椅上，淺淺笑道：

「切除鹽化的部位不知會怎麼樣？我一直想試試呢。」

樹里心中一寒，因為入江的微笑充滿了期待。

「妳若只想保命，這個方法倒值得一試。乾脆雙手雙腳都截掉，變成不倒翁如何？還是先從雙腳？反正妳也用不到它。不用擔心，妳是手術病例，術後有國家養妳一輩子，另外再請對妳百依百順的柏木老弟來當看護，這就萬無一失了。」

要截到哪裡呢？入江自言自語道，一面又把手伸到她的腿間。

「這邊有感覺嗎？」

他在樹里的大腿上又按又捏，像是要找出鹽化的部位。

這個人是真的想讓她截肢。

「不要……！治不好也無所謂……我不會對她下手的！」

「那可不行。」

入江笑瞇瞇的。

「我要是不把妳的鹽害治好，萬一妳哪天又反悔，她豈不是又要遭殃？」

這道理是一樣的。就在他自己剛才提起的往事中。

男未婚女未嫁，老頭怕我意氣用事跟她私奔，所以最後還是沒答應我。

按著這樣的說法，入江的父親最後還是逼那名女子嫁給了別人。既然如此，做兒子的入江有什麼理由不借刀殺人？

「沒有治好妳的鹽害之前我絕不回去。放心，我也會跟柏木老弟講的。」

入江的手不再冰冷。那溫度已經和她的雙腿相當了。

「對不起，我向你道歉！拜託你住手！」

她竭力尖叫。叫聲還在耳畔，房門猛然打開。

「你……你在做什麼！」

柏木快步走近，聲音裡有一股從未聽過的怒意，卻見入江忽地拋出一樣東西。柏木反射性的接住，表情訝異起來。

「裡面裝的是食鹽。」

樹里大驚，望向被入江脫下的外套。她裝在口袋裡的小鹽罐不見了。

「你在這個房間裡看見的鹽粒全都是從那兒撒出來的。人體鹽化後剝落的結晶顆粒大小不一，才沒有這麼一致。」

「不要……！」

不要說——她想這麼求，但入江是不會聽的。

草草拍落樹里腿上的凌亂裙襬，入江往沙發上一坐。

「這孩子根本從來沒受到鹽害，除了長期假裝染病害得雙腿萎縮以外，她可健康得很。發育期的孩子將近一年沒有好好走路，當然連站起來都會吃力。別的不說，受到鹽害的人哪能撐得了十個月？況且鹽害又不會使運動能力麻痺。也許你們以為鹽化之後就不能動了，實際上我們那裡還有個犯人在完全鹽化之前上演過全武行大逃殺呢。」

樹里模仿的對象是外公，但外公的不良於行應該和衰老有關。此刻的她不敢面對柏木的驚愕眼神，一個勁兒低著頭。

「所以啦，既然沒得病，她當然不急著要我治療。不過她執意要找出我的弱點，好像也不單是為了報殺父之仇。」

「我說要折磨你，可不是騙人的。」

樹里說著，仍然低著頭。

「我只是想要你受到同樣的傷害。」

她想發洩父親被奪走的那股恨意。這是真的。

「不過，不光是那樣而已吧？當妳能夠要脅我時，妳打算瞞著柏木老弟，叫我讓妳染上鹽害，是吧？」

「為什麼……為什麼要這麼做？」

柏木怔怔道，也不知是在問誰。入江不耐煩起來：

「我哪知道？你家大小姐的想法既偏激又不可理喻。」

他的措詞極為嚴苛，聽來卻是句句入真。一想到柏木在旁邊都聽見了，樹里越發無地自容。

在這之後，沒人再開口說話。對樹里而言，這是一段凝重得令她抬不起頭的沉默。就在這時，響起了一陣敲門聲。

聽不到應答，門外的人等了一會兒才謹慎地將門打開。一個年約四十的婦人探頭進來。

「請問……有一位訪客，說是來接入江先生的。」

「噢，我馬上去，叫他等一下。」

入江邊說邊從沙發上站起來，好像這間屋子的主人是他似的。剛要朝門口邁步，他又轉身向樹里走去。

入江大步走到樹里面前，抓著下顎扳起她的臉。樹里躲不掉，只能把眼光瞥向別處。

「還敢誇口說他會忠實服從妳的命令，結果呢？原來是這麼不堪哪。想說的話講不出口就利用我，再等一百年吧妳。我最受不了為了別人而被利用——雖然我自己很愛利用別人就是了。」

原來，在這段期間裡，入江在回應那些威脅與責罵時已經是對她手下留情了，因為他此刻的口吻和平常一樣輕率，吐出來的話語卻像針一樣尖銳。

「而且妳居然一開始就把自己的弱點全晾出來，腦筋有沒有毛病啊？要害曝光還在那兒得意，自以為佔上風？搞滑稽也要有限度。我現在回去，這次就放過妳，下不為例。妳要敢有下次，我會讓妳知道沒有弱點的孑然一身是什麼滋味！」

聽得此言，樹里才發現自己早在一開始就有把柄落入對方手裡。

「對不起，所以……」

原諒我——

「一個被寵壞的小孩道歉，妳以為有價值嗎？」

「請你住手！」

柏木衝上前來，猛然拉開入江的手，不讓他再揪著樹里。

「大小姐的行為全由我一個人負起責任。我一開始應該跟您說過了才是。」

一見這個狀況，入江的表情立刻冷了下來，像是掃了興頭似的。

「隨便啦，真夠蠢的。你們愛怎樣就怎樣好了。」

說著，入江轉向房門口走去。

「拜拜，幸福的大小姐。」

丟下一句諷刺的道別，入江頭也不回，擺擺手走出門去。

外公死後，僕役們陸續辭職，像是約好了似的。老雇主走了，他們沒有義務繼續為他身後留下的外孫女服務。

不過，從江崎家跟過來的人幾乎都沒走。他們原先的雇主是定和，雖然被捕入獄，但至少還在世上，等到刑期結束就會回來，所以樹里就等於是他託付給他們的。

結果定和也死於鹽害。

樹里每天以淚洗面。就在她快要哭累時——雖是帶著歉意，江崎家的傭人也開始一個接一個的來向她請辭。

當家過世，心裡難免不踏實；讓一個未成年的孩子繼續雇用，心裡總難免不安——理由諸如此類。

無可厚非。樹里雖是遺產的繼承人，但終就是個無行為能力的小孩；他們的聘約是跟定和簽訂的，不是樹里。即使私底下同情樹里，她畢竟是別人家的小孩；他們沒有餘力為別家的小孩顧及這許多。

妳想柏木先生會待到幾時呀？

她聽見幾個準備辭職的清潔婦在聊天。

他接的是他父親的位子，不過時局這麼糟，主人又死了，他總不能一天到晚跟在小姐身旁吧？又還年輕……

就是說呀。拖著一個包袱要怎麼談戀愛、怎麼成家呀？況且他也沒義務要照顧她。

再怎麼盡道義，也不能為了別人的小孩犧牲自己的人生嘛。大小姐的運氣真差，竟在這種時局裡落得無依無靠了。

要是柏木先生不在，她該怎麼辦唷。

清潔婦們沒有惡意，那些肆無忌憚卻在樹里頭上打了一記悶棍。

是啊，我憑什麼以為柏木不會走呢？憑什麼以為他會在人人都離開我時留下來陪我呢？

柏木和樹里之間又沒有聘雇合約。縱使基於個人同情，她畢竟是別人的小孩。柏木和其他傭人一樣，有選擇離開的權利。

聽到那些對話時，樹里心中已經認定柏木遲早會離去，也知道自己無權阻止。

她不敢叫他別走，因為這麼說更像是在提醒柏木——說不定他還沒發現自己被樹里牽絆著。

萬一柏木察覺，他恐怕馬上就會離開，就像那些表面上同情她、卻還是相繼辭去的大人們。待在我身邊。我喜歡你。要是我年紀夠大，講得出這種話，那該多好。

從那之後，她每天絞盡腦汁想著如何留住柏木。然後她想到了——

柏木個性溫柔，只要我的處境堪憐，他就不忍心丟下我了。

既然近親就有兩名鹽害的犧牲者，那麼用鹽害當做藉口便不會有人起疑。

求求你，在我死以前都待在我身邊。

柏木當然點頭。這個謊話一撒下，時間便開始一分一秒地追著樹里。

謊言若是拆穿，柏木一定會吃驚，然後會氣我吧。可是我不後悔。傭人們一天比一天少，我若不用這個謊話留住柏木，他不可能在這兒待到今天。

就在這段期間，樹里得知父親染上鹽害的真正原因。

她既心痛又憤怒，決心不原諒對方。

這個害她失去父親、連帶害她即將失去柏木的人，當然欠她一份人情。她要借助他的力量留住柏木。

那個人既然能令父親受到鹽害，一定也能讓樹里染病。只要發病，這謊言就不再是謊言了。

「在我死以前都待在我身邊」這個請求，從此也會更加具體。她不要求他一輩子陪伴，那樣太沉重了，就讓鹽害來縮短這個期限，柏木一定也不會嫌麻煩。

減壽有什麼關係。只要活著的時候有在他身旁就好。

結果就誇口說他會忠實服從自己所有的命令。

那譏諷太苛薄。謊言被入江拆穿後，樹里成了一個卑鄙的膽小鬼，只會威脅別人來達成自己的願望。

「對不起。」

入江嘲笑她，說一個被寵壞的孩子道歉是沒有價值的，道歉卻是樹里如今唯一能做的事。

她不敢抬頭看柏木的臉，賠罪的言語只能落在膝上。

「您怎麼做出這麼過分的事情呢？」

那鎮靜的語氣令樹里更加心虛。

「怎麼可以這樣對我呢？」

柏木已經來到她面前，屈膝蹲到與她一般高度，令她逃不開他的視線。她不停的說抱歉，嗚咽卻哽住了聲音。

「那些人不懂得避諱，讓您聽見不該聽的話，您當我跟他們一樣嗎？若不用這種謊話來逼我，您以為我就會走嗎？」

柏木在責備人時就像在勸諭。那口氣從以前就沒有變過。

「想要東西的時候，要說什麼？」

比起忙碌的父親，柏木責備樹里的次數更多，但他沒教過她說謊，也沒教她脅迫別人。

「你不要討厭我……」

淚水一直止不住，但她想起柏木以前說過的話。

想要得到東西的時候，得誠懇地請求對方。

「就算我沒得鹽害，你也要一直陪我；就算我不可憐，你也不要拋棄我。」

「我也有一件事想請求您，可以嗎？」

柏木說時，用他的雙手覆住樹里緊抵在腿上的手。

「請您別再撒這種謊了——不要再騙我說您快死了。」

帶著責備之意的眼神是那樣嚴厲，卻令她頓悟自己是多麼的被重視。

她還想說些什麼，卻只能發出哭泣聲。柏木緊緊抱住她，那懷抱似乎比以前多了一分生硬。

*

豪宅正門前停著的那輛軍用車裡，老友正在駕駛座上等著。

「嗨，不好意思，讓你跑一趟。」

「還不都是厚木的人跑來哀求。」

秋庭冷冷應道。

「一群人嚇到六神無主，說一直找不到你的下落，再拖下去責任他們扛不起。那些傢伙就是缺乏小道消息的管道。不過你早就可以聯絡到我了，幹嘛窩到今天？」

「哎唷，做人情哪有嫌多的。」

入江一坐進車子，秋庭立刻開走。

「你愛去哪兒瞎攪和是你家的事，不要把我拖下水。我被海巡推出來收你的爛攤子，你也替我想想。」

「謝天謝地啊，有朋友真棒。」

「你媽的，我把你踹下去哦。你當我喜歡來啊？」

素來以高級別墅區而聞名的小城位處高地。軍用車在下坡道行駛著，豪宅漸漸融入後方的景色中。

「結果人家是為了什麼事情而請你來渡假啊？」

「嗯？有點像是給小倆口吵架助興吧。」

見秋庭訝異，入江大笑。

「處理老少配的情感糾紛好像跟我特別有緣。」

「我不記得有什麼糾紛叫你處理過，別把我算進去。」

挨了一記悶棍，秋庭沒好氣的嘀咕道。

「反正你只是好玩吧？去湊熱鬧加蹚一攤渾水。」

「哇啊怎麼這樣講？我幾時做過那種事？」

「你以為很少嗎？多到讓我記不清啦。」

半年不見，秋庭說起話來仍然是這個調調，一點兒也沒有老友重逢的親切或歡欣。不過這就是他。

摸到口袋裡的硬紙角，入江把那張照片拿出來看。相紙的右下角印著最近的日期。

快十年了。

她還活著。入江推算著她的年紀，那幾分憔悴也許是為了世局的變故，不過相片中的她看來就是那個年歲該有的模樣。

「那是啥？」

秋庭問道，卻是一副不感興趣的口吻。入江便也半假半真地答：

「是我的初戀兼唯一的情人。」

大概是當成胡說八道，秋庭只是苦笑道「是哪來的妖怪？」言下之意，好像只有妖魔鬼怪才敢跟入江談戀愛。

「這個嘛，反正沒長角也沒長尾巴就是了。」

說著，入江竟動手將照片隨意撕碎，令秋庭更覺得他是在開玩笑。

他把碎紙片往敞開的帆布篷外一撒。

「喂，別在路上亂丟。」

聽見秋庭罵道，入江又笑了。

「才不是亂丟。一種悼念吧。」

「什麼歪理。」

秋庭皺著眉頭咕噥，繼續開車。

Fin.

鹽之街 debriefing

旅程的終點

現在還會偶爾想起。

*

那既是夢，又是浮光掠影的記憶，總在日常瑣事中不經意地想起。

——真奈被秋庭撿到、第一次跟著他回到公寓的那一天。

簡要地說明屋裡的格局後，秋庭指著浴室：

「反正妳先去洗澡吧。肥皂什麼的隨便用，櫃子裡的毛巾都是洗過的。」

真奈確實想快點兒把自己洗乾淨，而他好像都知道。

啊，可是換洗衣服怎麼辦？她逃出家時只有身上穿著的衣服，後來在配給所領過一些內衣褲之類的，但在剛才的意外與逃跑過程中已經不知丟到哪兒去了。

真奈不知所措地走進更衣間，聽見秋庭喊了一聲「等等」。他走進另一個房間，一會兒之後回來，朝真奈拋出某樣東西。真奈反射性的接住，是一個白色的女用旅行包。

「妳隨便找能穿的拿去穿。應該有幾件洗過的才是。」

秋庭說完又歪頭想想：

「應該有吧……不過那女人很邋遢就是了。」

聽得出以前住在這兒的女子個性如何。

關上脫衣間的門後，真奈打開旅行包，裡面果然是一團亂。

把衣服裝進來的人大概已經很努力了，她將洗過的和未洗過的分別塞在袋子的兩端，可是每一件都胡亂捲成一團，根本看不出界線在哪。真奈怯怯的嗅著，將聞起來有洗過味道的挑出來。

胸罩大概不行。她一看就知道尺寸太大，試都不必試。

內褲大概還可以。旅行包的主人穿的是L號，平常穿M號的真奈勉強可以穿。

她將那些沒洗過的丟進洗衣機，小心地和洗衣槽裡其他的衣服混在一起。當然，這裡不會有洗衣袋之類的東西可以給她用。再將自己脫下的衣服和內衣褲往洗衣槽的底部塞，真奈馬上衝進浴室。

打開蓮蓬頭，讓熱水從頭頂澆下，拿一條櫃子裡的毛巾，沾了肥皂就拚命的搓身體。

毛巾太軟了，她覺得洗不乾淨，真想拿去角質用的沐浴巾來刷到皮膚泛紅為止。毛巾桿上掛著一條沐浴巾，可能是秋庭用的，但這種東西是個人用品，她畢竟不敢借來用。

沖掉肥皂沫，她仍使勁兒的擦乾身體，直到令自己滿意為止，然後穿上湊和的內褲，開始為上衣煩惱。秋庭雖是救命恩人，她終歸不敢不穿胸罩就走出去。真奈在衣服堆裡翻找了好久，甚至差點兒著涼，最後決定在裡面穿一件深色的細肩帶背心，外面再罩一件已經洗鬆了變形的長袖運動衫，勉強讓自己妥協了。

秋庭知道她有這層困擾，後來就到同棟公寓的幾戶空屋裡替她張羅了合身衣褲，沒讓她因此煩惱太久。

不過，那個旅行包的主人是誰呢？

這個問題就像泡泡似的，和入江講秋庭的那句「對女人的口味變了」，偶爾會一起浮上真奈的心頭。

他所說的「口味」，究竟是什麼意思呢？

至少一定是身材更好、胸部更大的。這一點真奈可以確定。光看那個旅行包裡的衣服，無論是尺碼或款式，都是對身材極有自信的人才敢穿的。

一定是個跟秋庭年齡相近又成熟的女人吧。

會不會是女朋友呢？

她覺得她是被秋庭珍惜的。現在的秋庭偶爾會親吻她，偶爾會講一些語意含糊的話，聽起來也勉強可以解釋是喜歡的意思。

可是，關於她在他心目中的存在或份量，她從沒聽他明確提起過。

被問起他們是不是情侶時，真奈總不敢堂堂正正的答「是」。

她頂多說「是我喜歡的人」。

秋庭願意陪伴在她的身旁，她並不懷疑他的心意，可是每當想起以前的那些事，心底總是有些不安。

我是秋庭先生的什麼人？只有他們兩人時，她覺得應該可以問，秋庭大概也會直率地答，可是每每又臨陣怯場，問不出口。

身旁的人都說，每次有人拿真奈的事向秋庭尋開心，秋庭就會板起撲克臉來掩飾自己的難為情，然而真奈聽了也只能笑笑帶過。

＊

鹽害發生的第三年初夏，臨時政府發表聲明，表示國內的結晶已經全數處理完畢。

「……還真的事情一解決就溜得不見人影。」

秋庭回到伊丹營區的家庭宿舍，一進門就喊了這麼一聲。

「在說誰？」

真奈問道。配給日趨穩定後，她總會煮一頓比較豐盛的晚餐，然後等秋庭回家，這已經成了習慣。

「入江啊！」

秋庭答道，一面脫下代替工作裝的迷彩服。

「咦──他不是一直都在立川當臨時司令嗎？」

「臨時政府都說結晶已經處理完畢，下一個聲明大概就是鹽害時期的結束吧。入江在自衛隊裡的立場本來就很微妙，手上又掌握了一大堆不能對外洩露的內幕，幕僚部大概以為把他收做幹部就可以納入軍方的監視之下，但那小子當然不可能乖乖任人擺佈。他大概看準了現在正是開溜的好時機。」

「入江先生會跑到哪裡去呢？」

「不用替他擔心啦，像他那麼任性的人，走到哪兒都會活得好好的。」

「說得也是。」

真奈也老實的同意道。

「然後我又接到異動命令了。這次是百里基地。」

真奈遲疑了一會兒，接口道：

「是老地方呢。」

她知道秋庭曾經做是航空自衛隊的逃兵，當時的他就在百里基地服勤。

「回去大概會有點尷尬。」

秋庭苦笑著在餐桌前坐下。

「那你會不會就這麼……」

真奈隨口問道，一面把味噌湯遞過去。秋庭接過湯碗，語氣倒也輕鬆：

「我跟入江那小子可不同，我對自衛隊是有道義也有感情的。那時雖然是我自己跑掉，但後來還是借助隊上的力量來做我想做的事情，現在他們要我幫忙重建部隊，我哪有權利拒絕呢？只是現在要從無到有，至少要弄出飛行員培訓制度為止，不知道要花多少時間就是了。」

秋庭接著問她幾時能準備動身。真奈笑了。

「有個一天就夠了。」

來伊丹的時候，秋庭有交待，說以後會常常調動，沒事不要增加行李。結果這一到任就待了兩年，秋庭的人事異動都以伊丹為中心。

「只是有點遺憾，長官們教了我好多事情。」

最近這一年半以來，衛生科讓真奈去做護士的助手，還常常發兼職薪水給她，金額雖然不多，但總是錢；只不過都是日圓，恐怕還要好久以後才會重新在市面上流通。

「那妳先去跟他們打聲招呼謝謝人家。人家都很疼妳的。」

見真奈點頭，秋庭又說：

「現在到處都人手不足，妳在伊丹做了一年多的衛生助理，他們大概也打算讓妳朝這方面發展吧。要是妳有這個意願的話。」

「希望我還有機會幫忙就好了。」

執照或資格考之類的制度還沒有恢復，不過真奈和秋庭說過，她希望至少在實務上可以做做護士的幫手。

「這一次也是開車去嗎？」

「花航空燃料錢讓一個自衛官調任，上頭的荷包不會允許的。」

「我喜歡搭車。」

真奈忍不住坦率地說：

「這趟路程就可以看風景了。希望我們不用趕路。」

秋庭放下筷子，在她的頭上輕輕一敲。

「——謝謝妳都這麼聽話。」

答應我，去任何陌生的地方都要矇住眼睛。直到政府宣布結晶處理完畢為止，秋庭始終這麼堅持著。

「上頭沒有催我趕路，稍微繞去哪兒逛一逛還可以，妳先想想要去哪。」

「啊，那……」

真奈抬起臉。

「我想找個地方幫我爸媽弄個墓。」

當做遺物的那兩本書，她仍然擺在身邊。

「那墓碑呢？」

「啊，沒有……還沒有買。」

父母走的時候都還年輕，還不到要為自己規劃後事的年紀。

「我想想，那菩提寺呢？」

「呃，我不知道。菩提寺是什麼？」

「原來妳連這個都不知道？這個——妳家應該是信佛教吧？菩提寺就是有墓園的佛寺，要祭拜歷代祖先時可以去那裡請他們辦……長輩做法事的時候都沒叫你們去參加嗎？」

「我爸是北海道人，我媽媽是在九州出生的，不過他們是在東京相識，我們家也沒去過菩提寺或鄉下老家……普通的小法事大多不會叫我們回去，畢竟路程太遠，他們兩個又都在上班。」

真奈懂事之後，只記得曾為了祖父母的喪事回去過一、兩次，當時自然也沒有那個心思去記住是哪間寺廟。加上兩邊家庭的親戚都不多，現在更是失去聯繫，恐怕只有親自回去一趟才有辦法知道他們的現況。

「嗯——一個在北、一個在南，時間上大概不行。」

見秋庭苦思，真奈連忙揮手。

「不用啦，隨便找個地方就好了。不能立墓碑也沒關係，納骨塔也行。」

「說是這麼說，萬一找了塊地緣上不方便的土地，以後麻煩的可是妳耶。」

秋庭又想了想，重新拿起碗筷。

「算了，我再幫妳想想好了。別擔心。」

這話說完的兩天後，秋庭和真奈就在營區眾人的歡送下離開住了兩年的伊丹營，往東出發。

*

開放交流道的高速公路雖然不只一條，實際上仍然形同公務車輛專用道。秋庭決定走名神高速公路轉東名高速公路——這是真奈為了打發時間而從地圖冊裡查出來的。她的地理還沒有好到可以為秋庭指路。

這一趟不像上次西行時那般動輒繞道他處，高速行駛的汽車一天就可以跑上好大段距離。其實路況要是夠好，包括休息時間都算進去，從東京到大阪也用不到八小時。

秋庭明明說可以稍微繞去哪兒逛一逛的——真奈一面在心裡暗想，一面向握著方向盤的秋庭說道：

「路上連一點鹽都沒有了耶。」

「當然啦，自衛隊、消防隊跟海巡隊全體動員還花了足足兩年啊。」

「看得到風景真開心。」

真奈有點兒故意這麼說。秋庭苦笑，伸手在她的頭上敲了一下。

「放心，我中途會帶妳去晃晃的。」

在那之後，他們或休息或上廁所，一路開進靜岡縣掛川市，秋庭便從掛川下了交流道。

穿過交通號誌復活的市區，兩旁開始出現山林鄉村風情。

「哇，景色好棒！會不會看到富士山啊？」

「我說妳啊。妳不是一直都在看地圖嗎？富士山還沒到。現在這個方向也要一直走到縣境才會看到日本阿爾卑斯山。」

「那我們去東京的途中就會看到富士山了吧！」

「天氣夠好的話就行。不過自衛官看那個都看膩了。」

「今天看得到日本阿爾卑斯山嗎？」

「我們又沒有要去那裡。」

「那是要去哪裡？」

真奈歪著腦袋問道，卻見秋庭用略顯複雜的表情答道「我在鄉下的老家」。

「就先停這兒吧。」

秋庭在一條農業道路旁停下車來。放眼望去，四周都是休耕中的農地，田畦和泥地裡開滿了春天的野花，一旁就有登山步道的入口，後方是一片平緩山勢。

聽見真奈喃喃地說「真想不到」，秋庭訝異地問她是什麼事。

「你看起來很有都市氣息……原來你是在這裡長大的，想像起來有點新鮮。」

「囉嗦，妳還不是一樣，看起來一點也不像是個連菩提寺也不懂的都市小孩。」

「啊，你什麼意思嘛？」

說我不像都市人就算了，什麼都市小孩——真奈嘟著嘴。一天到晚就愛說我孩子氣。

「我都已經——」

二十歲了——還沒說到這兒，秋庭胡亂抓了抓真奈的頭，沒讓她說下去。

「好了啦，妳去那邊摘花來。記得選一些看起來像菊花的，比較放得久。我去砍香花。」

「香花？那是什麼？」

「啊——妳不知道啊？這一帶到西日本都習慣在佛壇前獻樹，那個就叫香花，在西日本好像叫做莽草，不過關東大概不太用這東西。我家的山裡有一大堆野生的，反正機會難得，我想砍一些來供在祖墳和佛壇前。」

「什麼？我家的山？這邊的山……」

真奈指著登山步道的入口。

「都是你家的山嗎？」

「啊——不是全部，只到前面這條稜線。這邊是親戚的墳山，我家只有持分，實際管理都是親戚在負責。」

「秋庭先生，原來你家是大戶……？」

「是大戶我還會逃家從軍嗎？我家也不是大房。這一帶每戶人家都有地有山，沒什麼稀奇，又都是些沒列入開發計畫的鄉下地皮，根本沒有資產價值，好看而已。」

話雖如此，真奈生長在寸土寸金的東京，這種事在她聽來還是很不得了。

秋庭走上登山步道時，真奈開始在田裡摘野花。春天的野花怒放，多得像一處花園，她簡直開心得忘我——從來沒這麼開心過。

對真奈而言，花要不是從花店買來，就是長在路旁的花壇裡，能像這樣揀自己喜歡的、而且是愛摘多少就摘多少，她覺得好有意思。摘了這一朵，便見旁邊有更漂亮的；等到秋庭回來時，她已經摘了滿懷的花。

「妳實在是……一座墳哪裡放得下這麼多的花啊。」

「啊，這樣啊。」

原來這是秋庭掃墓要用的，真奈完全沒想到。

「對不起……我第一次在這種地方摘花，太開心了，不小心就多摘了一些。原來你打算去掃墓呀。」

見真奈俯首消沉，秋庭輕撫她的頭。

「算了，放不下的就分給附近的墳好了。」

「……你們平常掃墓都要這樣摘野花嗎？」

「怎麼可能，平常也都是從花店或超市買來。只是現在不可能買得到鮮花，剛好又是野花開的季節；不過……」

秋庭笑得溫柔，令真奈心中一動。

「妳摘得開心就好。」

「很……很開心啊，真的。」

真奈的心裡突然升起一股使命感，鼓動她強調摘花有多麼快樂，於是她極力地向秋庭表達。

「真的！我好喜歡這樣！」

山勢平緩得連輕裝的真奈登來也毫不費力，一會兒工夫便到了山頂。

正如秋庭所說，爬上來的途中常常看見墳墓，舊的新的都有。果然是一座墳山。

秋庭停下來的地方還不到最頂峰，卻是個日照充足之處。那裡有一座很大的墓，秋庭說那就是他家的祖墳。

「好大的墳墓。」

「是啊，別人家是一個人一個人的建，我們家族則是每房建一個祖墳。大土堆這邊整個都是納骨室，有人過世的時候就從後面那個門裡把骨灰罈放進去。」

他一面解釋，一面走向墓石，眉頭卻皺了起來。只見墳墓一帶都掃得很乾淨，花瓶裡也插著香花。

秋庭把手指頭伸進花瓶裡沾水，拿出來嗅了嗅。

「……怎麼了嗎？」

「水不臭，是昨天或今天才換的。」

秋庭說時，竟將他砍來的香花用力丟到地上。

「哎唷，秋庭先生……」

真奈的聲音裡隱含著疑問的口氣，秋庭卻沒有答腔，逕自走到鄰旁的墓去，同樣聞過花瓶裡的水。

「這邊就是臭的。」

「呃……」

「沒事，妳把鮮花插到我家的花瓶裡去。我來替鄰居的花瓶換水。」

「咦，水去哪裡拿？」

「旁邊那裡就有農業用水。我馬上回來。」

秋庭把左右兩鄰的花瓶都帶走，往一條下坡的小徑走去。

留下來的真奈戒慎恐懼地走上土坡的階梯（雖是男友家裡的祖墳，顧忌總是難免的），將剛摘來的野花插在香花前面。

才剛插滿花瓶，秋庭就回來了。看來水源果真很近。只見他把洗過的花瓶放回原位，將剛才砍來的香花插進去。

「花有多的就放一些過來。」

「啊，好。」

真奈依言將多的野花分過去。

「那個……」

「沒事啦。」

秋庭似乎不想讓她說下去，不過真奈聽得出，他的口氣有些忿忿然。

「那個愛掃墓的可憐蟲待會兒就要回來了。」

愛掃墓。可憐蟲。真奈無法在腦中兜起這兩個語詞的形象。

「算啦！」

又聽得秋庭說道，似乎是刻意讓聲調顯得開朗些：

「要不要把妳爸媽的遺物放在這裡？」

話峰這麼一轉，令真奈既不解又遲疑。

「只不過墓碑上的姓氏不同，這要忍耐一下。放在這裡不會有人來亂動，又有親戚在這兒管理，中元清明的也都會來幫我們掃墓，而且好歹也是我家的祖墳，我們就把原由寫下來一塊兒放進去，不至於讓妳爸媽成為孤魂野鬼。若是想要個戒名或牌位的，也可以請我們家的菩提寺幫忙，或是請他們定期祭拜也不成問題。」

「呃、啊、可是……」

畢竟是自己父母親的後事，真奈不知道好不好如此麻煩秋庭。見他說得順理成章又設想周到，該不該就這樣聽從他的安排呢？這麼做合乎禮數嗎？

像是看出了真奈的不知所措，秋庭苦笑起來：

「老實說，我不知道幾時才能帶妳回妳們鄉下老家，我的身分也沒有大到可以公器私用的地步。公共交通網還沒有恢復，國家也沒那個預算去搶修鐵路跟航空，今天繞路開來這裡算是我能做的最大極限了。我知道妳一直掛記著妳爸媽的後事，所以我想，要是——」

真奈等著他把話說下去，卻見秋庭望著她的後方，眉頭皺了起來。

「——高範，你回來了？」

那沙啞的聲音引得真奈轉頭去看，便見一位約莫五、六十歲的男性——簡直就是秋庭上了歲數之後的模樣。兩人活像同一個模子刻出來的，任誰都不會懷疑他們的血緣關係。

怎麼辦？我現在是不是該打招呼？可是秋庭先生還沒有給我們介紹，就這麼問候人家會不會太冒失？

心慌之餘，真奈只好先向對方點頭致意。

秋庭冷冷的別開視線，沒好氣地說道：

「只是中途順道來看看，事情辦完了還要去百里基地。」

「你還沒辭掉？」

老先生的語氣裡多了不悅。

「快三十的人想幹什麼，沒道理還要老爸來管。」

秋庭氣沖沖地吐出這兩句，就向真奈說了聲「走了」，見她腳步沒跟著動，急起來抓了她的手腕便往下山的方向走去。

從老先生的身旁走過時，真奈看見他一手拎著清潔用具，另一手提著木桶，桶裡裝了不少雜物，大概是香燭供品之類的。

強拉著真奈，秋庭一個勁兒的大步走，差點沒害真奈滑跤。

「秋庭先生……」

真奈喚了好幾聲，他卻不肯停下腳步。

「秋庭先生，秋庭先生，秋庭先生！」

真奈決定一直叫到他肯回應為止。

「剛才那人是不是你父親？是你父親吧？就那樣走掉怎麼好？不行吧？」

「——管他的。反正是個只會掃墓的老頭。」

「你怎麼這樣說……」

登山步道的入口就在前方。秋庭暴躁地甩掉真奈的手，轉過身來。

「一個小鬼少管別人家的閒事！」

她知道自己的表情在那一刻凍結了，因為秋庭的臉上出現了自責和懊惱。

聽見他低聲說抱歉，那聲音有些嘶啞，真奈只覺得自己的喉間也堵著什麼，一點聲音也發不出來。

車子往來時途中見到的休息站開去，一路上都是難堪的沉默。

中間有幾次，秋庭像是想要說什麼，但真奈只裝作完全沒注意。自從他們在一起之後，這種氣氛還是頭一遭。

抵達休息站時已是日暮時分，真奈卻沒有胃口，拿了睡袋就下車了。秋庭大概也不想吃東西，不過還是把背囊帶了出來。

在陸面交通仍未恢復的情況下，這一間公路休息站就和別處的一樣冷清，幸好規模不算小，站內設有淋浴間和娛樂室。相對無語的兩人自動省略了晚餐，直接就去洗澡。

娛樂室的地板上鋪有榻榻米，一張張按摩椅排在牆邊。真奈把從淋浴間和管理室找來的布墊和毛毯等先鋪好，再將睡袋平擺上去。稀奇的是，秋庭今天洗得比真奈還慢。

「我可以睡妳旁邊嗎？」

休息站裡雖然沒有別人，但是為了安全起見，他們在外投宿時總是在同一個房間裡傍鄰而眠，這早已是兩人之間的默契，真奈也都自動將被舖鋪在一起。秋庭故意這麼問，顯然只是沒話找話講。

她知道，秋庭是想製造機會，想收回他一時衝動說出的話，也想為傷害到她而道歉。

可是真奈沒法兒給他溫柔的回應。一聲「請便」聽起來冷冰冰，連她自己都嚇了一跳。

「反正我沒什麼資格或權利去影響你的判斷。」

「……是我不好。」

秋庭的聲音聽起來竟像是呻吟。

「對不起，秋庭先生，我現在做不到好聲好氣。我需要一點時間冷靜。」

秋庭和他父親一定有很深的心結，真奈還不至於幼稚到察覺不出。

但在同時，被那一句話刺出許多傷口的她，也沒有堅強到可以強顏歡笑的地步。

*

自己不過是個小鬼。

卻想管別人家的閒事。

但這件事關乎他還在世的父親。

許多心情，她原以為自己已經超越，如今卻再次湧現。

她註定追不上這段年齡的差距了。真奈長兩歲，秋庭也會長兩歲；即使現在的她已經二十歲，也不代表她離秋庭更近，而這個事實從沒有像今天這般令她心痛。

即使如此，一聲「小鬼」竟能如此傷人，也是真奈始料未及。假使秋庭面對的不是真奈，也不是像真奈這般條件的人，他絕不會說出那種話的。

好比那個白色旅行包的女主人。不管是她，或是任何一個與秋庭年齡相仿的人，都不會從秋庭口中聽到這般拒人於千里之外的輕蔑評語。

就因為是真奈，她一次被貼上了兩種標籤。這一點令她既悲傷又不甘心，偏偏又無能為力。

而且這些標籤還是秋庭貼上的。

少插嘴管別人家的事。

對一個只能藉兩本舊書來懷念父母的女孩，他怎能說這種話？還在她面前和自己的父親吵架給她看？

那是有父親的人才有的特權啊！

卻也是同一張嘴，說出要真奈將父母葬入他家的祖墳。

「好了，饒了我吧。」

秋庭忽然出聲，好像還坐了起來。

「你醒啦？」

「妳在旁邊偷哭，我哪裡睡得著。」

真奈便也坐起身。

「——關於我爸媽的墳……」

「……是。」

他竟老實不二的答「是」。秋庭對真奈從沒用過這種態度，語調中又流露著幾度沉思或反省的意味，令真奈甚至有點兒不忍心再說下去。可是——

「你為我這個非親非故的小鬼費心，我真覺得過意不去，但是這件事只有你說可以，沒問過你父親的意見吧？秋庭先生，如果你和你父親一直都是那樣不愉快，我想我爸媽待在那兒一定也很難堪。以現在的情況，我不能接受你的好意。」

說著說著，她的聲調不自覺顫抖了起來：

「你父親還在世，為什麼你不跟他好好講話？你明知道我跟我爸媽是怎麼死別的。」

說這話時，她重新揭起了許多記憶的傷疤。

當時若是去找他們，有些事也許就來得及，卻因為她不肯正視現實，連向他們道別的話都沒有機會說了；這些懊悔與憾恨，秋庭明明都知道的。

「他活著你就不在乎，所以你才敢跟他吵架，要是他明天就死了，你一定會後悔的。秋庭先生，你父親在叫你的時候，聽起來好像有一點高興，可是你卻懶得跟他多聊聊。這種父親你不要，又嫌我是個小鬼不准我管你家的事，那不如把他送給我吧？如果他做我的父親，我一定會比你更珍惜他。」

真奈……

秋庭喚著她的名字，牽她的手，這回卻是真奈甩開了他。

「不要！」

「真奈！」

「我到底是你的什麼人嘛？」

秋庭流露出退卻的氣息。

「我是個跟你非親非故的小鬼，那你就別再管我了，隨便找個地方把我丟掉吧！我已經二十歲了，不再是小孩子了，也沒有權利再接受你的保護了！」

「我喜歡妳。」

秋庭一把抱緊了她，力道大得令她奮力也掙脫不開。

「妳是我喜歡的女人，是我打算在我們父子和好之後帶去給他看的女人，因為妳以後都會跟我在一起。」

就這麼幾句話，真奈全身力氣都沒了。

在秋庭的心目中，真奈的存在有多少份量？他以前從沒有明白表示，如今不只明確的定位出來，也為了父子失和受她責備而道歉。

真奈忍不住嗚咽起來。聽見她的啜泣，秋庭的臂膀也漸漸放鬆了力量，而真奈也不再反抗，就這麼伏在秋庭的胸前。

「抱歉，我沒想到自己什麼都沒給過妳，結果害妳被一點遷怒弄得這麼不安。我一直以為我們的心意都一樣。」

「你動不動就把我當小孩子，我哪有自信。」

真奈下意識使起性子來，心底卻不由得沮喪，自覺就是這種表現害她被當成小孩。卻在這時，秋庭的語氣聽起來更加煩惱了。

「那妳就體諒我一下嘛。我也要面子，不在妳面前裝大人怎麼行？」

真奈明白他真正想表達的意思，但那些偏執且倔強的話卻沒有停下來，彷彿想藉這個機會一吐為快。

「還有，入江先生又說你對女人的喜好變得跟以前不同，而且你把我救回家的那天曾借我一個別人的白色包包，我到現在都還很介意。你以前的女朋友一定跟我完全不同，一定又成熟又懂事……一定很討你歡心，讓你都不在意她的邋遢。」

唉呀，不是那樣。秋庭苦苦的嘆了一聲。

「以前只是不想負責任，所以我都跟那些不拖泥帶水的女人在一起。她們愛來就來，愛走就走，也都是跟我玩玩而已。」

「所以我拖泥帶水的你就討厭我嗎？」

「不要扯到那邊去啦。」

秋庭像是煩惱透頂。頓了一會兒，他端起真奈的臉，將自己的嘴唇印了上去。往常只限於親吻的示愛，在這一天並沒有到此為止。

真奈覺得，她好像一直都在等待秋庭跨出這一步。

天剛亮時，秋庭已經在等真奈起床了。真奈在晨光稀微中睜開眼睛，看見已經換好了衣服的秋庭坐在身旁，一手輕撫著她的頭髮，神情中頗有逡巡，靜了好一會兒之後，才像是下定決心似的說道：

「……斷絕關係之後，我們已經十年沒見面也沒講話，妳覺得這樣的父子能談嗎？」

秋庭想問的，其實是「還談得攏嗎？」

真奈從睡袋裡一骨碌坐起來，又趕緊將睡袋拉起來遮著赤裸的胸口，一面叫道：

「可以的！我雖然不知道你們之間的過結，但是一定可以的。」

高範，你回來了？

昨天在祖墳前，秋庭的父親喊出了這一聲，其中隱含著一絲極難分辨的喜悅之情。

隱蔽得以至於越是自己人，反而越不容易聽出來。

「秋庭先生，你父親看到你回來時很高興。我聽得出來。我敢保證。」

真奈說得有點兒心急，因為她沒法兒解釋自己是怎麼聽出來的，只好希望秋庭別追問，反正她就是聽得出來。

只見秋庭沉默片刻，終於抬起臉：

「我今天要回家跟我老爸談談，妳要不要一起來？」

「……我一起去，方便嗎？」

「要是有妳在，我覺得我會比較講得出真心話。」

真奈高興極了，這是他頭一次有求於她。

秋庭也深深呼了一口氣，像是放下了心中的一塊大石頭。他既向真奈表明了決心，也就等於逼自己只能往前走。

「好，那我去沖個澡就來！而且俗話說行善要趁早！我們吃完早飯就馬上出發吧！」

真奈拿墊在睡袋下的毯子裹住身體，捧著換洗衣物往淋浴間跑去。

*

「好大的房子哦。」

「鄉下土地多，房子都很大。」

日本傳統的兩層式樓房也許已經不符合現代潮流，一眼望去還是能看得出房屋本身建造得十分堅固嚴謹。

秋庭按響門鈴。不知是對講機壞了還是根本沒裝，只見玄關的拉門直接打開，秋庭的父親就這麼走出來。這兒就住他一個人。

看見是兒子，老先生板著臉不發一語，但也沒有要關上大門的意思。

真奈暗暗在秋庭的背上戳了戳。

「我想他不是在生氣，一定是不知所措而已。」

說完，她又悄聲加了一句：

「就跟你一樣。」

哦。秋庭也壓低了聲音應道，接著便對著玄關喊：

「老爸，我們可以進去嗎？我有事要跟你說。」

沒搭理，老先生轉過身就往屋裡走，不過玄關門還是開著的。

跟著秋庭的父親來到客廳，看得出他常常待在這裡。從客廳向外看出去，緣廊外是經過細心照料的庭院。

「在這等。」

叫秋庭和真奈在矮几旁坐好後，秋庭的父親以還算熟練的手法泡了茶，端到桌上來，對女客說道：

「我沖茶都是隨便弄弄，不知道合不合妳的口味。」

真奈先點頭向他致意，才敢端起茶來嘗了一口，一面打量著秋庭的反應。見秋庭一聲不吭，真奈便自己代替他說了聲「很好喝」。

秋庭的父親也一邊喝茶一邊朝她打量來，只是臉上仍裝著不經心的樣子。

天啊，好緊張。真奈不由自主的坐正，脊背挺得比平常還要直。想起秋庭許下的承諾，大概就跟結婚差不多意思，那麼眼前這一位就是結婚對象的父親了。她希望能給對方好印象。

「……昨天在墓園好像也見過這位小姐，她是？」

比耐性，秋庭贏了。或者說，秋庭的父親只是輸給了好奇心。

「我的新娘子。」

秋庭的單刀直入語驚四座，卻是真奈比秋庭的父親更感到震驚。

等一下！怎麼是從這裡開始談？這一趟不是來和好的嗎？

真奈沒料到他會這麼早提起，還以為留到最後才會講，甚至不講也無所謂。

「您、您好！我叫小笠原真奈。」

她倉皇地滑到坐墊後，誠惶誠恐又畢恭畢敬地學別人那樣伏首行大禮，便見秋庭的父親的表情柔和起來。

「妳好——你找到一個好女孩啊，高範。」

「是啊。」秋庭點頭道，一點也不謙遜。

「跟人家爸媽打過招呼了嗎？」

「真奈的父母親在鹽害時走了。」

擱著渾身不自在的真奈，秋庭父子竟然自顧自地講起話來——先從我的事情聊起比較好，是嗎？她不解的觀望著，忽然覺得昨天在墓園的衝突氣氛好像不是真的。

「真奈小姐好像年紀滿輕的。」

這話是對著真奈問來的，真奈有點兒失措：

「那個，我今年二十歲，跟秋庭先生——跟高範先生差了十歲左右。」

「妳跟這小子是怎麼認識的，可以講給我聽聽嗎？」

她朝秋庭偷瞄一眼，見他沒打算幫腔，便老實將當時情況大致說出來：從雙親因鹽害身亡、她被迫逃出家門，到被秋庭撿回去為止。

「真是苦了妳了。」

也許是同為人父的特質使然，這一聲樸實的勉慰令真奈倍感溫馨，回想起父親在世時的關愛，忍不住濕了眼眶。

「那麼我想，妳一定不希望任何危險或意外來拆散妳和高範吧？」

「老爸！」

秋庭厲聲插嘴。

「別從真奈下手。」

真奈這廂還在疑惑，秋庭父子的對話已經開始流露出火藥味。

「高範，真奈小姐吃了這麼多苦，好不容易得到你做她的伴侶，萬一你丟下她先走了，這責任你怎麼負得起？」

「別把你跟老媽的事扯到我們頭上。而且你有什麼立場講？沒見到她最後一面的人是你又不是我。」

從這話聽起來，秋庭的母親已經過世了。昨天去掃的墳墓大概就是秋庭的母親；那麼，「愛掃墓的可憐蟲」一語，指的恐怕就是沒能為妻子送終的秋庭父親了。

一面聽，真奈姑且胡亂揣測著。

「你自己良心不安就叫我辭掉工作，這算哪門子道理？當年還反對我進航空自衛隊。你還不是一直飛到退休，也沒有提早辭職啊。」

現在她可以把事情兜出個七、八分了：秋庭的父親也是個飛官，由於秋庭的母親走得突然，有任務在身的他因此趕不及見她最後一面——大概。

對秋庭的父親而言，這件事帶來的悔恨一定沉重無比，他自然也不願意兒子嘗到同樣的痛苦；不過，在早已立定志向的秋庭看來——這份志向八成也是看著父親的背影而立下的——父親的要求無疑是不合理且蠻橫已極。

這就叫做「旁觀者清」吧？真奈完全成了一名旁觀者，遠遠看著父子倆言詞往來，話裡淨是至親才有的肆無忌憚，這是多麼幸福的光景啊。秋庭的父親應該年過六十了，但見他跟自己兒子爭來爭去，真奈看著都覺得有趣。

——什麼嘛，這兩個人明明都喜歡對方的嘛。居然鬧了十年意氣，傻瓜。

「夠了夠了！不明理的死老頭！我不管了！」

秋庭怒喝一聲，站起身來就要往外走，但聽見身後傳來「秋庭先生」的呼喚，他的臉上剎時又出現一抹歉意，腳步也停了。

「我只是去冷靜一下，等下就回來！」

氣沖沖的丟下這麼一句，秋庭就走了出去。

「不好意思啊，我家這兒子急性子，讓妳多擔待了。」

秋庭的父親苦笑道。真奈連忙搖頭說「不會」，不過她心裡想說的其實是「習慣了」。

「您笑起來的樣子好像高範先生。」

稱呼秋庭為「高範先生」雖是今天才改口，不過她已經適應了。

「真奈小姐，那小子在航空自衛隊工作，妳有什麼想法呢？比方說，妳會不會希望他選擇更安全的職業呢？」

真奈知道秋庭的父親想看見她點頭認同，不過她不能先出賣秋庭，因為他還沒有對父親講出他真正想說的話。

見真奈沒有回話，秋庭的父親吞吞吐吐的又說：

「自衛官這種差事，性命都由不得自己。尤其是飛行員，不管哪個機種都摔死過很多人。我退休的時候，跟我同梯入伍的只剩不到一半。」

「……我聽其他人說，高範先生是個優秀的飛行員。他們還說，自衛隊裡沒有人不知道他是航空戰競會三連霸的高手。」

「高手也一樣會送命的，天空無常啊！」

聽見他語重心長地這麼說，祭出這一張殺手鐧，真奈歪頭想了想。

「伯父，您怕他出事，對嗎？」

秋庭的父親吃驚的瞪大眼睛，詞窮似的怔了好一會兒才答：

「不……沒有一個飛官不是做好了心理準備才上飛機的，我想高範也一樣。只是坦白說，我從沒有想過自己會在飛的過程中失去了親人。」

「就是高範先生的母親嗎？」

其實真奈已猜得九分，只是姑且問問。秋庭的父親便點了點頭：

「沒能在她斷氣時陪在身邊，是我一生最大的遺憾。」

失去了妻子，但還有兒子，既然遺憾，為什麼仍然不肯下飛機呢？這不是真奈該問的問題，而且真要這麼問出口了，秋庭的父親就會自動發現答案；那將是秋庭一直想要對父親說的話，還是得由他親口講。

所以，真奈改口談起自己。

「一個高中生和航空自衛隊的戰鬥機飛行員在一起，您有什麼看法呢？」

事出唐突，秋庭的父親大概腦筋還沒轉過來，於是真奈逕自說下去：

「要是在一個正常的世界裡，沒有發生鹽害的話，這兩種人是絕對不會碰在一起的吧。可是我遇到了高範先生，而且他當時已經是個戰鬥機的飛行員了。」

要是沒有鹽害，真奈不會失去雙親，但也就不會與秋庭相遇。其實她也不知道哪一種假設比較好。

「老天爺奪走了我的父母，換給我一個高範先生。至於他是飛行員、而且對這份工作引以為傲這一點，我沒有權利挑三撿四，因為……」

這就是老天爺賜給我的。

「而且我們已經經歷過生離死別了。」

她想起那一對因鹽害才互明心意、最後結伴赴海的情侶。

「攻擊東京灣結晶的人就是高範先生，他開的還是從美軍基地搶來的戰鬥機。」

秋庭的父親大概在退休後就不再過問軍中事務，聽見這個消息因而顯得格外震驚。

「當然，我一開始哭著不讓他去，求他不要接下那麼危險的任務，可是高範先生還是接下了。他說，他不想看到我染上鹽害，所以他要把我丟下來。」

那是他們的初吻，連同那一聲求她體諒的咆哮，她至今都還記得。

「不僅如此，那場作戰行動又是一個很壞心的人策劃的。我還被那個壞人抓去當人質威脅高範先生，要是作戰之敗，我就會被殺。」

為了簡化過程，她索性把入江說成壞人，心想入江應該不會介意。

「當時，高範先生要是沒去執行那麼危險的任務，我想我是活不到今天的。又或許他決定不去飛，那麼鹽害就沒法解決，我也許還是會染上鹽害而死。」

秋庭的父親默默聽著，臉上卻是驚訝。

「所以，我跟他都已經看破生死了。」

就在這時，主角回來了。先是玄關的開關門砰磅作響，接著腳步聲重重地從走廊踏過來。

秋庭露面時的表情還是一樣臭。他兇巴巴瞪著父親：

「臭老爸，我只說一遍，你給我聽清楚！」

秋庭的父親大約也察覺到什麼，神情平靜的抬起頭望著兒子。

「你沒來送她最後一程，媽跟我都不恨你，因為我們都以你為榮。就算出事的人是你，我們也早就做好心理準備，你別把在地上等的人都看扁了。為了這點小事就可憐兮兮，你要後悔到幾時啊？媽在陰間都會丟臉！人家還以為她真的是為了你不能給她送終才含恨而死！」

一行清淚從老父親的臉頰滑過。

「順便告訴你，媽死前還交待過，如果你要續弦，她還不准我反對！她說你這個人在家什麼事也不會做，沒人照料不行！」

「……我哪裡還想續什麼弦，而且她也把我想得太沒用了。」

任憑淚痕掛在臉上，秋庭的父親也不伸手抹掉，只是靜靜笑道：

「兒子養到這麼大，又帶了一個有骨氣的媳婦回來，以後也許有個孫子、偶爾捎捎信或回來看看我，我就滿足啦。現在我總算可以放心的過日子，也算是對你媽有個交待了。」

有骨氣？妳到底跟他說了什麼啊？

秋庭驚異地問，真奈卻是笑而不答。

＊

最後，秋庭提起真奈雙親的後事，包括入祖墳和祭拜等等事宜，秋庭的父親都爽快答應了。

他們停留了兩、三天把這些事情辦完，這段期間都住在秋庭的老家。真奈在屋子裡四處逛，有很多東西可以看，好比秋庭的房間。

「你以前就在這裡讀書嗎？」

「我高二就去東京寄讀了。高一之前都在這裡。」

母親是在高一那一年過世，之後又為了職業出路而跟父親反目，秋庭就趁機拜託親戚讓他到東京去。

「你們還真頑固，父子吵架居然可以吵上十年。」

見真奈取笑道，秋庭便也反過來取笑她：

「嘿，妳以後也要管那個頑固的老頭叫爸爸囉——妳不是說我若不要就把老爸送給妳嗎？我倒是沒有不要，不過可以分一半給妳。怎麼樣，妳喜歡他嗎？」

她覺得雙頰一陣熱。

「我、我很喜歡。因為他跟你長得好像。」

秋庭聽了竟認真起來。見他吃醋，真奈趕緊投過去撒嬌：

「不過我那天說的那些話，你不要跟你父親講哦。」

那一天的她雖是在耍孩子脾氣，「請把你的父親讓給我」一語卻是完全不成體統。乍聽之下，簡直像是在向老父親求婚似的。

「哇——老爸聽了應該會高興死了。」

「秋庭先生！」她叫起來，嘴唇卻被一吻捂住。

「叫我高範，不然我爸也姓秋庭啊！」

他在她的唇上囁嚅道。真奈羞紅了臉點點頭。

他們請人做了兩份小小的牌位，一份由秋庭父親放在他們家的佛壇上，另一份由真奈帶走。

秋庭和真奈要離開的那一天，他們三人一起去祖墳祭拜，將那兩本遺物書放進祖墳，然後在下山的路上和秋庭父親道別。

「妳隨時——交通不便，也許一時半刻還很難，不過妳隨時都可以回來。以後這兒就是妳的娘家了。要是跟高範吵架了不想待在家裡，妳只管回這兒來散心。」

真奈哭得連一句像樣的謝謝都說不好，只能頻頻點頭。

反倒是父子之間的道別簡潔已極，就只有「我們走啦」跟「哦」而已。話說回來，當車子開動之後，老父親卻一直朝他們揮手，直到雙方都看不見為止。

「繞過來這一趟，妳高興嗎？」

被秋庭這麼一問，真奈笑了起來。

「高興得連富士山都不重要了。」

「真現實。妳還哭成那樣，又跟他頂嘴。」

「原因又不出在我身上，都是你嘛。」

嘟著嘴，真奈回頭往車後的路看去。

「我們有空再回來好不好？」

「有順道的時候。」

＊

之後又過了三年。

*

到百里基地赴任後，秋庭沒接到進一步的調動，基地卻也還沒有恢復到能夠進行飛行訓練的地步，因此實技訓練全都是靠模擬飛行艙進行。

百廢待興之中，區公所的戶政事務單位總算重新開放，早就等得心急的結婚登記與其他申請案件一下子就讓戶政人員忙得焦頭爛額。當然，秋庭和真奈也是其中之一。

經濟要復甦還早，大概還有好幾年都得過配給生活。

軍用通訊網路雖已搶先修復，民間卻還沒辦法那麼快回到以往人手一支手機的方便時代。大半地區的有線電話已能撥通，但也有不少地方是好幾戶人家共用一支電話。

至於流通和運輸，一般信函和包裹的收發都已經恢復到以往，只是速度上仍然完全比不上當年的快遞服務就是了。生鮮食品也重新回到物流體系，魚肉類都可以在當日內送達，蔬果類也都不會超過三天。

真奈繼續在百里基地做護士助理，技術和經驗都有長足進步。醫官豎著大姆指向她保證，等到執照制度恢復，她一定可以通過考試。

做了一陣子助理之後，真奈卻不得不暫時休息。懷孕初期，真奈害喜害得非常嚴重，就算勉強打起精神去醫務室上班，反而是醫護人員要照料她。

打掃洗衣和煮飯，要做的家務事很多，但她常常是一聞到食物的味道就反胃，尤其是早上剛起床時。不得已，只好讓秋庭到基地餐廳去吃早飯。

在這段期間，真奈想起母親說她當年懷自己時也是個嚴重的害喜體質，忍不住掉了幾滴眼淚。她好久沒哭了。母親若是在世，那會是多麼令人安心的依靠啊。

得知這個喜訊，秋庭的父親便開始定期寄些自己種的蔬果給她。配給的蔬果略嫌不足，所以老父親的這份用心令她感激不已。要做爺爺的他似乎已經在為孫子想名字，每次寫信或打電話來的口氣都是一個勁兒的興奮，真奈猜他非常期待替孫子命名，可是做兒子的秋庭卻對他劍拔弩張，死也不肯讓出命名權。

就這樣，有一天，秋庭回家時顯得滿面春風。

他帶回來一個Ｂ５大小的舊公文袋，說是送給真奈的禮物，看起來卻不像是裝了什麼好東西的樣子。

取出袋裡的東西一看，果真是個好東西。

「高範先生，這是……」

「採購部進了好幾本，我還跑去跟經辦說情，硬是從他那裡先弄一本來。」

那是一本薄薄的冊子，鹽害之前的時代有一種名為ＭＯＯＫ的書籍類別，這種冊子大概就是那一類。出版業界還沒有傳出復甦的消息，不過有幾家報紙已經開始不定期出刊，這本冊子應該就是那些報社的其中一家印行的。印刷和紙張都有點粗糙。

不過，這本小書的標題和作者姓名卻大有意義。

《我眼中的鹽害》——高橋宣生

「這個人就是宣生吧？以前跟我們一起旅行的——」

「對，妳看了就知道。」

秋庭笑著這麼說。他大概已經先翻過了。

「妳去看吧，我來把晚飯做好。」

有他這番話，真奈便依言到沙發坐下。這沙發是秋庭從隊上的報廢傢俱裡撿來的，他料想真奈的虛弱還要持續好一陣子，就動手修理並改裝了一番，讓她有個坐起來更舒服的地方。回想起來，房子裡的每一件大傢俱都是這麼來的，連同那些家飾布、外國貨等等，兩人在不便的大環境之中合力，一點一滴將這個小天地裝點成可喜而溫馨的窩。

靠著椅背，真奈翻開那本薄冊。

「人們相愛，直到世界終結的那一刻。

在這之中，有一段愛情救了這個世界。

我想把那段愛情寫下來。」

這是全書的前言。

「世界在一夕之間變色。

能處在歷經巨變的世界狹縫間，這機會可不常有。

聽旁人說，世界的變動即將進入尾聲。

所以我想，我應該出去見識見識這變色的山河——

自以為胸懷遠大的我，在中學時就這樣離家出走了。如今回想起來，我自己都覺得我當時真是個討人厭的小鬼頭。

我總是向人誇口，說自己立志要成為一個採訪作家，並且動不動就炫耀這個夢想，其實只是為了吸引別人的注意，滿足虛榮心而已。

幸運的我，身旁沒有一個親人死於鹽害，所以面對這場天災，我彷彿像是個事不關己的旁觀者，藉口用見證鹽害來培養身為記者的歷練。

我計劃搭便車旅行，不久就攔到一部軍用車；而這趟旅程所賜給我的第一記當頭棒喝，便是從車上的自衛官和他的伴侶——一位楚楚動人的少女而來。

（別意外，當時的我無知到了極點，完全不知道燃料供應中斷，也不知道一般人根本不可能有車可開！事實上正如各位所知，國內儲存的燃料目前僅能供應公家單位，私人車輛的交通至今仍陷於癱瘓。）

他們正在往西趕赴任務的途中，恰巧駛經我攔車的那一條路。

然而我相信，是命運安排我們在這段旅程最初的起點『偶然』相遇。」

討厭，居然說我是楚楚動人的少女。

懷著身孕、即將為人母親的真奈看見這個形容詞，不由得暗暗羞赧。

回想起與宣生同行的那幾天，卻是歷歷在目，彷彿昨日。

「自衛官有一雙銳利的眼神，對待小孩也絕不寬縱，而他就是在東京灣率先攻擊結晶的航空自衛隊飛行員。

看多了就會感染——自衛隊是最早掌握到這項資訊的單位，他也因為攻擊任務而將成為最接近結晶的人，其中的危險性不言可喻。

我不懂的是，究竟是什麼原因，讓他甘冒生命風險也要接下任務？

我問他是不是基於使命感，他說不是，而是單純不想看見心愛的少女先一步化成鹽而已。

從我遇到他之後，我覺得那是他頭一次正經的回應我。

（當然，那是因為我一開始就被那名少女所吸引，以至於成天顛三倒四、胡說八道，不是鬧彆扭就是拿些蠢問題去煩他，他當然懶得理我。）」

「面對我這個令人頭疼的小孩，少女始終溫柔又親切，我因此偷偷仰慕著她。但是我太過任性，終於觸怒了她。

少女對我說，她的心中只有那名自衛官一人。她只願意信任他、把自己寄託給他，沒有別人可以取代他的地位。

在當時，少女在生活上需要有人多方照料，而我擅自將少女帶到自衛官看不到的地方，當然也大大觸怒了他。

正當我以為他會先來罵我或揍我時，他卻是先奔向少女，像個騎士般蹲跪在她面前，用冷靜的聲音問她是否平安。

少女似乎不想讓他擔心（大概也有點兒為了袒護我），只說自己沒事。

我當場明白，他們之間的羈絆不是任何外人可以介入或干預的。看見他們兩人，我也才發現自己的所作所為有多麼離譜。」

「自衛官告訴我，沒有人會為了『拯救世界』這種冠冕堂皇的名義而拚上性命。

他之所以拯救世界，其實只是為了拯救她。因為她活在這世界上——因為這世界有她存在。

她以外的我們都是閒雜人等，不過是順便得救。我想，我們得為了這個『順便』感謝他們。

要從什麼角度來記錄我所見的鹽害，就在那一天決定了。

在那樣恐怖的災難中，人與人的心意必定是最堅強的牽絆，也許是好事，也許是壞事。不論如何，我想寫下每一段不畏鹽害、無懼於磨難的愛情。

我能在旅程最初的起點遇見那兩人，一定是命運的安排。

（話雖如此，這趟離家出走的處女航只維持了兩個月左右。公所的失蹤人口通報很快就害我被抓回家了。）」

著者近影中的宣生已經有一張略帶稚氣的青年面容，下方的簡介將他描述為感性豐沛且具文字魅力的新生代採訪作家。還不到二十歲的他，年輕似乎也是賣點之一。

恭喜——讀到一個段落，真奈闔上書，撫著封面同時在心中向他道賀。這時，秋庭端著托盤走了過來。

「怎麼樣？」

「總覺得……怪難為情的。不過看到他這麼傑出，我很高興。」

「妳這話可不是年輕女孩該有的感想哦。這麼快就有做母親的心情啊？」

「嗯——也許真是這樣。」

真奈幫著擺碗筷，嘴裡不經意地說：

「如果是個男孩子，希望他能像宣生一樣有朝氣。」

「饒了我吧。」

那一抹苦笑不知是不是因為想起當時，但秋庭似乎也不排斥就是了。

Fin.

後記

這個故事是我的出道作品，曾在第十屆電擊小說大賞中獲頒〈大賞〉，並由電擊文庫出版。之所以要改成精裝書重新出版——編輯大人，我現在可以全部講出來了吧？（註：本作日文版獲頒電擊小說大賞後先以文庫本輕小說形式出版，後來才又改為精裝文學書形式出版）

這部作品會不會在評審過程中被刷掉，聽說直到最後一刻還在爭議，儘管它後來還是進入最終評選，可是我在Media Works的現任編輯好像堅信這部作品「絕對拿不到大賞」，甚至主張「不准得獎！」

不知道為什麼，這位編輯似乎很希望把這個故事做成精裝文學書，而得獎一事反而會令這個提案受阻（這是哪門子道理）。反正據說大人們認為得了獎就非得做成文庫本不可，原因很多。

「結果天曉得這個大賞是怎麼掉下來的？傷腦筋——！」

這部現任編輯篤定會落選的得獎作品，其實是以落選為前提而急著提前策畫成書。也因為如此，當編輯通知我作品進入最終評選時，我聽到的說法卻是「請別太過期待」。結果這下得獎了，讓我面對編輯時只能傻笑。

就這樣，《空之中》以後的作品不知為何也走起精裝文學書路線，而編輯則是早在當初就一直表示：「《鹽之街》總有一天也要做成精裝文學書！」

沒過多久，說風就是雨的編輯很快就在我屁股上踹了一腳，催我開始準備。

我本來打算把後面的單元故事積成一冊的份量，然後以《鹽之街，其後》為名出版文庫本，然而精裝文學書的提案一出，這個構想就順勢併入新版本的案子了。

也多虧有前輩作家一直鼓勵我，對我說「其實《鹽之街》大可以重新出成精裝文學書的」，這部作品才有幸得到重新起步的機會。

常有人問我「『自衛隊三部曲』的陸上自衛隊篇怎麼還沒出來？」事實上，這部《鹽之街》的「街」就是「陸」（註：日文中的「街」即有「城市」之意），而且故事後半幾乎都圍繞著立川營區發生，所以它其實就是陸上自衛隊篇了。

許多事情都是在改版成精裝文學書之後才讓我有所體認，而責任編輯等人一心想促成的「三部曲改版計畫」也總算實現了。向來在心底認為「大概無望了」的我，只能甘拜下風。

難得有一個重新開始的機會，我想把改版的心路歷程全部寫出來，順便也讓各位讀者了解投稿時的初稿↓電擊文庫本↓精裝文學書之間歷經哪些改變，以及內容上曾經做過的調整（沒有興趣或不想知道內情的讀者，請跳到下一個＊號處閱讀）。

首先是正文部分。從投稿時的初稿到文庫本做了極大的修改（尤其是後半部）；在編輯的指導下，有些更動是我認同的，當然也有些更動是迫於妥協。本作的精裝文學書原則上保留了文庫本修改的地方，妥協的部分回歸到初稿設定，再加上少許出道以來的經驗法則來修整體裁。

首先是Scene-1裡遼一的年齡，我在初稿中將他設定成比秋庭小兩、三歲（也就是二十五、六歲）。

這個故事的靈感來自於適婚年齡的結婚壓力，但是編輯主張以電擊文庫的讀者年齡層為優先考量，認為篇頭應該要有一個能讓讀者產生移情作用的男性人物，因此遼一在文庫本裡就變得比較年輕。事實上，遼一原本就是目前大家所看到的這個年紀。

而遼一的青梅竹馬海月已和別人訂有婚約，這也是初稿中的原始設定。能在精裝文學書中恢復，讓我非常高興。

相反的，有些建議則是我從一開始就抗拒到底的，好比「不能讓真奈變成中學生嗎」、「能不能把秋庭設在二十二、三歲」等等。特別是對於真奈的年紀，我是死不退讓。

「好歹改成十七歲吧？」「那有什麼差別嗎？」「有！讀者的印象會不同！」

就這樣，真奈在文庫本裡年輕了一歲（我不太願意改變幾位主角的年紀，所以當遼一和海月的設定被迫修改時，我覺得是我失守了。我知道作者和編輯的協商通常不可能完全照單方面的意思去做，所以哪裡能讓步、哪裡不能讓，甚至哪裡該如何討價還價，我在一開始就做過某種程度的推想，好比在配角身上做讓步以換取主角維持原樣等等……）如今她在精裝文學書裡也恢復成原本的年紀了。真奈十八歲，秋庭則是二十七、八歲。

文庫本裡多了初稿裡沒有的轟炸機攻擊場景，到了精裝文學書再次刪掉。文庫本主張「英雄大展身手」是必要的，我卻覺得精裝文學書未必需要這種東西，若是有讀者喜歡那一幕，我在這裡向您致歉。不過，文庫本所收到的迴響也以「那一段讀起來不順」者居多，我便信任自己在投稿之初的感覺，在本作中略去了秋庭的轟炸場面。

至於在文庫本中新增的野坂正，則被原封不動的保留了下來。

我在初稿中並沒有寫到野坂先生的名字，但在文庫本裡，野坂夫婦的部分變得比初稿中更好，這一點實在要歸功於編輯的指導。多虧這道加筆，我才能寫出了以他們為主角的番外篇。

如今回想起來，我從一開始就希望寫出「成年人也可以看的輕小說」，而這想法卻與當時「電擊文庫」的方針背道而馳。每當和編輯意見相左時，我總會聽到「這在電擊文庫是不行的」之類的話，起初難免黯然，覺得綁手綁腳，太不自由了。如今可以放寬到這個地步，也令我十分感嘆。（註：本作《鹽之街》中文版是日文版精裝文學書授權出版）

附帶一提，我正在寫的《圖書館戰爭》系列是一部愛情喜劇動作小說（抱歉是個怪類別），故事發生在一個政府得以合法檢閱出版品的社會，所以也想順便談一談媒體審查的問題。

本書第20頁的「外國商店」與「來自大陸的商人」，並不是我在初稿中所使用的詞彙。比較過兩份稿子的朋友問我「這樣改反而比較奇怪吧？」我確實也覺得奇怪；初稿中的它們，分別只是兩個漢字的簡單組合而已。

然而，當我得到「這種用詞也許會引起敏感人士或團體的不滿」的解釋時，我提出相當強烈的質疑，編輯部卻不肯同意。可是我以前看過的少女漫畫也都是這樣用、還用得頗為頻繁啊!?而且我手上的這一份「歧視性用詞一覽表」裡也沒有寫啊!?

我要在這裡表達的，並不是對編輯部的控訴。

在以「媒體自律」為名的出版審查或許即將到來的現在，我只是有感而發。

若我堅持交涉，也許這一次可以改回原本的用詞，但是在我心裡，它仍然會留下一個媒體自律的印記。

至於我在單行本裡執意加入的跨頁F14照片，是我請朋友白貓替我弄來的。白貓於公於私都常幫我的忙，謹在此致上萬分謝意。

*

再談到「其後」系列，原先是在《電擊ｈｐ》雜誌上悠哉連載過三回的短篇作品，這一次加上額外撰寫的故事，一併收錄於本作中。

debriefing指的是「飛行後的會議」，briefing則是「飛行前的簡報」，因此我將時間點晚於正篇劇情的故事冠上debriefing、比正篇要早的則冠上briefing之名。不過briefing只有野坂夫婦的故事而已。

在「其後」系列中，我想描寫的只是《鹽之街》裡的幾個熟面孔，所以都是偏向個人的故事。至於世界的重塑，反正在別的角落已經有別人在努力了。

直到第二篇之前，我都覺得下筆輕鬆，唯獨第三篇的入江很難寫。我在開始動筆之後才發覺，原來入江是個這麼棘手的角色，沒有別的人物比他更難被拿來當主角了。

入江是個桀傲不馴的人物，他抗拒著作者的詮釋，我因此深怕自己掌握到的並不是原原本本的他，描寫時便充滿了矛盾。寫了半天，我就是沒法兒讓他擺脫幕後黑手的形象。

到頭來，入江的故事還是得透過配角描寫來完成。他就是這麼一個令我頭疼的人物。誰要是叫我為他再寫一篇故事，我會直接把筆扔了。

至於最後一篇的最後一幕，我在寫到宣生的時候就已經決定好了。從初出到結局，這一路走來真是漫長。

想到要和這些人物就此道別，心中不免有些寂寥，但是我想，他們應該都會在那個已然變遷的世界中活下去——頑強的、堅毅的、全力以赴的。

因一連串莫名緣分而出刊的這本書，感謝每一位讀者的閱讀。

也希望喜愛這個故事的您，能為他們祈求幸運。

有川　浩

國家圖書館出版品預行編目資料

鹽之街 / 有川浩作；章澤儀譯,——初版.——臺北市：臺灣國際角川, 2008.11——面；公分——(文學放映所；53)

譯自：塩の街

ISBN 978-986-174-884-9（平裝）

861.57　　97019027

文學放映所053

鹽之街

原書名＊塩の街

作　　者＊有川浩
日版設計＊鎌部善彥
譯　　者＊章澤儀

2008年12月25日　初版第1刷發行
2016年7月18日　初版第6刷發行

發 行 人＊成田聖
總 編 輯＊呂慧君
主　　編＊李維莉
文字編輯＊溫佩蓉
資深設計指導＊黃珮君
美術設計＊陳晞叡
印　　務＊李明修（主任）、張加恩、黎宇凡、潘尚琪

發 行 所＊台灣角川股份有限公司
地　　址＊105 台北市光復北路11巷44號5樓
電　　話＊(02)2747-2433
傳　　真＊(02)2747-2558
網　　址＊http://www.kadokawa.com.tw
劃撥帳戶＊台灣角川股份有限公司
劃撥帳號＊19487412
製　　版＊尚騰印刷事業有限公司
I S B N ＊978-986-174-884-9

香港代理
香港角川有限公司
地　　址＊香港新界葵涌興芳路223號新都會廣場第2座17樓1701-02A室
電　　話＊(852)3653-2888

法律顧問＊寰瀛法律事務所